Lucys Wunsch

❄❄❄❄❄

Ein Winterroman

ANNA WINTER

ISBN-13: 978-1502537294
ISBN-10: 150253729X

~ Kein Buch mehr verpassen

durch den Newsletter auf der Homepage ~

http://annawinter.de

Email: write@annawinter.de

Facebook:
https://www.facebook.com/Anna.Winterromane

Lektorat: Dorothea Kenneweg

WIDMUNG

Für alle Weihnachtsmänner, Rentiere und Zauberwichtel

Für alle Liebenden und Wünschenden

Für all den Glanz kalter Tage und die Besinnlichkeit

Fröhliche Weihnachten

Und ein wunderschönes Jahr!

PROLOG

Lieber Weihnachtsmann,
das kann doch wohl nicht dein Ernst sein!Stricksocken? Wirklich? Dabei weißt du doch genau, was ich mir wünsche. Ich schreibe es dir schon seit zwei Jahren und ich bin überzeugt, dass du meine Nachrichten bekommst, auch wenn es immer heißt: Empfänger nicht zu ermitteln. Aber Post an dich kann nicht aufgehalten werden. Bei dir gelten deine ganz eigenen Bestimmungen. Und ich weiß, dass es dich gibt, weil es IHN gibt.

Also, jetzt noch mal und es ist wirklich wichtig: Für das kommende Weihnachtsfest ist mein innigster Wunsch, dass ich meinen Vampir zum Freund bekomme. Nicht als irgendeinen Freund, sondern als meinen festen Freund. Ich will mich verlieben. Mit dem ganz großen Bauchkribbeln und allem Drumherum. Magie eben. Ich brauche jetzt deinen Zauber.

Die allerherzlichsten Grüße
Deine Lucy

P.S.: Ich werde nicht aufgeben.

KAPITEL 1

Da saß ich nun und schaute den letzten Blättern dabei zu, wie sie von den Bäumen fielen. Eines landete direkt in meinem Gesicht, und weil es in der Nacht zuvor geregnet hatte, war es nass, und ich wischte es mir pustend vom Mund. So küsst ein Yeti. Ganz bestimmt.

Neben mir sah meine Freundin Pia alarmiert nach oben und schlug den Kragen ihres Mantels hoch.

„Igitt, ist das kalt. Können wir jetzt gehen?“, murrte sie neben mir.

Von den Resten des Blattes befreit, ließ ich meinen Blick über die Bäume des Parks schweifen, die nur noch ein spärliches Blätterkostüm trugen. Die Rasenflächen und Wege waren umso gelber und roter von Tupfen in Ahornform überzogen und boten ein zauberhaftes Kontrastprogramm zum grauen Himmel. Die Kälte hatte in diesem Jahr später eingesetzt und so kam es, dass kurz vor der Adventszeit das Laub noch leuchtete.

„Aber es ist doch wunderschön hier, oder nicht?“

„Ja, schön kalt. Komm, lass uns gehen.“

Sie zog mich am Ärmel mit sich und ich stolperte beinahe über meine eigenen Füße, so verfangen war ich in meinen Gedanken, dass dies das letzte bunte Kleid vor dem Winter war und bald Schnee liegen würde. Und mit dem Schnee kam die Weihnachtszeit. Mein Herz schlug schneller – vom Stolpern und von der Frage, ob sich mein einer großer Wunsch wohl dieses Mal erfüllen würde.

„Hoppla, Lucy! Du bist bestimmt auf diesem glitschigen Laub ausgerutscht.“ Pia stützte mich schnell ab.

„Danke.“ Ich sammelte die untergelegten Zeitschriften von der Bank und gemeinsam liefen wir den knirschenden Kiesweg zurück zum Universitätsgelände.

„Wegen dir ist meine Cosmo nass“, jammerte Pia und zupfte das wellige Deckblatt glatt.

„Aber schau nur, mit den ganzen Dellen an den Beinen sieht dieses Model wenigstens mal wie eine normale Frau aus.“

Kichernd klatschte Pia mir ihre Frauenbibel gegen den Arm. „Mann, Mist, ich friere. Wieso sind wir nicht in der Cafeteria geblieben?“

„Weil wir frische Luft lieben.“ Geräuschvoll atmete ich ein und seufzte.

„Also, mich kannst du davon ausnehmen. Stickiger Kaffeeduft ist mir tausendmal lieber.“

„Na, dann eben, weil du so naturverbunden bist und …“

„Ja, genau“, sagte sie ironisch. „Wenn du mit Natur Kaufhäuser meinst.“ Dann stöhnte sie unter ihrer Eingebung. „Ja, wieso sind wir nicht shoppen gegangen?“

„Weil es keine Läden im McCrory Garden gibt.“

„Ich lasse mich einfach zu oft von dir beschwatzen. Das muss echt aufhören. Dabei bin ich doch die Vernünftigere von uns beiden.“ Sie nickte nachdrücklich.

Als ich widersprechen wollte, bekam sie riesige Augen. „Na, hör mal! Wer von uns beiden glaubt denn an Fabelwesen?"

Ich war schon daran gewöhnt, dass meine Freundin und meine Eltern meine größte Sehnsucht als leidvoll lang andauernden Knall bezeichneten. Die ganze Welt dachte so über Leute, die an „übernatürliche" Erscheinungen glaubten. An Vampire. Ich wusste das, denn ich war im Internet gewesen.

„Es gibt sie wirklich."

„Und schon wieder." Sie stupste im Gehen ihre Schulter gegen meine und nickte zu den männlichen Studenten, die in unserer Nähe über die Wiese liefen. „Wieso gehst du nicht einfach mit einem normalen Mann aus? Dann hättest du wenigstens überhaupt mal Dates. Schau dich doch an: Du bist so hübsch. Ich würde mein Konto plündern, wenn ich mir dein Aussehen kaufen könnte."

Das war gar nicht nötig. Pia war eine rassige Brünette und ich liebte diesen herzförmigen Haaransatz bei ihr.

„Es ist ja nicht so, als hätte ich meine Jungfräulichkeit für einen Vampir aufgehoben", erinnerte ich sie. „Ich war schließlich mit Trevor zusammen, aber ein normaler Mann ist einfach nichts für mich."

„Nein, nein, nein!", behauptete sie kopfschüttelnd. „Trevor war für niemanden was. Lucy, ein einziger Freund sagt doch gar nichts aus. Ich hatte schon ein paar Freunde und sobald man ein *Ex* vors *Freund* setzt, schwört man eh Stein und Bein, dass der nix für einen war."

In meinem Umfeld sah ich ständig junge Männer. Immerhin ging ich mit Pia zur Universität. Bloß weckte einfach keiner von denen mein Interesse. „Dieses Jahr wird es klappen. Ich bin mir sicher. Ich fange doch jetzt nichts mit einem gewöhnlichen Mann an, nur um dann Schluss zu machen, wenn *er* kommt.“

Ein kalter Windhauch fuhr mir in den Nacken und rüttelte an meinem Mantel. Neben mir schauderte Pia wie eine aufgeschreckte, nasse Katze. „Bah, das Einzige, was hier kommt, ist Polarluft.“ Sie steckte sich die Hände in die Taschen und unter dem hochgeschlossenen Kragen schaute nur noch ihre Nasenspitze hervor. Entsprechend nuschelnd klang es, als sie weitersprach: „Lucy, ich wünschte wirklich, du würdest dich nicht so auf Vampire versteifen. Und woher willst du überhaupt wissen, dass es dieses Jahr noch was wird?“

Unbedarft zuckte ich mit den Schultern und trat ein paar Blätter mit der Schuhspitze weg, die wie ein bunter Sockenberg davonflogen. „Es ist nur so ein Bauchgefühl.“

Sie stöhnte. „Du hast schon wieder dem Weihnachtsmann geschrieben, oder?“

„Das tun doch viele.“

„Schon“, gab sie zu und nickte. „Aber die meisten von denen können ihre Briefe kaum selber schreiben.“

Ihr Anblick, als wir durch die Tür ins Unigebäude traten und warme Luft wie eine Kuscheldecke aus der Lüftung auf uns herabströmte, war zu schön. Sie seufzte selig und schmiegte mit einem Grinsen die Arme um den Körper, als wollte sie sich in die Wärme einhüllen.

„Ja, hier ist es warm. Hier bleibe ich.“

Ich öffnete meinen Mantel und wich einer Studentin aus. „Wir stehen mitten in der Tür.“

„Ach, egal. Die sollen alle woanders langlaufen.“ Sie

schoss mir einen nachtragenden Blick zu. „Wegen dir bin ich ein Eisblock. Ich schwör's dir: Schneemänner sind wärmer als ich. Dafür schuldest du mir mindestens einen Mokka-Minze-Macchiato."

„Du bekommst auch Sahne obendrauf, aber bitte lass uns aus der Tür verschwinden." Seit wir hier standen, war ich schon zweimal fast angerempelt worden.

Bei dem Wort Sahne leuchteten ihre Augen wie bei einer Katze. „Okay."

Wir schlenderten in die Cafeteria, bestellten zwei dieser Macchiatos und setzten uns an unseren üblichen Tisch in einer Nische. Pia streute sich Zucker über den Sahneberg und begann, ihn dann genüsslich zu verputzen.

„Um noch mal aufs Thema zurückzukommen", sagte sie und zerknirschte den Zucker zwischen ihren Zähnen. „Das wäre dann der wievielte ... der dritte Brief an den Weihnachtsmann in dieser Sache? Die letzten beiden Male hat es auch nicht geklappt."

Vorsichtig nippte ich an meinem Kaffee und stellte ihn zurück auf den Tisch, weil er noch zu heiß war. „Ja, aber drei ist eine magische Zahl", meinte ich und betupfte mir die heiße Lippe.

Pia rollte mit den Augen und dosierte Zucker nach. „Und nächstes Jahr erklärst du mir, dass vier eine magische Zahl ist."

Ich rührte in meinem Mokka-Minze-Macchiato und ließ den Blick durch die Cafeteria schweifen.

Pia tat es mir gleich und stupste mich an. „Schau, dort ist Ethan. Sieht er nicht gut aus? Außerdem hat er Potential."

Ich betrachtete den blonden Kerl mit den Muskeln und

teuren Klamotten. Er sah gut aus, keine Frage. Und ich wette, er wusste das selbst am besten. „Potential?“

Pia kicherte. „Er ist bei *Alpha Gamma Rho* und ihr Motto ist doch: *‚To Make Better Men‘*. Stell dir mal vor, der wird ein noch besserer Mann, als er schon ist. Yummie!“

Die Alpha Gamma Rho war eine der diversen Studentenverbindungen auf dem Campus, deren Geschichte über hundert Jahre in die Vergangenheit reichte.

Natürlich suchte sich Ethan genau den Moment, als Pia „Yummie“ sagte, dafür aus, um in unsere Richtung zu schauen. Dabei fuhr er mit der Hand durch sein blondes Haar, als wäre dies ein Sonnenscheintag, der Campus ein Strand und das nächste Surfbrett nicht weiter weg als mein Kaffee. Und dann zwinkerte er auch noch in unsere Richtung. Pia und ich hockten so nah beieinander, dass ich nicht wusste, mit wem von uns beiden er nun eigentlich flirtete.

Vermutlich mit keiner von uns. Einer wie er fand doch in der ganzen Welt nur Spiegelbilder von sich selbst. Er war wie Narziss: hübsch und selbstverliebt.

„Ich glaube, der ist nichts für mich.“ Obendrein wollte ich keinen Mann, der mich an den Sommer erinnerte, wenn endlich der Winter mit den Weihnachtstagen in Reichweite rückte.

„Was?“ Pia guckte mich entsetzt an. „Wie kann der für eine Frau nichts sein?“

„Der ist so ... ist so ... Ach, von dem bekommt man einfach einen Zuckerschock.“ Ich begutachtete die glänzenden Zuckerkrumen, die Pia erneut auf ihre Sahnereste gestreut hatte. „Aber ich habe so das Gefühl, du magst es süß.“

Sie nickte begeistert und warf ihm noch einen schmachtenden Blick zu. Ethan schaute längst in eine andere Richtung. „Der ist süß und ich mag süß. Ich erkenne den Zusammenhang.“

Das mit der gesunden Ernährung war irgendwie an ihr vorbeigegangen. „Wenn er dich kennenlernen würde, wie ich dich kennengelernt habe, würde er sich sofort verknallen.“

„Oh, du bist auch süß.“ Pia tätschelte meine Hand und lehnte verschmust ihren Kopf an meine Schulter.

„Nein, ernsthaft. Deine Stimme ist magisch. Du kannst Schnee zum Schmelzen bringen und einen vergessen lassen, wo man ist. Bloß, wie bekommen wir Ethan in eine Karaokebar?“

„Gar nicht. Das ist nicht cool genug für ihn.“

Meine erste Begegnung mit Pia lag etwa drei Jahre zurück. Damals waren wir beide ziemlich frisch auf der Uni. Ich hatte mich in eine Karaokebar verirrt, als ich nicht allein in meiner Wohnung sitzen wollte. In der Bar fand gerade eine Art Aufnahmeritus für die weibliche Studentenverbindung Alpha Xi Delta statt, für die sich Pia beworben hatte. Einer der Tests bestand darin, mutig in einer Karaokebar aufzutreten. Das hatte sogar einen Hintergedanken, denn Alpha Xi Delta hatte sich einem neuen Projekt verschrieben: „Autism Speaks“. Es ging darum, Autisten eine Stimme und damit Gehör zu verschaffen, um die Menschen auf Autismus aufmerksam zu machen. Und ein neu entflammter Aspekt davon war es, sprichwörtlich die Stimme erklingen zu lassen. Noch heute findet „Karaoke für den guten Zweck“ jährlich statt und ich war dabei, als es in dieser Bar seinen Anfang nahm, ganz ohne dass ich mich an irgendeinem Aufnahmeritus hatte beteiligen wollen. Ich war bis heute in keiner Verbindung.

Als ich Pia singen hörte, war es, als ob die Zeit selbst andächtig stillschweigen würde. Alles kam zum Erliegen. Ich vergaß, dass ich mich gerade mit meinem Getränk eingesaut hatte, weil ich angerempelt worden war, als ich das Glas hob. Ich vergaß meine Wut im Bauch, die ich Momente zuvor noch deswegen verspürt hatte. Sie sang »*Somewhere over the rainbow*« und am Ende vom Song hatten mir Tränen in den Augen gestanden. Pia klang noch schöner als Eva Cassidy. So rein. So klar. Ich hatte sie direkt angesprochen, als sie unter Beifall von der Bühne kam. Natürlich hatte sie auch die Aufnahmeprüfung mit Bravour bestanden.

„Huhu?", fragte sie gerade und wischte mit der Hand vor meinem Gesicht herum, als wollte sie testen, ob ich in Trance verfallen war.

„Nichts, ich habe nur an früher gedacht."

„Denke lieber an heute Abend. Wir machen eine Feier im Verbindungshaus und ich bin sauer, wenn du nicht kommst."

So langsam kannte ich alle ihre Freundinnen von dort und keine hatte ein Problem damit, dass Pia mich auch zu den Festen einlud. Es waren schließlich ohnehin nicht nur Mitglieder ihrer eigenen Verbindung dort – sonst wäre das ja eine reine Mädchenparty.

„Kommt Ethan denn auch?", fragte ich sie.

„Allerdings." Vergnügt leerte sie ihren Kaffee.

Ich merkte, dass ich mit meinem noch gar nicht begonnen hatte. Inzwischen war er soweit abgekühlt, dass ich ihn trinken konnte, und ich genoss das winterliche Aroma. Beim nächsten Mal würde ich den mit Lebkuchengeschmack versuchen.

„Ich muss gleich wieder zur Probe“, erklärte Pia, als sie auf ihre Uhr sah. Sie steckte mitten in den Vorbereitungen für die Adventsaufführung.

„Ich habe jetzt Kunstgeschichte: Die französischen Impressionisten stehen auf dem Plan.“

„Das waren die mit den gestrichelten und gepunkteten Bildern, oder?“

Das hielt ich für eine süße Zusammenfassung. „Grob gesagt, ja.“

„Irgendwas mit Seerosen, stimmt’s?“

Ich musste schmunzeln. „Es gibt mehr als nur Seerosenbilder im Impressionismus, aber das ist eines davon und sehr berühmt. Claude Monet hat es gemalt. Den mag ich.“

Pia stützte ihr Kinn auf die Hand und nickte. „Ja, die Gemälde gefallen mir auch.“

„Nicht nur die Gemälde“, erläuterte ich zwinkernd und dachte an meinen Herzenswunsch. „Hast du mal ein Bild von Monet selbst gesehen? Er hatte diesen langen Rauschebart. Mit einer roten Mütze und einem roten Mantel hätte er wie der Weihnachtsmann ausgesehen.“

Pia stöhnte und verdrehte die Augen. „War ja klar, dass du überall nur Weihnachten siehst, wohin du auch trittst und gehst.“

Was sollte ich dazu sagen? Weihnachten liebte ich einfach über alles. Das ganze Paket: den ersten Schnee, die glitzernden Raureifkrumen auf Sträuchern, Bäumen und Böden, das Krächzen der Raben und die schwarzen Kleckse ihrer Körper im Weiß, Gebäck, Punsch und Geschenke. Oh, und ganz besonders freute ich mich auf den geschmückten Baum.

Dieses Kribbeln im Bauch, das von der Frage herrührte, ob ich meinem Wunsch wohl dieses Mal einen Schritt näherkommen würde, begleitete mich in die Vorlesung. Ich saß in der letzten Reihe und das Licht der projizierten Bilder an der Wand vor mir tauchte den Raum in einen surrealen Schein. Währenddessen zeichnete ich mein ganz eigenes Bild, das einer Welt entsprang, die fast genauso unwirklich war: meinen Träumen.

Das kleine Lederetui mit meinen Kohlestiften trug ich stets bei mir. Ruhig setzte ich die Spitze des Stifts an. Immer begann ich mit den Augen. Augenlider, Iris und die schwarze Pupille mit einem ganz leichten Glanzpunkt darin. Wimpern und Brauen. Als ich mich der Nase widmete, strahlte das Dia vom Seerosenbild von der Wand.

„Claude Monet fand besondere Inspiration in seinem Garten in Giverny“, referierte der Dozent. „Er war untergliedert in einen Zier- und einen Wassergarten. Im *Jardin d'eau* befand sich auch jener Seerosenteich, der Vorlage für dieses Gemälde von 1906 war und auch von diesem späteren Werk von 1915. Monet verstand es, sein Augenmerk auf die Spiegelungen des Wassers zu legen. Es sind horizontlose Bilder, deren Himmel und Bäume sich in den Reflexionen der Wasseroberfläche wiederfinden. Hierfür verwendete Monet den Begriff ‚Reflexlandschaften‘ ...“

Ich hörte nur mit einem Ohr hin. Das meiste des Themas hatte ich sowieso längst durchgearbeitet. Weil ich weder in einer Verbindung war, noch in einer Wohngemeinschaft lebte oder annähernd so viel unter

Menschen ging wie Pia, blieb mir jede Menge Zeit zum Lernen übrig. Ich war Einzelkind, hatte meine kleine Wohnung ganz für mich und beschäftigte mich gerne selbst, am liebsten beim Zeichnen. In die Kunst konnte ich versinken. Hier konnte ich meinen Träumen in der echten Welt begegnen. Wenn ich aus den Bildern, zu denen meine Erinnerungen mich antrieben, hervortauchte, konnte ich schwarz auf weiß sehen, was mich in meiner tiefsten Seele beschäftigte. Nein, ich malte keine Reflexlandschaften, sondern Traumbilder – Spiegelungen meines Unterbewusstseins.

Seinen Mund gestaltete ich voll und sinnlich. Ich schraffierte Schatten hinein und arbeitete ihn besonders sorgfältig aus. Mund und Augen. Immer dieselben beiden Schlüsseleindrücke. Die Konturen von Kinn, Nase, Wangen und Haaren verwischte ich mit der Hand. Mein Bild war wenig impressionistisch. Es bestand nicht aus zärtlichen Tupfen, blassen Farben oder Lichtspiegelungen in Landschaften. Als die Stunde endete, sahen mich zwei kohlschwarze Augen direkt an. Fenster zur Seele. Zu meiner und seiner. Sein ganzes Gesicht verlor sich in einem Schleier schemenhafter Linien. Nur sein sinnlicher Mund und diese unglaublichen Augen stachen klar hervor. Sie brannten sich in mich ein und hatten mich auch in der Realität dieser Stunde gefunden. Und in meinem Bild fiel noch etwas auf, nämlich das, wofür ich mir mein Leben lang hatte anhören müssen, dass es nur meiner Fantasie entsprang: zwei lange Eckzähne.

KAPITEL 2

Brookings hatte bei der letzten Volkszählung vor ein paar Jahren 22.056 Einwohner. Gleichzeitig fing es mit der größten Universität in ganz South Dakota über zwölftausend Studenten auf. Man konnte sich das Stadtbild also lebhaft vorstellen, in dem der Campus wie eine eigene kleine Ortschaft inmitten des Städtchens anmutete. Als ich nun zum Ende meiner Kurse nach Hause bummelte, waren es vor allem andere Studenten, die mir begegneten. Doch der Anblick der jungen Männer ließ mich kalt. Lieber betrachtete ich die Verbindungshäuser, die wie zauberhafte Villen zwischen bunten Laubbäumen thronten. Sie boten malerische Motive. Heute lag der würzige Duft von nassem Boden und Laub in der Luft und das Krächzen der Krähen begleitete mich auf meinem Weg zur Wohnung, die sich direkt um die Ecke vom Universitätsgelände befand.

Ich sperrte die Wohnungstür auf und schälte mich aus den Wintersachen. Dann zog ich das neue Bild aus meiner Mappe hervor und heftete es zu den anderen über hundert Zeichnungen und Skizzen an meinen Wänden. Pia nannte es meine *kleine Besessenheit*. Dabei verband ich nur die beiden Dinge, die mir am Herzen lagen, miteinander: die Kunst und meinen Schutzengel.

Denn das war er auch für mich.

Hätte er mich damals nicht gerettet, als ich mit sieben Jahren im Eis einbrach, wäre ich ertrunken. Ich kannte seinen Namen nicht und wusste auch sonst nichts über ihn. Er fischte mich aus dem Wasser, rief den Notdienst und blieb bei mir, bis die Sirenen aus weiter Ferne immer näher hallten und dabei meine Ohren beinahe so sehr betäubten wie die Kälte meinen Körper. Erst wenige Augenblicke, bevor die Rettungskräfte eintrafen, verschwand er.

Ich seufzte und öffnete ein Fenster, um die frische Luft ins Zimmer strömen zu lassen. Wenn ich nur diese Kopfverletzung nicht gehabt hätte, dann könnte ich mich klarer an ihn erinnern. Ich kannte seine Augen, weil sie das Erste gewesen waren, was ich sah, als ich meine wieder aufschlug. Und ich wusste von seinen Zähnen, weil ich sie angestarrt hatte wie im Fieber. Das waren keine menschlichen Zähne gewesen. Wie jemand, der überfallen wird und am Ende bloß das Messer beschreiben kann, mit dem er bedroht wurde, hatte ich nur noch auf seine Fänge geachtet. Ich hätte ihn mir lieber ganz anschauen sollen.

Wir waren uns nie wieder begegnet. Meine Eltern hatten mir die Erzählung vom vampirischen Schutzengel nicht abgekauft. Sie schoben es auf die Kopfverletzung, als wäre er lediglich eine Ausgeburt meiner Gehirnerschütterung gewesen. Schließlich wollte ich sogar selbst glauben, dass ich ihn mir nur eingebildet hatte, um loslassen zu können und nicht so sonderbar zu wirken. Also hatte ich aufgehört, von ihm zu reden, und meine Eltern waren für viele Jahre beruhigt gewesen.

Aber nicht die Bilder der Begegnung vor vierzehn

Jahren waren trügerisch. Nein, sie verdrängen zu wollen, war der Fehler. Einfach mein Leben weiterzuführen, als wäre nichts gewesen, fühlte sich schal und unentwegt falsch an. Nach meiner unglücklichen Beziehung mit Trevor wurde mir bewusst, dass es bloß einen Mann für mich geben konnte. Mein Vampir ging mir nicht mehr aus dem Kopf. Ich träumte beinahe jede Nacht von ihm, musste ihn malen, wollte ihn finden. Ja, ich war eine Getriebene. Die Erinnerungen an ihn kehrten mit solcher Kraft zu mir zurück.

Das Thema nach all der Zeit plötzlich bei meinen Eltern wieder anzusprechen, hatte einen regelrechten Schock bei ihnen ausgelöst. Sie hatten wirklich geglaubt, meine *Spinnerei* wäre längst vergessen. Aber das war nicht mehr meine Sorge. Vielmehr beschäftigte mich die Frage, wie sein Leben wohl aussah. Damals dürfte er zwischen siebzehn und zweiundzwanzig gewesen sein. Vielleicht war er inzwischen verheiratet. Heirateten Vampire überhaupt?

Während ich mir einen Kaffee machte, blätterte ich in einem Backbuch. Ich hatte mir fest vorgenommen, meine heißgeliebten Winterkuchen backen zu lernen. Zum Glück hatte ich Hilfe für mein Vorhaben gefunden, die über eine Backanleitung aus dem Internet hinausging.

Wie aufs Stichwort klingelte es an der Tür. Ich ließ den Kaffee stehen und flitzte zur Tür. Mein Nachbar Lennox stand davor und lehnte im Türrahmen. Er hieß nicht wirklich Lennox, sondern eigentlich Paul Bower, allerdings fand er das so schrecklich gewöhnlich, dass er sich lieber eines Künstlernamens bediente. Als Kunststudentin war mir derlei nicht neu und ich fand es lustig, dass er sich als Vorlage für seinen Namen ausgerechnet Annie Lennox ausgesucht hatte. *‚Sie ist genial‘* erklärte er dauernd und betete ihre Stimme an.

Lennox war stets gepflegt, duftete herrlich nach einem der besten Aftershaves, die ich je gerochen hatte, und sah ziemlich attraktiv aus. Mit diesen lichtblauen Augen brauchte er sich jedenfalls nicht zu verstecken. Sie erinnerten mich immer an diese wunderschöne Hunderasse: Huskys mit ihrem blassen Blick. Allerdings hatte er wirklich eine Macke mit seinen Händen, die er auch jetzt auffällig bewegte.

„Hey, Süße!“, begrüßte er mich. „Sollen wir loslegen und das Backbuch schwingen?“

Ich lächelte ihn an und gab ihm zwei Küsschen auf die Wangen. „Wow, sieh dich an! Fürs Backen bist du viel zu gut angezogen.“

Er stand zwar nicht im Anzug vor mir – das fehlte noch –, doch er war schick genug, um mit ihm auszugehen.

Lennox zwinkerte charmant. „Aber das mache ich doch für dich und nicht für deine Mehlwaage.“

Mit einer Tüte unter dem Arm betrat er meine Wohnung. Ihm fiel natürlich sofort das neue Bild an meiner Wand auf. Genauer gesagt waren seit seinem letzten Besuch sogar drei weitere Zeichnungen entstanden.

Seufzend drehte er sich zu mir um. „Da laufe ich ja völlig außer Konkurrenz, wenn ich mir den Typ an deiner Wand so ansehe. Aber ich könnte meinen Dentisten mal fragen, ob er mir ein paar ...“ Er malte Gänsefüßchen in die Luft. „... *ästhetische Kronen* anfertigen kann. Würde mir sicher toll stehen.“

„Bestimmt.“ Ich grinste ihn an und befreite ihn von

seinem Mitbringsel. Lennox hatte ein halbes Dutzend Backzutaten dabei.

„Andererseits würden die mir beim Trinken immer auf den Tassenrand schlagen. Dann müsste ich ein Trinkröhrchen benutzen. Na, und damit sieht ein Mann doch sowieso aus, als wäre er ... in den eigenen Reihen aktiv, wenn du verstehst, was ich meine."

Ich brach fast in schallendes Gelächter aus, besonders weil ich bei ihm sowieso davon ausging, dass er schwul war. Nacheinander reihte ich seine Zutaten in meiner Küchenzeile auf, während ich sagte: „Echte Vampire können die Zähne auch wieder einfahren."

„Aha, na, ich denke nicht, dass mein Zahnarzt das auch noch hinbekommt."

Irritiert hielt ich eine Packung Lebkuchen hoch. „Du hast Gebäck zum Backen dabei? Ist das die Notration, falls der Kuchen nicht schmeckt?"

„Ach, gar nicht. Der wird toll. Die kommen da natürlich rein."

„Ich soll Lebkuchen in meinen Kuchen tun?" Das verwirrte mich noch mehr. Sollte ich sie aufschichten wie Löffelbiskuit in Tiramisu?

„Die stampfen wir nachher klein und peppen damit deinen Kuchen mit dem nötigen Weihnachtsaroma auf." Er zwinkerte gewieft.

Die Idee war tatsächlich gar nicht schlecht. Probehalber steckte ich meine Nase in die Backanleitung.

„Hast du schon mal gebacken?", fragte ich ihn.

Lennox schüttelte den Kopf und untersuchte weiter meine Bilder. „Nein, aber das kann ja nicht so schwer sein."

„Hier steht was von Zucker, Eiern und Butter auf Raumtemperatur.“ Meine Augen weiteten sich. Das mit der Zimmerwärme hatte ich bisher komplett übersehen. Hektisch kramte ich die Butter aus meinem Kühlschrank, den ich immer extra kalt eingestellt ließ.

„Oh, verflucht“, stöhnte ich, als ich den Deckel von der Packung nahm. „Die fühlt sich kein bisschen warm an.“

Lennox zuckte die Schultern. „Dann tue sie eine Runde in die Mikrowelle.“

Erfreut wedelte ich mit dem Finger und kramte eine Schale heraus. „Gute Idee.“

„Tja, meine Eingebungen sind echtes Gold wert.“

„Ich knutsche dich nachher“, erklärte ich und kramte ein Messer aus der Schublade. Laut Rezept benötigte ich nicht die ganze Menge, also wollte ich auch nicht alles in die Mikrowelle geben. Ich nahm mit dem Auge Maß und klatschte einen großen Klumpen in die Schüssel. Um sicherzugehen, legte ich noch etwas nach. Besser saftig als trocken, oder? Den Rest verstaute ich im Kühlschrank.

„Wie lange soll ich sie denn in die Mikrowelle stellen?“

Lennox zuckte die Schultern. „Tja, wenn sie so kalt ist, mach doch fünf Minuten. Das hilft sicher.“

Hm, Hauptsache, es half nicht zu sehr. Ich stellte die Schale ins Gerät und wählte ganz zurückhaltend die Auftaustufe.

Lennox kam zu mir und zog mich zu sich heran. „Du hast gesagt, du küsst mich noch“, erinnerte er mich.

Ich grinste und schmatzte ihm laut die Backen ab. Fast hätte ich seinen Mund erwischt, weil er seinen Kopf im selben Moment drehte wie ich.

„Ups.“ Ich kicherte, doch er hatte nur dieses Funkeln

in den Augen.

Es war herrlich, dass mit ihm alles so unkompliziert war und ich immer jemanden zum Reden, Fernsehen und sogar Backen hatte. Ja, oder jemanden, der mich in den Arm nahm, wenn ich Kuscheleinheiten brauchte. Lennox studierte ebenfalls Kunst an der South Dakota State University und war einen Jahrgang unter mir. Während ich in der Nähe von Brookings aufgewachsen war, hatte er keine Familie hier, und er gehörte so wenig wie ich einer Verbindung an. Also waren wir Freunde, seit ich ihm letztes Jahr zufällig im Flur begegnet war. Das war ein geradezu magischer Moment gewesen, als würde ich jemanden treffen, den ich schon ewig kannte. Wir waren einander so ähnlich, dass ich mich immer wohl bei ihm fühlte. Genau wie ich hatte er nie Dates.

Trixy Habish aus meinem Kunstkurs himmelte ihn offen an. Bisher hatte ich ihr nicht verraten, dass er mein Nachbar war, sonst würde sie wohl ständig ganz zufällig irgendwas bei mir abholen oder vorbeibringen.

Ich löste mich von Lennox, zwickte ihm mit Daumen und Zeigefinger in die Nase und tippte dann aufs Rezept. Wir machten uns zurück an die Arbeit, schlugen die Eier auf und füllten sie zusammen mit der ungefähren Menge Zucker in die Schüssel.

„Lieber mehr“, fand er. „Es soll doch süß sein.“

„Eier abzählen geht irgendwie leichter.“

Ich warf meinen nagelneuen Mixer an und die Schüssel begann, sich zu drehen. Es lebe der Versandhimmel. Und schließlich hatte ich mir vorgenommen, dieses Jahr noch viele Kekse und winterliche Kuchen zu backen. Da würde sich ein elektrischer Helfer bezahlt machen.

Meine Mikrowelle ertönte und ich riss die Tür auf. Die Butter sah nun ganz anders aus. Befremdet starrte ich in die Schale mit der gelb geschmolzenen Suppe und rümpfte die Nase, als mir ein öliger Duft entgegenschlug. „Ich glaube, die war zu lange drin."

Lennox schaute mir über die Schulter und rümpfte ebenfalls die Nase. Dann zuckte er die Schultern. „Sie ist auf jeden Fall noch gut und sie sollte doch warm sein. Im Ofen ist es nachher eh noch heißer. Kippe es einfach mit rein."

Die Butter lief bereitwillig in die Rührschüssel und wurde von Eiern und Zucker aufgesogen. Ich fand ja, dass es etwas unappetitlich aussah, allerdings gab es sicher einen guten Grund dafür, dass niemand Kuchen roh aß. Vielleicht musste das so aussehen. Ansonsten würde ich einfach mal bei meiner Mom vorbeischauen und sie fragen, was man beachten musste, falls der Kuchen jetzt nichts wurde.

Lennox zerstieß ein paar Lebkuchen zu feinen Krümeln, während ich mich um die restlichen Zutaten kümmerte. Ich siebte das Mehl durch, gab einen Teelöffel Backpulver hinzu und hatte am Ende doch noch einen cremigen Teig, was vermutlich der Ausdauer meines Mixers geschuldet war. Lennox hob seine Krümel darunter und füllte alles in die Silikonform.

Jetzt hieß es Däumchen drehen und ich machte meinem Nachbarn einen Kaffee, weil er so toll mitgeholfen hatte.

„Die Hälfte davon gehört mir, das ist dir klar, oder?", verlangte er und setzte sich in meinen Sessel.

„Falls er nicht schmeckt, kannst du sogar den ganzen haben."

„Wow." Er lachte. „Heute bist du aber richtig großzügig. Ob Vampire wohl Kuchen essen?"

Ich hatte ihn über meine Vampirsuche von Anfang an ins Vertrauen gezogen. „Keine Ahnung. Ich weiß im Grunde gar nichts über ihn."

„Trotzdem willst du ihn finden."

„Es ist einfach ein Bauchgefühl."

Manchmal spürte ich tatsächlich eine bestimmte Stelle in meinem Bauch, wenn ich an ihn dachte. Dann kehrten meine Gedanken von ganz allein zu jenem schicksalhaften Abend zurück.

Ich saß gerade auf dem alten Steg, der auf den gefrorenen See hinausführte, und band mir einen Schlittschuh an den Fuß. Den anderen Schuh hatte ich auf meinem Schoß liegen. Die Luft war kalt und kristallklar. Meine Atemwölkchen stiegen vor mir auf. Ich blies eines in die Luft, schaute ihm nach, als es sich auflöste, und lächelte. Dann krachte der morsche Steg unter mir ein. Schreiend fiel ich nach vorn und schlug mit dem ganzen Körper frontal aufs Eis auf. Es blieb mir nicht mal mehr die Zeit, meine Hände vor den Kopf zu reißen. Das Eis war noch nicht fest genug und gab berstend nach. Es knallte an meinen Schädel, meine Hände und Knie und die Kufe des zweiten Schlittschuhs bohrte sich wie ein Dolch in meinen Bauch.

Kaltes Wasser schlug über mir zusammen, schockte meinen Körper und verband sich mit dem Schmerz, der überall zur gleichen Zeit entstand. Wie betäubt ruderte ich mit den Armen, verlor jeden Halt und jede Orientierung. Was war oben? Was unten? In der anbrechenden Dämmerung und mit all dem Eis, das kaum einen Schimmer Licht hindurch ließ, sank ich in mein finsteres Seegrab. Meine Lunge brannte und verzehrte sich nach Luft. Die vollgesogene Kleidung und der schwere Schlittschuh an meinem linken Fuß zogen mich abwärts, während mir die Schnürsenkel des zweiten Schuhs durch die Finger glitten und verlorengingen.

Ich sehnte mich nach nichts mehr als Wärme, Luft und der helfenden Hand meiner Mutter. Und dann packten mich Hände und zerrten mich in eine andere Richtung, als mein Fuß es bisher tat. Als ich das zweite Mal an diesem Tag die Wasseroberfläche durchbrach, war ich kaum noch ich selbst. Alles an mir war entsetzlich kalt, meine Zähne schlugen so heftig aufeinander, dass ich mir die Backe blutig biss. Die Luft war eisig und schneidend und brannte beinahe so sehr in meinem Brustkorb wie der fehlende Sauerstoff zuvor. Oder war das mein Bauch, der so schmerzte?

Mein Retter zog mich ans Ufer. Es lag nur fünf Meter entfernt, aber ohne ihn hätte ich es nie mehr erreicht. Dabei legte ich jeden Tag sicher hundertmal diese Distanz zurück, doch das eine Mal, als es darauf ankam, vermochte ich es nicht mehr. Mein Gesicht war ganz nass und Wasser klebte in meinem Auge. Ich wischte es mit der Hand fort und sie war rot. Himmel, ich blutete! Mit dem Ärmel rieb ich es ab und sah zu meinem Retter auf.

Silbrige Augen blickten mich besorgt an und schauten von meinem Kopf zu meinem Bauch. Er presste seine Hände darauf und ich bemerkte, dass auch an ihnen Blut klebte. Schwarzes Blut. Das konnte nicht gut sein. Blut war doch nicht schwarz! Hilflos suchte ich seinen Blick und sah, wie er sich selbst in den Arm biss. Mit

Zähnen, die viel länger als üblich waren. Fänge wie von Tieren. Blut klebte an ihnen, als er seinen Arm freigab, der nun von einer offenen Bisswunde gezeichnet war.

Er schob meine Jacke und den Pulli hoch und ich starrte auf das tiefe Loch in meinem Bauch, das schwarz wie Teer war und immer neues Blut aus mir hervorquellen ließ. Mir war so schwindlig und kalt. Alles war weiß um uns vom Schnee. Alles war schwarz um uns von der Nacht. Alles war grau um uns, weil es keine Farben mehr auf dieser Welt zu geben schien.

Sein Blut tropfte in meine Wunde und ein sengender Schmerz rauschte durch meine Nervenbahnen. Alles fühlte sich wie Feuer an. Ich schrie in die anbrechende Nacht. Blasen bildeten sich auf meiner Haut. Mein Bauch brannte. Er brannte so fürchterlich! So wie die Wunde in meinen Körper hineingerissen worden war, schien nun etwas sie aus mir herauszureißen. Und als ich das nächste Mal blinzelte, war mein Bauch sauber und weiß. Die Verletzung war fort und es waren nur noch zwei Löcher in meinem Shirt und der Jacke geblieben.

Sirenen heulten heran und der silberne Blick meines Schutzengels suchte die Straße ab. Er schlug mich in seinen Mantel ein und ich starrte auf seine noch immer langen Zähne. Als ich das flackernde Blaulicht zwischen den Bäumen erspähte, bettete er mich in eine Senke im Schnee und verschwand.

Er hatte kein Wort gesagt, mir nichts über sich verraten. Ich rollte mich zusammen und rieb über meinen Bauch. Mein Finger bohrte sich durch das Loch in der Kleidung.

Auch jetzt, als ich mit Lennox beim Kaffee saß, strich

ich über die Stelle, die nicht einmal von einer Narbe gezeichnet war. Dieses Andenken an meinen Vampir war so verborgen wie er selbst. Ob er anderen oft das Leben rettete? Ich nannte ihn einen Vampir, weil er lange Zähne besaß. Aber am Ende war er vielleicht ein echter Engel. Allerdings hatte ich keine Flügel gesehen und er schien zur Nacht zu gehören wie die Sonne zum Tag.

„Ein Bauchgefühl?“, fragte Lennox skeptisch. Dann seufzte er. „Was machst du heute noch?“

„Pia hat mich zu ihrer Feier eingeladen.“ Ich zuckte mit den Schultern. Immerhin war Freitag und niemand musste morgen früh aufstehen. Ich mochte es nicht, wenn Leute zu viel tranken, doch meistens verschwand ich zeitig genug von solchen Partys, um dem größten Rausch zu entgehen.

„Weißt du schon, was du anziehst?“ Er wackelte vergnügt mit den Augenbrauen.

„Jeans und Pulli?“, schlug ich vor.

„Au weh, mach dich doch ein bisschen hübsch ... für mich ...“ Erstaunt hob ich meine Brauen, aber als ich ihm in die Augen schaute, blickte er schnell zu Boden. „Quatsch, war nur Spaß. Aber vielleicht triffst du ja jemanden.“

Ich nickte zu meinen Bildern. „Er wird wohl kaum dort sein. Inzwischen ist er aus dem Studentenalter raus.“

„Ja, guter Punkt: Warum willst du dir einen alten Kerl angeln, wenn du mich haben kannst?“

Lennox war doch wirklich ein süßer Scherzkeks. Ich fühlte mich absolut wohl in seiner Nähe.

„Also gut, hilf mir, etwas auszusuchen. Ich vertraue deinem Geschmack.“

Er grinste und wir landeten vor meinem

Kleiderschrank.

„Hast du ein kleines Schwarzes?“, wollte er wissen.

Ich warf ihm einen geschockten Blick zu. „Warst du heute mal draußen? Es ist schweinekalt. In ein paar Wochen ist Weihnachten.“

„Das interessiert auf Partys doch niemanden. Du brauchst wenigstens ein hübsches Röckchen. Hey, wie wäre das hier?“

Er hielt mir einen knielangen roten Rock und ein schwarzes Shirt mit Spitze am Ausschnitt hin.

„Das trage ich sonst eher an Silvester.“

„Party, also. Genau das Richtige. Wo sind deine hohen Schuhe?“ Er drückte mir die zwei Sachen vor die Brust und ich hielt sie artig fest. Dann wählte er mir die Pumps mit den höchsten Absätzen aus. Die waren eigentlich nur für Rendezvous geeignet, bei denen ich fast ausschließlich sitzen konnte – so wie in Restaurants. Wenn man damit die Beine überschlug, sah es phänomenal aus. Zum Laufen waren sie allerdings nicht gemacht. Nur zum Gucken. Auf vielen Partys stand man oft ellenlang herum und das stellte ich mir wenig amüsant mit diesen Fußmördern vor.

„Die sind heiß“, fand er.

„Ja, schon, nur kann man darauf nicht laufen.“

„Ich fahre dich hin.“

Hm. Das war kein schlechtes Angebot. Bestimmt fand ich irgendwo etwas zum Sitzen, zur Not einen Tisch oder ein Fensterbrett zum Anlehnen. Also gut.

Ich takelte mich auf, frisierte meine blonden Locken und benutzte etwas Make-up. Allzu viel verwendete ich nie. Da malte ich lieber auf Bildern. Vermutlich würde mir das mit den Schuhen morgen furchtbar leidtun, doch als ich mich jetzt im Spiegel ansah, fühlte ich mich aufregend und irgendwie sexy.

Dieses Outfit sorgte dafür, dass ich jemanden verführen wollte, denn normale Männer hin oder her – ich vermisste den Sex. Sobald ich endlich wieder einen Freund hätte, würde ich ihn an mein Bett ketten und ihn eine ganze Woche nicht mehr aufstehen lassen. Mindestens. Ich fühlte mich ausgehungert. Zum Glück war bald Weihnachten. Mein Vampir musste mich unbedingt erlösen. Sex mit einem Vampir konnte bloß heiß sein. Wer so sehr von Blut beseelt war, musste auch in allen anderen Belangen eine getriebene Seele sein.

Ich atmete tief durch und schüttelte den Kopf.

Lennox ging es sicher genauso. Er hatte wirklich nie Dates.

Zwinkernd drehte ich mich zu ihm um. „Hast du schon bemerkt, dass Trixy total auf dich steht?“ Bestimmt war sie auch ganz ausgehungert.

„Sie ist viel zu offensiv“, erklärte er und inspizierte meine Garderobe. „Wenn sie einen Mann finden will, sollte sie mal drüber nachdenken, dass wir nicht gerne die Beute sind.“

Das war sehr diplomatisch ausgedrückt für jemanden, der gar nicht auf Frauen stand.

„Sie geht nicht gerade dezent vor ...“, stimmte ich zu.

Das entlockte ihm ein Lachen.

„... Aber vielleicht hat sie sinnliche Geheimnisse.“

Er stemmte nur die Hände in die Seiten und schüttelte den Kopf. „Geheimnisse gibt es nicht. Zeig mir ihre Bilder und ich sage dir, wer sie ist.“ Er trennte sich von meinem Schrank und machte eine vielsagende Geste zu meinen behängten Wänden. „Kunst ist immer ehrlich.“

Ich runzelte die Stirn und wurde neugierig. „Du kannst wirklich aus Bildern lesen?“

Er rieb sich die Stirn, als hätte er Kopfschmerzen. „Ja, sicher. Bilder sind Fenster zur Seele.“

„Dann besorge ich dir eine ihrer Zeichnungen und du sagst mir, wie sie ist.“

Er wirkte skeptisch. „Warum wollen wir was über Trixy wissen?“

„Will ich gar nicht. Ich will nur rausfinden, ob deine Teedeutungen aus Bildern funktionieren.“

Er betrachtete meine Zeichnungen. „Denkst du, dass du hiervon jemals loskommst?“

„Dieses Jahr wird es klappen.“

Lennox zog ein mitleidiges Gesicht.

Wir gingen zurück in die Küche und prüften den Kuchen. Da kein Teig am Holzspieß kleben blieb, holten wir ihn heraus. Er roch sogar fabelhaft. Backen schien wirklich ganz leicht zu sein. Wie gut würde der nächste Kuchen erst werden, wenn ich ihn nicht mit heißer Butter machte?

„Versprich mir nur, dass du dir auch mal andere Männer ansiehst, als nur den Kerl an deinen Wänden. Den kann man eh nicht richtig erkennen. Das könnte beinahe jeder sein.“

„Das macht es ja so schwierig.“

Ihm schien eine Idee zu kommen. „Pass auf, ich schaue mir Trixys Bild für dich an, aber nur, wenn du dafür der Party heute Abend eine Chance gibst.“ Beinahe zärtlich strich er durch mein Haar. „Du bist zu jung und zu hübsch, um allein zu sein.“

„Willst du nicht zur Party mitkommen?“

Er stupste mir mit dem Finger gegen die Nase. „Geht

nicht. Heute ist wieder ein *»World of Warcraft«*-Abend. Die Jungs und ich spielen *»Warlords of Drenor«*. Aber ich bin eh kein Partylöwe."

Es wunderte mich, dass er überhaupt auf diese Spiele stand, denn eigentlich war er ein echter Kulturliebhaber. Manchmal fragte ich mich, ob bei seinen sogenannten Jungs nicht jemand dabei war, mit dem er gerne mehr als nur Computerspiele oder Playstation gespielt hätte. Ich akzeptierte, dass er nicht darüber sprach.

KAPITEL 3

Auf viel zu hohen Schuhen stand ich inmitten von Pias Verbindungshaus und staunte über die tolle Partydekoration und die Menge an Leuten, die in dieses Gebäude passte. Selbst das Treppenhaus platzte aus allen Nähten und ich wühlte mich langsam vorwärts durch den Pulk, der sich besonders im Eingangsbereich gebildet hatte.

Wo zum Teufel steckte eigentlich Pia? Ich drang zur Küche vor, wo es viele Häppchen und jede Menge Getränke gab. Jemand drückte mir eine Flasche Root Beer in die Hand, und weil ich es nicht mochte, reichte ich es an die nächste Person weiter.

„Danke, Süße“, meinte der Typ, den ich noch nie im Leben gesehen hatte.

„Kennst du Pia?“, fragte ich ihn und weil ich mir nicht sicher war, ob er mit ihrem Spitznamen etwas anfangen konnte, ergänzte ich: „Olympia?“

„Nee.“

Ich schob mich weiter in den Gemeinschaftsraum vor, wo es in einem Bereich eine Plauderecke mit Sofas gab und auf einer leergeräumten Fläche getanzt wurde. Mit den Schuhen war ich fast einsfünfundsiebzig, doch alles sehen konnte ich trotzdem nicht.

Gerade, als ich mit dem Gedanken spielte, mich einfach eine Runde auf die Couch zu setzen, tippte mir von hinten jemand auf die Schulter. Als ich mich umdrehte, stand Pia vor mir und grinste mich an.

„Hey, Lucy. Wir sind drüben im Billardzimmer. Komm mit."

Pia zog mich am Arm hinter sich her, damit ich ihr im Gedränge nicht verlorenging. Das Billardzimmer war erfreulicherweise nicht ganz so überlaufen. Das lag sicher auch daran, dass niemand gerne einen Queue zwischen die Rippen bekam. Außerdem gab es hier weder Tanz, noch Sofas, noch Speisen oder Getränke.

Pia stellte mich ein paar Studenten vor, die größtenteils mit ihr im Musikkurs waren. Ich musste zugeben, dass ich Musik zwar gerne hörte, selbst allerdings völlig unmusikalisch war und nicht einmal Noten lesen konnte. Entsprechend wenig verstand ich von der aufkommenden Debatte über eine neue Komposition und deren Transposition von D-Dur nach F-Dur.

Pia fiel meine Teilnahmslosigkeit jedoch auf und sie schlug vor, dass wir Twister spielen könnten. Ich liebte dieses Verrenkungsspiel mit den bunten Farbklecksen am Boden, bei dem man mit der vorgegebenen Hand oder dem Fuß die richtige Farbe berühren musste. Natürlich war ich sofort mit dabei, doch der Rest der Truppe wollte sich nicht dafür erwärmen.

„Warte mal kurz", sagte Pia und lief ins Nebenzimmer.

Etwas deplatziert blieb ich bei den Musikern und schaute in die Runde. Leider fand ich kein wirklich bekanntes Gesicht unter den Gästen. Manche hatte ich schon mal gesehen, aber noch nie mit ihnen gesprochen.

Einige waren heftig am Flirten, andere erzählten sich Witze und lachten. Die Stimmung war gut, die Geräuschkulisse laut, und trotzdem fühlte ich mich allein ohne meine Freundin.

Zum Glück erschien sie in dieser Sekunde und hatte Ethan im Schlepptau. Es war erstaunlich, wie sie es schaffte, im allgegenwärtigen Chaos genau die Leute zu finden, die sie suchte. Und gerade, als ich gedacht hatte, niemanden weiter zu kennen, tauchte Trixy Habish in der Tür auf. Sie trug Jeans und einen roten Strickpulli, der sich weich um ihren schlanken Körper schmiegte. Die blonden Haare hatte sie zu einem Zopf gebunden, der ihr seitlich über die Schulter fiel. Neben ihr kam ich mir overdressed vor, obwohl sie süß und elegant aussah. Sie entdeckte mich praktisch zeitgleich und winkte begeistert. So wurde sie die vierte im Bunde und wir konnten anfangen.

Ich machte mich daran, aus meinen meterhohen Schuhen zu steigen, weil ich auf denen unmöglich twistern konnte. Viel zu wackelig balancierte ich auf einem Bein, während ich am anderen Fuß zog. Ich musste nicht einmal betrunken sein, um das Gleichgewicht zu verlieren.

Erschrocken quiekte ich auf, als mich zwei Hände packten. Mit Wange und Kinn landete ich auf einer Männerbrust und war dankbar, dass meine Zunge nicht zwischen die Zähne geriet, als meine Kiefer fest aufeinander schlugen. Autsch.

Er gab ein lautes Keuchen von sich. Sicher fühlte es sich für ihn genauso unerfreulich an. Mit einer Hand krallte ich mich an seiner Schulter fest, oder vielmehr an seinem Shirt, mit der anderen umfasste ich seine hintere

Jeanstasche. Hastig nahm ich meine Hand von seinem Hintern.

Er schob mich in eine aufrechte Position. Vor mir stand ein Fremder mit braunem Haar und … grauen Augen. Auf einmal schaltete meine ganze Welt auf stumm. Die Hintergrundbilder um uns verschwammen ins Nichts. Wow … diese Augen! Ich hatte sie hundertmal in Kohle gezeichnet. Ich begann meine Bilder immer mit diesen Augen. Es war so verrückt, dass dieser völlig Fremde jenen Blick von damals in meine Welt von heute holte.

Sprachlos starrte ich ihn an und er wölbte eine Braue, weil er das sicher skurril fand. Das Erkennen blieb auf seiner Seite definitiv aus. Natürlich war er es ja auch gar nicht.

„Alles okay?“, erkundigte er sich und sein Blick glitt zu meiner Hand.

Zum Glück erwähnte er mit keinem Ton meinen Grapschausflug zu seinem Knackarsch. Sein rostbraunes Shirt mit dem Uni-Stempelaufdruck hatte ich ihm halb heruntergerissen und krallte mich noch immer daran fest.

„Ups“, murmelte ich und schob ihm das Shirt ordentlich hin. Mir entging nicht, dass seine Haut darunter glatt und fest war. Ich hatte den Stoff mit meiner Faust ganz schön zerknautscht und strich ihn nun wieder in Form. Vielleicht nahm ich mir dafür etwas zu viel Zeit, doch schließlich war ich nervös. So ein Stolperunfall konnte ganz schön peinlich sein. Und diese Erinnerung …

Er beobachtete meine Hand, während ich sein Shirt auf Schulterhöhe bearbeitete, und ein Grübchen formte sich auf seiner Wange, als er lächelte. Verdammt, Grübchen waren echt sexy.

„Ich habe zu Hause noch einen Berg Bügelwäsche, falls du dich irgendwie revanchieren willst."

Mir klappte der Mund auf und ich hörte Pia kichern.

Welche Frau wollte denn bitte freiwillig bügeln? Darauf konnte er echt lange warten.

„Also, das ..." Ich schluckte und ließ meine Hand sinken. „... ist wohl die seltsamste Anmache, die ich je gehört habe."

Leider war es keine gute Idee, ihn loszulassen, denn ich hing mit einem Fuß nur halb im Pumps. Sofort stützte er mich erneut ab.

„Danke", nuschelte ich. So würdevoll, wie es eben ging, hielt ich mich an ihm fest und zog meine Schuhe aus.

„Schöne Schuhe", raunte er und die Härchen an meinem Körper richteten sich auf.

Barfuß war ich endgültig viel kleiner als er. Sicher war er um die einsfünfundachtzig. Seine Nähe verwirrte mich.

Ohne groß nachzudenken, sagte ich: „Die hat Lennox ausgesucht."

Erst bei Trixys aufgeregtem: „Was, Lennox war bei dir?", bereute ich meine Worte.

Die Augen des Fremden wurden schmal und er runzelte die Stirn. „Ist das dein Freund?"

Nun starrte Trixy mich entsetzt an. Immerhin war sie schon lange hinter Lennox her. Daher schüttelte ich den Kopf mehr in ihre Richtung als in die meines Helfers.

„Nein, er kam nur zum Backen vorbei."

Pia stellte sich an meine Seite und legte mir die Hände auf die Schultern. „Lucy hat keinen Freund", erklärte sie ihm. „Sie ist Single. Und du bist?“

Ich wäre ihr am liebsten auf den Fuß getrampelt, immerhin wusste sie doch, dass ich meinen Vampir aufspüren wollte.

„Adam“, stellte er sich vor und streckte mir seine Hand hin.

Da konnte ich schlecht ablehnen, also schlug ich ein. Außerdem hatte er mich vor einem Haufen blauer Flecken durch einen hässlichen Sturz bewahrt. Seine Hand war angenehm warm und kräftig. Er schüttelte meine ein paar Sekunden zu lange und ließ mich dabei nicht aus den Augen. Seine Augen waren wirklich schön. Er konnte mit ihnen lächeln.

„Wir wollen gerade twistern“, erklärte Pia in seine Richtung.

Seine Grübchen vertieften sich. „Darf ich mitspielen?“

Mein Hals wurde trocken wie eine archäologische Ausgrabungsstätte in der Sahelzone.

„Gerne“, verkündeten Pia und Trixy unisono.

Verwundert schaute ich zu Trixy. Sie schien ihren Schock über Lennox’ und meine gemeinsame Backaktion noch nicht überwunden zu haben. Als ob ich eine Konkurrentin wäre. Auch das noch! Ausgerechnet bei Lennox. Er war eher der kleine Bruder, den ich als Einzelkind nie gehabt hatte.

Die anderen folgten meinem Beispiel und zogen sich die Schuhe aus. Dann tat es nicht so weh, falls man jemandem versehentlich auf die Hand stieg. Die ersten zwei, drei Felder erreichte man ziemlich gut. Danach schränkte sich der Bewegungsraum durch die Körper der anderen Mitspieler immer mehr ein, die nicht nur mit Händen und Füßen die gewünschten Farbflächen blockierten.

Karen, eine Kommilitonin aus Pias Musikkurs, erklärte sich bereit, für uns die Drehscheibe zu betätigen. Wir positionierten uns am Mattenrand.

„Linker Fuß auf Blau“, verkündete Karen und jeder von uns setzte sich in Bewegung. Wir stellten unsere linken Füße auf jeweils einen der blauen Kreise.

„Hallo“, sagte Adam charmant, als ich ihm dadurch näherkam.

Seine Augen würden mich noch ablenken.

„Diesmal falle ich nicht um“, behauptete ich. Das sollte man bei Twister tunlichst vermeiden, weil man ausschied, sobald man die Matte mit etwas anderem als Händen oder Füßen berührte.

Er nickte. „Das ist ein guter Plan. Ich habe mir das auch vorgenommen.“ Sein Blick war geradezu herausfordernd. Die Augen an meiner Wand betrachteten mich nie so verschmitzt. Wie würde es erst sein, wenn mein Vampir mich ansah, bevor er seine Hände auf meinen Körper legte und mich leidenschaftlich küsste?

„Rechter Fuß auf Gelb.“

Mit wild klopfendem Herzen drehte ich mich zum gelben Feld. Dabei erhaschte ich einen Blick von Pia, die mich angrinste und dabei zu Adam nickte. Alte Kuppeltante! Mein Kopfkino spielte gerade einen anderen Film.

„Rechte Hand auf Grün.“

Auch das noch. Ich bückte mich, um meine Hand zu platzieren. Anscheinend wollte sich Adam dasselbe Feld holen, doch ich war schneller. Seine Hand landete direkt auf meiner und sandte ein nervöses Kribbeln durch meinen Bauch.

Karen nickte in meine Richtung und sprach mir das Feld zu. Adam wölbte seine Augenbraue und zuckte die Schultern. Da noch genügend grüne Felder frei waren, suchte er sich ein anderes. Dabei hinterließ er ein leeres Gefühl auf meinem Handrücken. Er zwinkerte mir zu und ich musste grinsen. Fröhlich streckte ich ihm die Zunge heraus.

Nach und nach drehte Karen die Scheibe und ich bekam echte Schwierigkeiten, die gewünschten Flächen zu schaffen. Obendrein hatte ich als einzige das Problem, einen Rock zu tragen, und ich gab mir Mühe, nicht grätschend auf der Matte zu landen. So viel zu Lennox' Vorschlag, dass ich unbedingt einen Rock oder ein kleines Schwarzes anziehen sollte. Der Mann hatte wohl noch nie Twister gespielt. Allerdings hatte ich selbst auch nicht damit gerechnet, dass das auf dem Programm stehen würde.

Als nur noch drei rote Felder frei waren, aber fünf Leute danach griffen, ging es hektisch zu. Wer zuerst kam, gewann. So lautete die Devise. Ich fiel halb über Adam, um mir das letzte Feld zu schnappen.

„Das wird noch zur Gewohnheit“, keuchte er und hielt sich eisern oben, denn er durfte ja mit keinem anderen Körperteil auf die Matte geraten.

Ethan und Trixy gingen beide leer aus. Ethan, weil Pia schneller war und er es zu meinem Feld nicht mehr rechtzeitig geschafft hatte. Und Trixy verlor schon allein deshalb, weil sie aus dem Gleichgewicht geriet und seitlich wegplumpste.

„Nur noch drei“, verkündete Pia und lachte kampflustig.

Sie hatte etwas bessere Karten als wir, weil sich das Feld auf ihrer Seite stark geleert hatte, während Adam und ich buchstäblich aufeinander hockten.

„Nimm dich lieber in Acht“, warnte ich ihn. „Sie beißt, um zu gewinnen.“

Pia zeigte ihre Zähne und Adam grinste mich an.

Insgesamt schafften wir noch vier weitere Runden. Dann kegelte ich Adam mit mir aus dem Spiel. Schuld war natürlich nur der Rock. Ich wollte mich nicht breitbeinig auf die Matte hocken und krabbelte deshalb über ihn drüber. Für die letzte Bewegung war mein Arm einfach zu kurz. Ich erreichte die Farbe nicht, streckte mich zu sehr und mein komplettes Gewicht landete auf ihm. Wir fielen beide auf die Plane.

„Juhu!“, schrie Pia und sprang wie ein Boxchampion herum.

„Mir war gleich klar, dass du mir noch Ärger machst“, meinte Adam und lag quer auf der Unterlage.

Ich rappelte mich auf und drückte ihm dabei meine Hand in den Bauch. Er gab ein gequältes Geräusch von sich und schob mich aufwärts.

„Wieso?“, wollte ich wissen, als ich festen Boden unter den Füßen hatte und meinen Rock glatt schob.

„Hm?“ Er stand ebenfalls auf und sah fragend auf mich herunter.

„Wieso war dir das klar?“

Er zuckte die Schultern und schüttelte vage den Kopf. „Nur so ein Bauchgefühl.“

Ich starrte ihn an und mein Herz machte einen Satz. Gleichzeitig begann die Narbe, die ich gar nicht hatte, an meinem Bauch zu ziehen. Man konnte sie nicht sehen und trotzdem war sie da. Ich hatte meine ganz eigenen

Bauchgefühle in seiner Nähe.

„Möchtest du was trinken?“, fragte er mich.

Im selben Moment tauchte Trixy neben mir auf. „Das klingt super. Ich habe so einen Durst.“ Sie knuffte mich, als wären wir beste Freundinnen. „Mensch, war das ein Spaß!“

„Ich muss nur meine Schuhe anziehen“, erklärte ich.

Adam hielt mir seine Hand hin, damit ich nicht aus dem Gleichgewicht geriet, und spätestens als ich auf dem einen Highheel balancierte, um den anderen anzuziehen, erwies er sich einmal mehr als sehr nützlich. Trotzdem lenkte mich seine Berührung so sehr ab, dass ich drei Anläufe brauchte, bis ich den Schuh am Fuß hatte.

„Danke.“

Adam band sich seine Camel Boots, schicke cognacbraune Treter, die mir besser gefielen als die Turnschuhe der meisten Jungs hier am Campus. Die Jeans saßen ziemlich schmeichelhaft an seinem Hintern, als er sich bückte.

Pia zwickte mich in die Seite. „Schau nur: ein menschlicher Mann aus Fleisch und Blut.“

Ich rollte mit den Augen. „Was sollte das mit: *‚Sie ist Single‘*? Du weißt doch, dass ich ...“

Sie rempelte mich mitten im Satz an und als ich aufsah, war Adam bereits fertig und betrachtete mich neugierig.

Verlegen strich ich mir die Haare hinters Ohr.

„Sollen wir?“ Er hielt mir seine Hand hin.

Da Trixy ebenfalls startklar war und ich Pia zutraute, dass sie mich gleich in seine Richtung schubste, ergriff ich seine Hand. Ich dachte mir nichts dabei, wirklich nicht. Auch nicht, als es kurz zwischen uns funkte. Das war nur statische Aufladung – ganz normal in einem Raum voller gestrickter Winterkleidung, auch wenn wir beide gar keine Strickpullis trugen. Du meine Güte, es war nur eine Hand.

Trixy nahm von hinten meine andere und hängte sich an mich dran. Das fühlte sich komplett anders an. Von ihr bekam ich keinen schnelleren Puls, dabei machte sie einen größeren Zirkus und hüpfte regelrecht hinter mir. Sie war ganz aus dem Häuschen, weil sie mich über Lennox ausquetschen wollte, und ich war so aufgewühlt, weil sich Adams Hand viel zu samtig anfühlte. Der Einzige, der in unserem Dreiergespann nicht aufgeregt wirkte, war Adam. Er kam mir vollkommen ruhig und entspannt vor.

Ich folgte mit den Augen abwechselnd seinen breiten Schultern und seinem knackigen Po, bis wir in der Küche landeten. Dabei war ich so vertieft in die Wölbungen unter seiner Jeans, dass ich in ihn hineinlief, als er plötzlich stehen blieb.

Trixy kicherte und ich rieb mir so unverbindlich es eben ging meine Stirn.

„Alles okay?“, erkundigte er sich bei mir.

„Klar. Ich habe nur Durst.“ Er sah ziemlich irritiert aus. Niemand lief in andere Leute, bloß weil er durstig war. Daher erklärte ich: „Ich war so in Gedanken, was ich trinken soll.“

Auf keinen Fall würde ich zugeben, dass ich auf seinen Hintern gestarrt und mir die Jeans weggedacht hatte.

Er nickte und lächelte. „Und was darf es sein?“

„Wasser.“

Okay, das klang nicht nach einer komplizierten Überlegung. Zum Glück mischte sich Trixy ein: „Ich nehme ein Budweiser.“

Er spitzte die Lippen und nickte bedächtig: „Bist du denn schon einundzwanzig?“

Sie gluckste geschmeichelt und nestelte an ihrem Zopf herum. „Ich bin sogar schon zweiundzwanzig.“

Ja, sie hatte sich gut gehalten. Zum Glück gab es für mein Wasser keine Altersbeschränkung und er reichte es mir ohne einen skeptischen Kommentar.

„Hier, bitte, einmal Wasser für die Frau mit den verboten hohen Schuhen.“

Dann fischte er ein Budweiser aus der Kühlbox und übergab es Trixy. Er selbst nahm sich eine Cola, was ich sehr angenehm fand. Ich mochte Jungs nicht, die zu viel tranken. Das war auf dem Campus durchaus mal der Fall. Die meisten Studenten erreichten während des Studiums das einundzwanzigste Lebensjahr und damit das gesetzlich vorgeschriebene Mindestalter für Alkohol. Einige feierten dann zu ausgiebig. In den Unigebäuden war Alkohol deshalb untersagt, doch dies war ein Verbindungshaus der Alpha Xi Delta.

„Also, du hast mit Lennox gebacken?“, griff Trixy unsere frühere Unterhaltung auf.

„Ja, bald ist Weihnachten. Ich muss dieses Backen mal üben.“

„Du mit Lennox?“

Ich nippte an meinem Wasser und nickte.

„Macht ihr das denn öfter?“

Sofort schüttelte ich den Kopf, damit sie nicht dachte, wir würden einen Backkurs gründen. „Nein, das war das einzige Mal.“

„Aha.“ Sie runzelte die Stirn. „War es denn gut?“

Okay, das war ein merkwürdiges Gespräch. „Wie

Backen eben so ist. Apropos Lennox, ich stelle ihm gerade eine Mappe mit Bildern zusammen, damit er mal sieht, was ihn nächstes Jahr in Kunst erwartet. Magst du mir nicht auch eines deiner Bilder dafür geben? Du bekommst es auch wieder."

Ihre Augen leuchteten. „Ja, klar. Das mache ich gerne. Du kannst auch fünf Bilder haben. Wann treffen wir uns denn mit ihm?"

„Ähm, ich dachte, du gibst es mir einfach am Montag im Kurs."

Die Enttäuschung war ihr über das Gesicht plakatiert. „Aber du musst ihm die Mappe doch sowieso geben."

„Ich weiß noch nicht, wann ich dazu komme. Wir haben noch nichts abgemacht."

„Schade. Ich meine, vielleicht weißt du am Montag ja mehr."

Ich nickte unverbindlich. Wie sollte ich ihr klarmachen, dass Lennox nicht zu haben war? Wieso hielt sie ihn eigentlich für so offensichtlich hetero?

Hoffentlich war mein Vampir nicht vom anderen Ufer. Seufzend trank ich von meinem Wasser und fing dabei Adams Blick auf, der mich genau beobachtete.

Statt ertappt wegzuschauen, lächelte er mich ganz offen an. Er stellte seine Cola beiseite und deutete zur Tanzfläche. „Hast du Lust zu tanzen?"

Ich wollte mich vor allem Trixys Verhör über Lennox entziehen. Daher nickte ich spontan und ließ mich von ihm zum Tanzbereich führen. Irgendwer hatte Kuschelsongs aus Liebesfilmen aufgelegt und wir landeten bei »It must have been love« von Roxette aus *Pretty Woman*, einem Song über Liebe, die vergangen war, und kalte Wintertage, die einem blieben. Es war

Liebe und nun war sie vorbei. Das war schrecklich deprimierend.

Adam legte mir seine Hand auf den Rücken und führte mich sanft zur Melodie. „Warst du schon mal verliebt?“

Verdutzt blinzelte ich ihn an. „Wie bitte?“

Er nickte zu einem der Lautsprecher. „Na, der Song.“

„Oh.“ Ratlos benetzte ich meine Lippen und räusperte mich. „Ich glaube nicht.“

Sein Lächeln war entwaffnend. „Du glaubst?“

„Ich dachte es, aber eigentlich war ich es nicht.“

Adam schaute mich einfach nur an und tanzte mit mir. Seine Augen nahmen jeden Millimeter von mir in sich auf. Ich hatte das Gefühl, in ihn hineingesaugt zu werden, und ich vergaß die anderen um uns herum. Unsere Blicke verankerten sich und die Musik fand Worte für uns, die wir selbst nicht sprachen. Er brachte mich auf eine so verwirrende Weise durcheinander, dass ich mich nach einigen Tänzen mit ihm selber nicht mehr kannte.

In seinen Armen fühlte ich mich ganz klein, als wäre er selbst so viel mehr, als ich sah. Er wirkte geheimnisvoll und verführerisch. Ich starrte auf seine Lippen und fragte mich, wie sie wohl schmeckten.

Verwirrt schüttelte ich den Kopf.

„Ich sollte jetzt wirklich gehen“, flüsterte ich. „Es ist bald zwölf.“

Adam wirkte zum ersten Mal an diesem Abend angespannt. „Bitte bleib. Mir ist es egal, falls deine Kleider sich um Mitternacht verändern.“

„Meine Kleider?“

„Oder falls dein Auto zu einem Kürbis wird. Lass uns einfach tanzen.“

Ich wusste nicht, ob es an seiner märchenhaften Anspielung lag, doch ich blieb. Dabei war er lediglich ein netter Kerl, der umso besser auszusehen schien, je länger ich ihn betrachtete. Es war schön, von einem Mann gehalten zu werden und diese körperliche Nähe zu spüren, auch wenn er nicht der Richtige war. Adam war aufmerksam und ein guter Zuhörer. Ich erzählte ihm von meinem Kunststudium und wir tanzten und lachten.

Drei Stunden später brannten meine Füße in den Schuhen, weil sie eigentlich nur zum Sitzen gemacht waren, und ich fühlte mich schrecklich müde, weil ich so früh aufgestanden war.

„Der Abend war wirklich lustig, aber ich muss jetzt nach Hause."

„Soll ich dich bringen?"

„Nein." Ich schüttelte den Kopf. „Es ist nicht weit. Zum Glück nur ein paar Schritte."

Ein paar Schritte in schrecklichen Schuhen.

„Dann macht es doch sowieso keine Umstände", erklärte er und nahm meine Hand.

Ich konnte Pia nirgends sehen. Ob sie wohl gerade Ethan verführte? Falls das so war, hatten sie sich gewiss aus dem Staub gemacht, da das Haus aus allen Nähten quoll, und dann würde ich sie hier gar nicht finden können. Ich stellte mir vor, dass sie zu ihm gegangen waren und miteinander herum turtelten. In dem Fall sollte ich sie nicht mit einem Anruf stören. Also schickte ich ihr bloß eine kurze SMS, dass ich nun ins Bett gehen würde, und ließ mich von Adam nach draußen begleiten.

Die Nachtluft war unglaublich frisch und klar. Nach der stickigen Luft in einem Haus mit zu vielen Menschen, die sich zu viel bewegten und von denen ein paar auch zu viel tranken, war es wie ein Schock für meine Lungen, und ich schauderte.

„Willst du meine Jacke?“, bot er mir an.

„Nein, es geht schon.“

Schließlich hatte ich ja schon meine eigene Jacke an und konnte ihm nicht auch noch seine klauen. Hier draußen war es für ihn genauso kalt wie für mich und ich wollte nicht, dass er meinetwegen fror. In ein paar Minuten würde ich mich daran gewöhnt haben und vielleicht lenkte mich die Kälte von meinen wunden Füßen ab. Die nächsten Wochen würde ich bloß noch flache Schuhe tragen. Wer hätte denn ahnen können, dass ich die Nacht durchtanzen würde?

Wir erreichten mein kleines Mietshaus keine Minute zu früh. Noch zwanzig Schritte mehr und ich hätte ihn gefragt, ob er mich trägt. Oder wenigstens die Schuhe mit mir tauscht.

„Da wohne ich“, erklärte ich und deutete aufs Gebäude. „Vielen Dank fürs Bringen.“

Er zuckte die Schultern. „Dann brauche ich mir keine Sorgen zu machen, dass du gut ankommst.“

„Ja, also ...“

Meine Lippen zitterten in der Kälte und meine Nase war rot gefroren. Verlegen schaute ich ihn an.

„Ich habe nicht so viel Erfahrung damit“, murmelte er und hatte wieder diesen aufwühlenden Blick. Er sah mir in die Augen und dann auf meinen Mund. Bevor ich ihn fragen konnte, womit er keine Erfahrung hatte, legte er seine Hand an meine Wange und beugte sich zu einem Kuss zu mir herab.

„Oh!“ Überrascht duckte ich mich unter ihm weg. Das ging doch nicht, dass ich so kurz vor Weihnachten etwas mit ihm anfing! Mein Brief war längst unterwegs und im Grunde kannte ich Adam kaum.

„Tut mir leid.“ Er wirkte halb verlegen, halb benommen. Kurz schüttelte er seinen Kopf und trat dann einen Schritt von mir fort. „Ich dachte nur ...“ Er fuhr sich mit der Hand durchs Haar.

Klar, Pia hatte ihm sehr nachdrücklich erklärt, dass ich Single war, und ich selbst hatte ihm gestanden, in niemanden verliebt zu sein. Wir hatten einen schönen Abend miteinander erlebt, der offensichtlich nicht nur mich durcheinandergebracht hatte.

„Weißt du, bei mir könnte sich gerade etwas mit einem anderen Mann anbahnen.“ Ich versuchte, es ihm so darzulegen, dass ich meine Hoffnung auf einen Vampir nicht zu formulieren brauchte.

„Du ...“ Bass erstaunt neigte er den Kopf. „Und dann tanzt du die ganze Nacht mit mir und hältst stundenlang meine Hand?“ Er schaute seine Hand dabei an, als würde es dadurch noch sonderbarer werden.

„Entschuldige, Adam ...“

Doch er wandte sich bereits ab und ging einfach davon. Seine Schritte waren weit ausladend und brachten einen Frust zum Ausdruck, der mir schrecklich leidtat. Ich hatte nicht angenommen, dass er sich gleich so viel aus mir machen würde.

Mit wunden Füßen und einem wunden Gefühl im Bauch schleppte ich mich ins Haus und sperrte meine Wohnungstür auf. Wenn es nicht schon nach drei Uhr gewesen wäre, hätte ich bei Lennox geklopft und bei ihm Trost gesucht. Was hatte ich da nur gerade verbockt?

Ich kroch aus meinen Schuhen und bedankte mich im Stillen bei der Strumpfhosenindustrie. Barfuß hätte ich nun mindestens zehn Blasen. So waren es nur Druckstellen. Manchmal hingen die Dinge an einem seidenen Faden und manchmal war dieser aus Nylon.

KAPITEL 4

Ich stand vor meiner Staffelei und malte an dem Kunstauftrag weiter, den wir bis Mitte der Woche erledigen sollten. Schon deshalb bis Mittwoch, weil Donnerstag Thanksgiving war und die Universität sich damit in ein langes Wochenende verabschiedete. Einerseits freute ich mich auf den Braten bei meiner Familie, andererseits war mein Bild noch lange nicht fertig und ich würde das halbe Wochenende durchmalen müssen, damit es das noch wurde.

Es war fast Mittag, doch früher hatte ich mich einfach nicht aus dem Bett quälen können. Dafür war die Nacht zu lang gewesen und obendrein hatte ich mich stundenlang herum gewälzt, weil ich trotz bleierner Müdigkeit und wunder Füße das Gedankenrad in meinem Kopf nicht stoppen konnte. Sobald ich kurz davor war wegzudösen, schreckte ich hoch, als würde ich irgendwo herunterfallen. Emotional war ich definitiv in die Tiefe gestürzt. Mir ging Adams enttäuschter Blick nicht aus dem Sinn. Ganz besonders nicht jene Sekunde, die zwischen seinem Entschluss, mich zu küssen, und meiner Ausweichaktion lag. Nur eine Sekunde. Eine, von der ich nicht wusste, ob ich sie bereute. Eine, für die ich mich gerade fast so gerne schütteln würde wie den

Trinkjoghurtbecher in meiner Hand.

Ich riss den Deckel ab und schlürfte mein Frühstück. Ein Waldbeerjoghurtshake, der bei mir sonst Kindheitserinnerungen wachrief, so lange liebte ich ihn schon, doch der heute den schalen Geschmack in meinem Mund nicht vertreiben konnte. Lustlos leerte ich ihn, warf den Becher in den Müll und pinselte an meinem Bild weiter.

Der Auftrag lautete, ein impressionistisches Gemälde anzufertigen. Zwar mit einem Thema unserer eigenen Wahl, doch es sollte ein typisch impressionistisches Motiv bleiben. Das hieß grob gesagt: Landschaften. Pia hatte sich letzte Woche mit einem Grinsen dazu geäußert: *„Ich schätze, deine üblichen Vampirmotive fallen da flach.“*

Ja, das taten sie. Ich suchte mit meinem Blick die Bilder an meinen Wänden ab, aus denen mich unzählige Male dasselbe Augenpaar ansah. In meiner Erinnerung schimmerten seine Augen silbrig, doch meine Kohlezeichnungen kannten nur Schwarz und meine Bleistiftwerke immerhin ein glänzendes Graphitgrau. Grau wie Adams Augen.

Adams Ausdruck war ähnlich intensiv gewesen und er drängte sich immer wieder in mein Bewusstsein vor und überlagerte jene Augen meiner Vergangenheit. Es war lange her, dass ich so intensiv an andere Augen gedacht hatte.

Unzufrieden rieb ich mir die Stirn. *Okay, konzentriere dich endlich!* Ich tauchte meinen Pinsel in die Farbe und tupfte meine impressionistische Variante der South Dakota State University auf die Leinwand. Es war ja nicht so, dass ich nichts anderes als Vampire malen konnte. In den letzten Tagen hatte ich mir etliche Skizzen angefertigt und auch ein paar Fotos gemacht, die nun neben meiner Staffelei lagen und mir als Vorlage dienten. Das war gut so, denn das Wetter lud gerade wenig dazu ein, direkt draußen zu stehen. Außerdem war meine Erinnerung derzeit wenig hilfreich, weil sie sich mit anderen Rückblenden beschäftigte: Adams Augen.

Lieber Himmel! Ich wusste absolut nichts über ihn. Ja, er war ein guter Zuhörer gewesen. So gut, dass er herzlich wenig von sich selbst erzählt hatte. Ich konnte mich nicht entsinnen, ihm zuvor schon einmal begegnet zu sein. Immerhin war er wohl auch ein Student, denn er hatte jenes Shirt mit dem Universitätsaufdruck getragen. Trotzdem wusste ich weder, welche Fächer er belegt hatte, noch ob er in einer Verbindung war. Vielleicht befand er sich schon im letzten Jahr und würde bald seinen Abschluss machen. Hatte er wie Pia ein Stipendium? War er gut in dem, was er tat? Was mochte er überhaupt? Und vor allem beschäftigten mich die Fragen, ob er gut nach Hause gekommen war, wie es ihm jetzt ging und woran er gerade dachte.

Tupf' endlich dieses Bild, Lucy! Eigentlich liebte ich das Malen, doch heute musste ich mich dazu zwingen. Fünf Stunden später und einige Arbeitsschritte weiter, beschloss ich, dass meine Farbe ruhig mal durchtrocknen konnte. Ich spülte meine Pinsel aus, machte sauber und hielt es für eine günstige Gelegenheit, meinen Besuch bei Lennox nachzuholen. Inzwischen war die Uhrzeit weit christlicher als in der Nacht zuvor und mein Arbeitspensum für diesen Samstag hatte ich auch erfüllt.

Ich schnappte mir meine Hälfte vom Kuchen, die seit

gestern unangetastet auf dem Küchentisch stand, und fand mich wenig später klopfend vor Lennox' Tür wieder. Als er mir öffnete, lief natürlich ein Song von Annie Lennox im Hintergrund.

„Huhu, Süße“, begrüßte er mich und schob sofort ein alarmiertes „Oh, oh“ nach, als er meinen Gesichtsausdruck bemerkte. „Komm mal gleich rein und erzähl mir alles.“

Und das tat ich. Ich ließ wirklich gar nichts aus – ganz im Gegenteil. Im Kopf spielte ich jedes Detail meiner gestrigen Begegnung durch: jedes Wort, an das ich mich erinnerte, jede Berührung, die stattgefunden hatte, und besonders Adams Blicke und den Klang seiner Stimme. Dabei saßen Lennox und ich aneinander gekuschelt auf seiner Couch und verputzten den restlichen Kuchen. Die Kalorien stellten gerade meine kleinste Sorge dar, aber seit ich selbst einen Kuchen gebacken hatte, war es schon schockierend zu wissen, was da alles drinsteckte.

„Wow, da hattest du ja einen aufregenden Abend“, schloss Lennox mit einem anerkennenden Pfeifen meine Ausführungen ab.

„Der Gedanke, dass er irgendwo da draußen ist und sich wegen mir schlecht fühlt, dreht mir den Magen um. Das wollte ich nicht.“

„Weiß ich doch. Du hast dich eben spontan auf den Moment eingelassen.“

Ich nickte und biss vom Kuchen ab. Mit den Lebkuchenkrumen schmeckte er tatsächlich weihnachtlich.

„Es ist nur, dass du einer Vorstellung aus deiner Kindheit nachjagst und für echte Männer blind geworden bist.“

„Mein Vampir ist auch echt."

Lennox seufzte. „Selbst wenn. Er wäre dann deutlich älter als du und es kann gut sein, dass er gar nichts von dir will. Liebe ist keine Einbahnstraße. Da gehören zwei Leute dazu." Er legte mir sanft seine Hand zwischen die Schulterblätter. „Nur, weil du ihn willst ..."

Sein Blick war so durchdringend und resigniert. Ich konnte nur mutmaßen, dass er in einen der Jungs von seinem Computerabend verschossen war, ohne dass dies erwidert wurde.

Mitfühlend klopfte ich ihm auf die Brust. „Wo wir gerade beim Thema sind: Trixy gibt mir am Montag ein paar ihrer Bilder. Ich bin gespannt, wie du sie beurteilst." Ich runzelte die Stirn. „Was war eigentlich dein erster Eindruck von mir durch meine Bilder?"

Lennox musterte mich still und seufzte. „Wenn du es unbedingt wissen willst: Dass du besessen von diesem einen Mann bist. Und da war mir klar, dass andere Männer besser die Finger von dir lassen sollten." Er zuckte einseitig mit der Schulter. „Du gibst wirklich niemandem eine Chance. Nicht mal diesem Adam. Dabei sah er deiner Zeichnung wenigstens ähnlich."

„Nur die Augen ... bloß im ersten Moment. Seine sind grau und nicht silbern. Und ich konnte auch keine hervorstechenden Zähne entdecken. Ich meine, hätte ich ihn nicht deutlich wiedererkennen müssen, wenn er das Gesicht von damals vervollständigen könnte?" Ich schüttelte den Kopf. „Nein, es war nur eine zufällige Ähnlichkeit. So wie du gesagt hast: Bei meiner Neigung wäre es falsch gewesen, ihn zu küssen."

„Oder goldrichtig", wendete Lennox ein. „Möglicherweise hätte er dich auch wachküssen können.

Selbst wenn es Vampire gibt – das heißt doch nicht, dass du einen brauchst. Er hat dich gerettet. Und wie war er sonst so? Du weißt nichts über ihn. Du füllst deine löchrigen Erinnerungen mit ganz viel Wunschdenken auf. Daran wird die Realität immer scheitern. Sogar falls der Mann zu dir kommt, der dich damals aus dem Wasser gefischt hat. Er ist doch nie im Leben so, wie du ihn dir vorstellst."

Später am Abend grübelte ich über Lennox' Worte nach. Konnte es mir tatsächlich passieren, dass ich mich zu sehr in meinen Wünschen verlor und am Ende nicht einmal mehr mein echter Vampir zu mir passte?

Als ich um zwei Uhr nachts noch immer nicht schlief, stand ich auf und malte wie eine Verrückte. Erst am Morgen setzte ich den finalen Pinselstrich. Mein Werk war hochgradig impressionistisch. In meiner halb schläfrigen Verfassung hatte ich mich wie nie zuvor auf ein Bild eingelassen, das halb Traum und halb Wirklichkeit war. Es war unverkennbar die Universität, die ich beinahe tagtäglich besuchte, doch sie war nicht echter als das Auenland der Hobbits von Tolkien.

Bei meinem zweiten Versuch, mich endlich schlafen zu legen, tanzten mir statt aufreibender Fragen nur noch Punkte vor den Augen. Impressionistische Punkte, die meinen Verstand zertupften und mich in einen wilden Traum schickten. Darin sah ich mal den Vampir von damals und mal Adam. Statt unscharfer Konturen kreisten Farbkleckse um sie herum und ich konnte am Ende kaum noch sagen, wer von beiden wer war. Nur, dass der starre Blick meiner Bilder zu einem Lodern erwachte.

Ich spürte Lippen auf meinem Mund, ein sanftes Knabbern an meinem Hals und träumte, dass ein Mann, dessen Gesicht ich nicht sah, nackt auf mir lag und sich zwischen meinen Beinen bewegte. Als ich glaubte, er würde mich beißen, riss ich die Augen auf. Ich war ganz allein im Zimmer und mein Herz hämmerte wild. Ich hatte die Bettdecke mit meinen Beinen umschlungen, als wäre sie mein Liebhaber, und der spitze Reißverschluss meines Kopfkissens bohrte sich gegen meinen Hals wie ein Eckzahn.

Ich schmiss das Kissen von mir und strampelte die Decke weg. Schnaufend setzte ich mich auf und rieb über meinen Hals, wo ich den Abdruck des Metallzippers spüren konnte. Mein ganzer Körper zitterte vor Lust, weil ich kurz davor gewesen war, in meinem Traum zu kommen. Verflucht, wie ich den Sex vermisste. Ich musste meinen Vampir einfach finden. Er war der Mann fürs Leben. Das sagten mir mein Kopf und meine Libido.

Zum Glück würde ich heute ein paar Freundinnen treffen, die mich in diesem Punkt verstanden. Doch zunächst klingelte mein Handy. Schnell rieb ich mir die zerzausten Haare aus der Stirn und ging ran. Ich fühlte mich völlig aufgekratzt und gerädert zugleich, was sicher auch meiner Nachtkunstaktion geschuldet war.

„Hey, Pia.“ Ich stand auf und tapste barfuß zur Staffelei, um das neue Bild in Augenschein zu nehmen. Es war eindeutig das Beste seit Langem.

„Süße“, trällerte sie mir ins Ohr. „Ein paar meiner Kommilitoninnen haben mir gezwitschert, dass du gestern früh mit Adam verschwunden bist.“

Ich räusperte mich und ging mir einen Kaffee machen. „Er hat mich nur nach Hause gebracht.“

„Wann siehst du ihn wieder?“ Sie klang total aufgeregt und ein schlechtes Gewissen nistete sich in meiner Brust ein.

„Keine Ahnung. Kennst du ihn denn?“

„Ich? Wieso denn ich? Nein.“

Ich legte die Kaffeekapsel ein und ließ die Maschine laufen. „Weil ich weder seinen vollständigen Namen noch sonst viel von ihm weiß.“

„Na ja, dafür ist beim zweiten Date doch noch Zeit. Ihr habt so umwerfend getanzt, dass ich ein wenig mit Ethan geflirtet habe. Ich glaube, der lässt auch nichts anbrennen.“

„Hast du etwa mit ihm ...?“

„Himmel, nein! Wenn man Jungs zu früh die Spielsachen überlässt, suchen sie sich einen neuen Sandkasten.“ So wie sie das sagte, konnte man es auch auf einem Kindergeburtstag besprechen. Vermutlich hatte sie Übung darin, denn sie war eins von sieben Geschwistern und besaß noch einen ganzen Stall voller Cousins und Cousinen. Da rannten immer irgendwo auch Kinder herum. „Wann triffst du dich denn mit Adam wieder?“

„Wir haben nichts vereinbart.“

„Wie jetzt?“ Sie klang geschockt. „Warum denn nicht?“

„Er hat versucht, mich zu küssen“, gab ich kleinlaut zu.

„Das ist doch toll.“

„Ich bin ihm ausgewichen.“ Der Duft des Kaffees verbreitete sich im Zimmer und ich sog ihn ein wie eine Abhängige. Ich schloss die Augen und hielt mich an der Küchenplatte fest, weil mir schwindlig wurde. Ich war einfach viel zu müde und fühlte mich unterzuckert.

„Wieso das denn?“ Pia klang entsetzt.

„Na, weil ich doch eigentlich ... du weißt schon.“ Vorsichtig nahm ich die Tasse, gab ganz viel Zucker hinein und setzte mich auf einen Stuhl.

„Oh, nein! Adam war perfekt mit großem P. Wen juckt es da, dass er keine blutreiche Ernährung bevorzugt?“ Dann stöhnte sie. „Du hast ihm das doch so nicht gesagt, oder?“

Ich rührte um und trank langsam. Eigentlich hätte ich das Zeug intravenös gebraucht. „Nein, ich bin ja nicht blöd. Ich habe ihm nur verraten, dass sich bei mir etwas mit einem anderen anbahnt ...“

„Aber das weißt du doch gar nicht!“, unterbrach sie mich aufgebracht. „Das ist doch sowieso alles Unsinn, Lucy. Bitte wach endlich auf und sieh ein, dass es keine Vampire gibt. Schau, ich mag *Twilight* ja auch, bloß weiß ich, dass das nur Bücher und Filme waren.“

„Es ist kein Unsinn“, flüsterte ich so leise, dass sie mich nicht hören konnte. Es verletzte mich, dass sie mich für eine Spinnerin hielt. Ich ließ das Telefon sinken und starrte an die Wand. Ich fand Adam ja auch charmant. Er steckte mir sogar viel zu sehr in den Knochen und brachte selbst meine Träume durcheinander. Der Mann, mit dem ich in meiner Vorstellung Sex gehabt hatte, war nicht unbedingt nur mein Vampir gewesen. Aber meinen Entschluss, eben jenen zu finden, hatte ich nicht leichtfertig gefällt. Es hatte mich wochenlang beschäftigt und sich immer stärker in mir verfestigt, bis ich wusste und fühlte, dass es das einzig Richtige war. Und nun wendete sich ein Kuss, der gar nicht geschehen war, so irrwitzig gegen mich, dass ich mir hilflos vorkam.

Ich atmete tief durch und nahm das Handy wieder ans

Ohr.

Pia sagte gerade: „... heute wieder ein Treffen?"

„Wie bitte? Ich hatte gerade was am Auge."

„Ich habe dich gefragt, ob du heute wieder die Mädels aus deiner Geisterseher-Gruppe triffst?"

Nachdem ich weder bei Pia noch meiner Familie auf offene Ohren gestoßen war, hatte ich mich nach Gleichgesinnten umgesehen und eine Selbsthilfegruppe für Mädels gegründet, die auch einen *außergewöhnlichen* Mann suchten. Wir waren nur zu viert, aber es tat gut, sich auszutauschen, und die anderen Frauen meinten es genauso ernst wie ich. Bei ihnen fühlte ich mich nie wie eine seltsame Außenseiterin. Inzwischen trafen wir uns an jedem vorletzten Sonntag im Monat. Heute war es wieder so weit. Aber vorher würde ich in Kaffee baden müssen.

„Ja, ich fahre nachher hin. Allerdings sucht bloß eine von uns einen Geist. Ich will meinen Vampir."

Das Schweigen in der Leitung sprach Bände. „Wie du meinst", sagte sie schließlich. „Ich werde mich mal umhören, ob ich etwas über Adam herausfinde."

„Pia ..."

„Du wirst mir noch dankbar sein", behauptete sie und wünschte mir für den Nachmittag viel Spaß.

KAPITEL 5

Es waren nur wenige Autos unterwegs und ein goldener Glanz lag auf den Wiesen. Ich genoss die Fahrt durch den sonnig kalten Herbsttag. Etwa eine Stunde würde ich brauchen, um nach Sioux Falls zu gelangen. Es war leider nicht so, dass wir alle aus Brookings stammten. Die anderen Mädels aus meiner Gruppe lebten in verschiedenen Städten und Sioux Falls befand sich ungefähr in der Mitte. Außerdem mochte ich die Stadt. Sie hatte ihren Namen von den Wasserfällen, in die sich der *Big Sioux River* am Stadtrand ergoss. Eine hübsche Parkanlage umgab das funkelnde Naturschauspiel und lockte an Tagen wie diesen die Besucher und Einwohner an, um noch einmal dort zu verweilen, bevor der Winter Einzug hielt. Trotzdem war es so knackig kalt, dass der Wind die Atemwölkchen vor einem hertrieb. Nach den Minusgraden in der Nacht war das Thermometer gegen Mittag auf immerhin vier Grad geklettert. In einer Woche begann die Adventszeit und im Dezember wagte sich die Temperatur selten über Null Grad.

Ich parkte meinen Wagen vor einem kleinen Café in der Nähe der Wasserfälle. Hier trafen wir uns regelmäßig. Obwohl ich die kürzeste Strecke hatte, waren die anderen vor mir da. Bailey, Hope und Lily waren meine Weggefährtinnen auf der Suche nach unseren ganz besonderen Männern.

Bailey hatte rabenschwarzes Haar und strahlende, hellbraune Augen. Sie war fast so klein wie ich und mit ihren neunzehn Jahren sogar zwei Jahre jünger. Sie kam von drüben aus Minnesota von einer kleinen Farm zwischen Worthington und Fairmont. Als echtes Landei kannte sie sich mit Vorurteilen gegen unsere Überzeugungen nur allzu gründlich aus.

Lily hatte es kaum besser getroffen. Sie stammte aus Yankton, South Dakota, einem überschaubaren Städtchen, das noch kleiner als Brookings war, aber immerhin eine Bahnlinie und einen Walmart besaß. Sie hatte süße Sommersprossen und Haare wie ein Hydrant. Das lag daran, dass sie sich ihr blasses Naturrot ziemlich stark färbte. Mit vierundzwanzig war sie die Älteste in unserer Runde.

Hope war ebenfalls blond wie ich und in meinem Alter. Sie liebte Designersachen und modische Accessoires und natürlich war sie an der High School Cheerleaderin gewesen. Irgendwie sah sie aus, als käme sie direkt aus New York, dabei stammte sie aus dem Süden – womit ich Nebraska meine. Sie wohnte in South Sioux City und ihre ganze Familie arbeitete am Flughafen.

Jede von ihnen hatte bereits eine Kaffeetasse vor sich stehen und als ich einen Blick auf die Uhr warf, stellte ich fest, dass ich über eine viertel Stunde zu spät dran war.

„Hallo, tut mir leid. Ich war fast die ganze Nacht auf“, begrüßte ich sie und wickelte mich aus meinen Wintersachen.

„Kein Problem. Wir haben nur gerade über Baileys

letzte Erfahrungen geplaudert“, erklärte Hope und die anderen nickten.

„Ja“, bestätigte Bailey. „Ich habe mich bei Facebook angemeldet. Eigentlich ist das schon fast wieder out, wo doch jeder Apps und anderen Kram nutzt, doch ich dachte, dass mein ...“ Sie brach ab, als die Bedienung an unseren Tisch kam.

„Was darf ich bringen?“ Die Angestellte hielt den Stift und ihren kleinen Schreibblock parat.

„Ich würde einen Oreomilchshake und Rühreier nehmen.“ Die anderen starrten mich an. „Ich hatte noch kein Frühstück“, erklärte ich und setzte mich auf den roten Ledersessel. Das ganze Café wirkte, als hätte man es dem Film »Zurück in die Zukunft« entrissen.

Die Bedienung nickte. „Sonst noch was bei euch?“

„Haben Sie Vanilleeis und Applecrumble?“, wollte Lily wissen. Sie trug heute ein ziemlich exklusiv aussehendes rotes Korsagenshirt, dass im Brustbereich mit schwarzer Spitze besetzt war und einfarbige lange Glockenärmel besaß. Trotz ihrer roten Haare stand ihr die Farbe fantastisch.

„Klar.“

„Das will ich auch“, meldeten sich die anderen und sie notierte drei Süßspeisen und mein Frühstück.

Als sie ging, lehnte ich mich am Tisch vor, damit wir weiter schwatzen konnten. „Du hast dich bei Facebook angemeldet, und dann?“

Bailey raufte sich die Haare. „Mensch, das Programm ist total unübersichtlich. Die ordnen einfach alles chronologisch.“

„Klingt aber nicht sehr hübsch“, fand Hope und zupfte den orange gestreiften Ärmel ihres dunkelblauen

Wollkleids glatt. Sie liebte exklusive Mode, aber normalerweise war sie damit allein in unserer Gruppe.

Erneut wanderte mein Blick zu Lilys verführerischem Oberteil.

„Eben“, stimmte Bailey zu. „Okay, dann habe ich mich da erst mal durchgeklickt. Ich dachte, vielleicht ist mein Werwolf ja altmodisch und benutzt so was.“

Wir nickten alle verständnisvoll. Jede von uns hatte weiß Gott schon genug probiert, um ihren jeweiligen Herzbuben aufzuspüren. Ich hatte sogar einmal eine Zeitungsannonce für den Mann aufgegeben, der mich damals gerettet hatte. Das Wort Vampir hatte ich mir im *Brookings Register* gespart. Gebracht hatte es allerdings nichts.

„Also, ich habe ein echt scharfes Profilbild von mir geladen mit schickem Spitzenkleidchen und kirschrot geschminktem Mund. Meine Haare sind so ...“ Sie drapierte ihre Mähne nach vorne und machte einen Kussmund. „Dann habe ich meine Interessen genannt und dass ich eben auf der Suche nach einem Werwolf bin. Außerdem habe ich mich durch die Suchfunktion gewühlt.“

„Und?“, fragte ich.

„Kaum zu fassen. Es gibt ein paar ganz wenige Gruppierungen zu dem Thema, bloß dann habe ich gemerkt, dass die alle total spinnen. Das war gar nicht lustig. Und zwischendurch habe ich ständig Freundschaftsanzeigen von seltsamen Männern erhalten. Manche davon haben mir sogar persönliche Nachrichten mit Flirtinhalt geschickt. So ganz plump.“

Wir rümpften alle unsere Nasen.

„Aber am schlimmsten war so ein Typ, der mir ein

Schwanzbild geschickt hat!“, platzte sie heraus.

Ich bekam große Augen, Hope verschluckte sich fast an ihrem Kaffee und Lily kicherte los.

„Ehrlich, ich wusste gar nicht, was ich dazu sagen sollte.“ Bailey wurde tatsächlich rot und deutete mit ihren Händen einen großen Abstand an. „Das war so ein Riesending. Voll eklig.“

Jetzt hielt auch ich mir den Bauch und lachte los.

Sie klappste mir auf den Arm. „Das ist nicht lustig! Er schrieb noch, wenn ich haarige Typen bevorzugen würde, dann könnte er auch aufhören, sich da unten zu rasieren.“

„Bestimmt hat er Haare am Hintern“, johlte Lily, während Hope ihr Gesicht hinter ihrer Designertasche versteckte, weil ein paar Gäste drei Tische weiter zu uns herüberschielten.

„Die gucken schon“, knurrte sie äußerst unverdächtig.

Ich schüttelte den Kopf. „Mann, das ist doch sowieso nur ein Siebzigjähriger mit Ejakulationsstörungen aus Kentucky, der einen Screenshot von irgendeinem Porno gemacht hat.“

„Hör auf!“, quiekte Bailey.

Lily nickte ihr zustimmend zu und grinste dann jovial. „Genau, hör auf, Lucy. Woher weißt du, dass er aus Kentucky ist?“

Wir mussten beide lachen, während Hope nur hektisch in ihrer Tasche wühlte, als ginge sie das alles gar nichts an, um dann ihre Nase zu pudern.

Bailey verschränkte die Arme. „So ein Reinfall. Das hat mich null weitergebracht. Dabei hatte ich echt gehofft, so doch noch einen Werwolf kennenzulernen.“

Damit teilte sie unser aller Hoffnung auf einen

besonderen Mann, so wie wir seit Monaten unsere Erfahrungen der Suche miteinander teilten. Das tat wirklich gut, doch es konnte auch ganz schön frustrierend sein.

Die Kellnerin brachte unsere Bestellungen und mein Magen knurrte vorfreudig. Ich schaufelte das Rührei in mich hinein und genoss meinen Milchshake. Die Mädels schlemmten ihre Kuchendesserts.

„Also, ich habe mich mal wieder in den Foren umgeschaut“, warf ich zwischen den Bissen ein.

„Foren habe ich auch schon probiert“, stimmte Lily zu. Sie suchte wie ich nach einem Vampir, doch wie wir schon gemerkt hatten, meinten wir verschiedene. Mein Vampir war also nicht ihr Vampir. Das war ganz gut, weil sonst wohl ein Zickenkrieg zwischen uns ausgebrochen wäre.

Ich zuckte die Schultern und schluckte mein Rührei herunter. „Es hat aber nichts gebracht. Niemand nimmt einen wirklich ernst.“

Lily nickte. „Das kenne ich. Entweder man wird ausgelacht, oder man bekommt dumme Sprüche zu hören.“ Sie malte mit ihrer Kuchengabel und der freien Hand Gänsefüßchen in die Luft: „Sachen wie: *‚Lass dir von Harry Potter helfen‘* oder *‚Schade, du suchst einen Vampir, ich bin ja nur ein Werwolf.‘*“

Als Bailey bei ihrem letzten Kommentar aufblickte, schüttelte Lily den Kopf. „Denk nicht mal dran. Die haben sich nur über mich lustig gemacht. Ich würde zu viel *Twilight* gucken …“

„Das hat mir Pia heute auch schon gesagt“, schloss ich mich an. „Sie würde *Twilight* ebenfalls mögen, aber wenigstens hätte sie kapiert, dass das bloß ein Film sei.“

„Freunde sind am schlimmsten", pflichtete unser Landei Bailey bei. „Und die eigene Familie. Ich bekomme bei mir daheim nur dumme Sprüche zu hören. Mein Bruder findet, ich hätte wohl irgendwelche Kojoten mit meinem Traummann verwechselt. Meine Oma sagt, es wäre unschicklich für mich, auf Tiermänner zu stehen. So was wäre okkulter Hexenkram mit Satyren."

Ich verschluckte mich fast. „Was weiß denn deine Oma von Satyren?"

Bailey verzog das Gesicht. „Das wären Gehörnte in Satans Namen. Der würde formwandeln und sei mir wohl als Wolf erschienen. Mein Bruder findet allerdings auch, dass meine Oma spinnt."

„Ich finde auch, dass deine Oma spinnt", stimmte Hope bei.

„Wir alle finden, dass deine Oma spinnt." Lily hielt wie zum Toast ihre Kaffeetasse hoch und wir stießen darauf an.

„Aber man kann doch nicht die Spinner mit uns über einen Kamm scheren", klagte Hope. „Wegen denen ist unser Ruf total ruiniert. Die ziehen einen voll mit runter. Mich nerven diese Annoncen wie: *Wer kann mich zum Vampir machen?* Oder: *Hilfe, meine Freundin ist besessen.*"

Ich nickte nur. All diese Vorurteile hatten ihren Ursprung sicher auch bei Leuten, die sich da in etwas hineinträumten. Es war schwer genug gewesen, die Bekloppten aus meiner Selbsthilfegruppe herauszusieben. Da waren wir lieber nur zu viert.

Bailey sagte: „Bei uns auf der Nachbarfarm gibt es zwei blöde Söhne. Die haben angefangen, mich anzuheulen wie Wölfe. Dabei bin ich echt traurig. Vielleicht lebt mein Werwolf gar nicht mehr.“

Bailey hatte ihren Lykaner getroffen, als sie ihn mit dem Auto anfuhr. Es war Nacht und der Vollmond klebte am Himmel wie ein Heißluftballon. Im schwülen Sommer hatte die Temperatur einfach nicht fallen wollen und ihre Klimaanlage war zu allem Übel ausgefallen. Also hatte sie – statt auf die Straße zu schauen – an einigen Schaltern und Rädchen an ihrem Armaturenbrett gedreht und schlagartig hatte es gerumst. Panisch war sie aus dem Wagen gesprungen, mit klebenden Fingern von der Hitze und vom Angstschweiß. Und was sie vor ihrer Stoßstange vorgefunden hatte, war die Begegnung ihres Lebens.

Von seiner Verletzung verstört, hatte er sich ein paar Mal vor ihren Augen hin und her verwandelt und sie als Wolf angeknurrt wie eine Bestie. Doch immer, wenn er zum Menschen wurde, war er der schönste Mann, den sie je erblickt hatte. Er hatte sich stöhnend Bauch und Beine gehalten. Natürlich war er nackt – überflüssig, das zu erwähnen. Und anders als der perverse Facebooker aus Kentucky hatte er keinen haarigen Hintern oder mit Fotoshop bearbeiteten Schwanz. Im Schein des Mondes waren seine Wunden geheilt und als er genesen genug war, war er ihr einfach abgehauen. Dabei gab es aber einen Haken: In seiner menschlichen Gestalt war er noch verletzt gewesen, während wohl nur der Wolf sich selbst heilen zu können schien. Bailey hatte keine Ahnung, wie es ihm im menschlichen Körper ergangen war.

Ihre Eltern hatten ihr die Hölle heiß gemacht, weil der Wagen völlig zerbeult war. Obendrein hatten sie ihr Drogenkonsum unterstellt, weil sie behauptet hatte, einen Werwolf angefahren zu haben, von dem es natürlich – wie von meinem Vampir – keine Spur gab. Mittlerweile bekam sie nicht mal mehr von der normalen Pilzpfanne zu essen, als ob sie halluzinogene Pilze gegessen hätte und nun pilzabhängig sein könnte.

„Alkoholiker bekommen auch keinen Alkohol“, pflegte ihre Mutter dann zu sagen.

Hallo? Pilzabhängigkeit? Von Champignons? Und sie machte sich Sorgen, weil ihre Tochter von einem Werwolf sprach, dabei hatte doch ganz offensichtlich die Mutter einen an der Waffel. Bei der Satyr-Oma in der Familie war das jedoch kein großes Wunder. Zum Glück war Bailey normal und sehr liebenswert.

Ich drückte ihre Hand. „Sicher hat sich dein Werwolf wieder erholt. Auch als Mann.“

Am schwersten in unserer Gruppe hatte es sicherlich Hope. Sie war davon überzeugt, dass ihre große Liebe ein Geist war. Den zu finden, wenn er gar keinen Körper besaß, war ein echtes Problem. Sie hatte ihn mehrmals in einem alten Spiegel getroffen. Doch seit der Spiegel zerbrochen war, fehlte von ihm jede Spur. Ihr halfen weder Facebook, noch Annoncen, noch andere Maßnahmen dieser Welt. Sie nannte unzählige Spiegel ihr Eigen, doch keiner funktionierte. Daher hatte sie ihre Suche darauf verlegt, einen Spiegelmacher zu finden, der sich auf die Kunst von Zauberspiegeln verstand. Sie war auch überzeugt, dass der Spiegel im Märchen von Schneewittchen echt gewesen war. Im Grunde war doch alles möglich.

„Mit den Spiegeln bin ich auch noch nicht weitergekommen“, sagte sie nun. „Auch nicht mit ganz alten.“

„Vielleicht war es ein magischer Spiegel so wie magische Teppiche, die fliegen können“, grübelte Lily und spielte mit einer roten Haarsträhne.

„Meint ihr, Teppiche können fliegen? Jetzt nur mal so.“ Bailey schob ihren leeren Teller von sich fort und sah ratlos aus.

„Ich fände es schön“, gab ich zu. „Magie in unserer Welt. Ihr wisst ja, dass ich dem Weihnachtsmann erneut geschrieben habe, weil drei eine magische Zahl ist. Diesmal klappt es hoffentlich. Die letzten beiden Male ...“ Ich seufzte.

Wenn sich unsere Gruppe das nächste Mal traf, würde Weihnachten bereits vorbei sein. Wir hatten unser Treffen zwischen die Feiertage gelegt. Was würde ich bis dahin zu erzählen haben?

„Du siehst traurig aus“, fand Hope.

„Ja, genau.“ Auch Bailey und Lily nickten.

Schwermütig zuckte ich die Schultern und fühlte mich tatsächlich traurig. „Freitag war ich auf einer von Pias Partys und dort war ein netter Typ. Allerdings ein Mensch. Und als er mich küssen wollte, konnte ich nur an meinen Vampir denken und bin abgetaucht. Aber nachdem er fort war, bekam ich ihn nicht mehr aus meinem Kopf. Ich hatte sogar schon einen erotischen Traum deswegen. Was stimmt denn nicht mit mir?“

„Das ist doch verständlich“, erklärte Hope. „Du weißt, dass es deinen Vampir gibt, so wie ich meinem Geist begegnet bin. Aber du hast keine Gewissheit, dass du ihn jemals findest. Und falls das passiert, kann es auch sein, dass er kein Interesse zeigt. Da ist es ganz normal, dass du überlegst, ob du dich nicht mit einem anderen Mann begnügen solltest.“

„Oder vergnügen“, steuerte Lily zwinkernd bei.

„Ja, nur …“ Unschlüssig pulte ich an meinen Fingern. „So kurz vor Weihnachten und nach meinem Wunschbrief wäre das dumm. Außerdem will ich mit niemandem zusammen sein, der nur zweite Wahl ist. Das kann für keinen von uns beiden gut sein.“

„Dann hast du deine Antwort.“ Hope klang verwirrt.

In einem Anflug von Selbstzweifeln runzelte ich die Stirn. „Seine Augen glichen denen meines Vampirs einfach so unglaublich. Ich bin niemandem sonst begegnet, der mich so sehr an ihn erinnert hat. Was, wenn ich bloß seine Augen liebe? Dann könnte ich sie auch im Gesicht eines anderen mögen.“

Bailey schüttelte entschieden den Kopf. „Nein, er war dein Retter, als du fast gestorben bist. Das war dieser andere nicht.“

„Adam“, steuerte ich seinen Namen bei. „Dafür hat sich Adam wärmer angefühlt als meine kalte, nebulöse Erinnerung. Und scharfe Konturen hatte er auch. Ziemlich scharfe sogar.“

„Ich glaube, es gibt mehr als einen Mann für uns“, meinte Lily vorsichtig und zupfte an ihrem roten Flatterärmel. „Irgendwie hat man schon die Wahl. Aber wenn ich an meinen Vampir denke …“ Sie warf einen sehnsüchtigen Blick aus dem Fenster.

Das veranlasste mich dazu, eine unangenehme Frage in den Raum zu werfen: „Glaubt ihr, unsere Auserwählten sitzen auch mal so grübelnd da und denken an uns? Manchmal komme ich mir wie ein Groupie vor von einem Mann, der eigentlich gar nichts von mir wissen will.“

Bailey schnaubte. „Frag mich mal. Meiner ist blutend

weggerannt."

„Dann fühlt ihr euch zumindest nicht schuldig." Hope sah aus, als wollte sie am liebsten schreien. „Ich muss mich immer damit herumplagen, im Kopf diesen fatalen Tag durchzuspielen, an dem mir der Spiegel zerbrach. Wenn er doch nur noch heile wäre. Was, wenn auch der Geist mit ihm gestorben ist? Was, wenn ich meinen Geliebten umgebracht habe? Und selbst, wenn er noch da ist: Ich fühle mich ständig, als hätte ich unsere Liebe betrogen. Für uns war es echt. Er liebte mich auch. Das weiß ich einfach. Wenn dieser Fluch ihn nur nicht ..." Sie stockte. „Vielleicht brauche ich keinen Spiegelmacher, sondern muss herausfinden, wie man Flüche aufhebt."

„Vielleicht sind sie ja alle verflucht." Lily erntete unsere bestürzten Blicke. „Na, es kann doch sein, dass sie durch Flüche zu Werwölfen, Vampiren oder Geistern wurden."

„Dann frag mal deine Oma danach, Bailey", schlug ich vor. „Sie hat doch diese okkulten Andeutungen gemacht."

Bailey stöhnte gequält. „Oh, bitte verlangt das nicht von mir. Granny hat einen Knall."

Das glaubte ich gern. Ich lehnte mich über den Tisch zu Lily. „Mal ein anderes Thema: Ich finde dein Oberteil wirklich schön. Hast du unsere Hope überfallen?"

„Na, hör mal. Ich trage kein Gothic!", beschwerte Hope sich gleich. „Mein Kleid ist von Marc Jacobs."

„Ich meine ja nur, weil es so exklusiv aussieht. Sonst bist du doch die Einzige bei uns, die teure Kleider trägt."

Das beruhigte sie.

Lily dagegen nicht. „Was hast du gegen Gothic?"

Hope schmunzelte. „Gar nichts. Es ist nur nichts für

mich. Dir steht es aber super."

„Wo hast du es denn jetzt her?", wollte ich wissen. Sie hatte es sicher nicht in diesem kleinen Kaff bekommen, in dem sie wohnte.

Lily presste die Lippen aufeinander und schüttelte den Kopf. „Weiß ich nicht."

Ich runzelte die Stirn. „Was meinst du damit?"

„Aber echt, du musst doch wissen, wo du es gekauft hast", fand Bailey.

„Es war ein anonymes Geschenk."

„Du meinst, ein Kerl hat dir das spendiert?", stellte Hope klar.

Lily machte eine vage Geste. „Das weiß ich nicht genau. Es war anonym. Aber ich denke schon."

„Und dann ziehst du es an?" Hope wirkte geschockt.

„Wieso? Es ist doch hübsch. Lucy hat es auch gefallen", verteidigte sie sich und lehnte sich mit verschränkten Armen im Stuhl zurück.

„Wann hast du es denn bekommen?", wollte ich wissen.

„Nach den Blumen."

Bei der Erwähnung von Blumen taute Hope etwas auf. „Schöne Blumen?"

Lily nickte verträumt. „Langstielige schwarze Rosen. Es lag eine Karte bei. Darauf stand: *Ich sehe dich*."

Damit war es dann auch gleich wieder vorbei mit Hopes Auftaustufe. „Das ist ja gruselig."

„Na ja, Gothicstyle wie das Shirt, oder?", fand Bailey.

Ich seufzte und stützte mein Kinn auf die Hand. Bewundernd und ziemlich neidisch betrachtete ich Lily. „Das ist so romantisch. Du hast einen geheimen Verehrer."

„Wer kann das bloß sein?“ Hope wirkte noch immer beunruhigt. „Falls du ein paar Hinweise hast, dann sag es uns ruhig.“ Sie fasste nach Lilys Hand. „Falls das so ein übler Stalker ist, könnten wir der Polizei später helfen.“

Ich lachte los.

„Was heißt hier später?“, regte sich Bailey auf. „Ihr passiert gefälligst nichts.“

„Aber falls er dir Pralinen schickt, darfst du sie nicht essen“, bestimmte Hope. „Was, wenn sie vergiftet sind?“

Ich legte meine Hände auf den Tisch und nickte. „So, jetzt beruhigen wir uns alle wieder. Lily wird keine Pralinen essen, damit Hope nachts schlafen kann. Und du meldest dich bei uns, sobald du mehr über ihn weißt.“

„Falls er nur ein harmloser Verehrer ist, finde ich es aber nicht sehr höflich von ihm, dass er uns alle so damit erschreckt“, beharrte Hope.

Nach dem Essen gingen wir uns noch eine Runde die Beine vertreten. An diesem vorletzten Treffen im Jahr führten unsere Pfade uns zu den Ufern der Wasserfälle des Big Sioux River. Benannt nach einem alten Indianerstamm, der selbst viele Mythen und Legenden kannte, war ich beseelt von der Energie des Wassers. Für einen magischen Moment kam es mir vor, als würde sie durch mich hindurch treiben. Doch dann wehten einige kalte Spritzer von der Gischt zu mir herüber und mir wurde vor allem kalt.

Wie immer, wenn ich an solch eine Kälte dachte, trieb mir mein Sturz ins eisige Wasser durch den Sinn. Und die silbrigen Augen meines vampirischen Schutzengels. Er war eine Kreatur der Nacht, verhüllt in den vagen Bildern meiner Erinnerung, und hier bei Tag im goldenen Restlicht, das von der Oberfläche des Flusses zurückgeworfen wurde wie glänzende Spiegel, würde ich ihn nicht finden.

Die Nacht war mein Schlüssel zu ihm. Ich spürte ganz deutlich, dass sich unsere Tür nur in der Dunkelheit öffnen würde. So viele Geheimnisse. Und wer war Lilys mysteriöser Verehrer mit dem teuren Geschmack?

KAPITEL 6

„Hier sind ein paar Zeichnungen von mir“, erklärte Trixy und überreichte mir einige ihrer Arbeiten für meine Mappe. „Das ist eine Skizze von meinem Impressionismusbild, die ich nicht mehr brauche.“

Ich erkannte deutlich, dass sie eine Wiese mit blühenden Obstbäumen gemalt hatte, die mich in ihren Farben und Schatten an Gustave Caillebottes Bild eines Küchengartens erinnerte. Das war ihre Skizze? Wow. Wie sah dann erst ihr richtiges Gemälde aus?

„Das ist zauberhaft“, sagte ich staunend. Und ich hatte mein Bild für gut gehalten. Ich konnte mir einen Strick nehmen.

„Die hier sind von meinen Studien zu Licht und Schatten.“ Sie gab mir zwei weitere Zeichnungen. Eine war bunt, die andere einfarbig. „Und das hier ist ein Motiv durch Wasser betrachtet. In diesem Fall war es die Brechung von einem Wasserglas.“

Ich stieß einen anerkennenden Pfiff aus. „Das wird Lennox umhauen. Mich haut es jedenfalls um.“

Sie wurde rot und lächelte mich unglaublich süß an. „Meinst du? Ich würde auch gerne mal was von ihm sehen.“

Schmunzelnd nickte ich. „Das sollte sich einrichten

lassen. Wenn er die hier sieht, tauscht er sich vermutlich gerne mit dir aus. Er liebt die Welt der Künste: Bilder, schöne Stimmen, manchmal sogar Poesie."

Allerdings liebte er keine Frauen, doch ich hatte beschlossen, dass sie zu dieser Erkenntnis selbst gelangen musste. Es stand mir nicht zu, Lennox' sexuelle Vorlieben auszuplaudern, und ich musste mich auch nicht schützend wie eine Wand zwischen ihn und Trixy stellen. Sie war sicher nicht die erste Frau, die er im Leben abwehren musste, weil sie die Zeichen nicht deuten konnte. Am Ende freundete er sich womöglich mit ihr an. Ich wusste ja selbst, dass er der beste Kumpel auf Erden sein konnte.

Trixy machte mir den Eindruck, gleich dahinzuschmelzen. Bisher hatte ich sie nicht weiter zur Kenntnis genommen und sie für naiv gehalten, weil sie einem offensichtlich schwulen Kerl nachlief. Dabei war sie begabt und hatte zumindest erkannt, dass er ein besonderer Mann war. Aber vielleicht hatten wir mehr gemeinsam, als ich angenommen hatte, denn mich hielten meine Eltern ja auch für naiv, weil ich einen Vampir liebte. Ihre unschuldige Art zu glauben, machte sie womöglich sehr tolerant.

„Glaubst du eigentlich an Vampire?", fragte ich sie.

„Vampire?" Darüber dachte sie aufrichtig nach und lachte mich nicht aus. „Hm ... Ich weiß nicht. Damit habe ich mich noch nie beschäftigt."

Ich nickte. „Und wie sieht es ganz allgemein mit Übersinnlichem aus?"

Sie runzelte die Stirn. „Glaubt Lennox denn daran?"

„Nein." So viel hatte ich schon gemerkt. „Das würde mich persönlich interessieren."

Trixy lächelte ganz ohne Spott. „Es wäre schön, wenn es das gäbe.“

„Ja, nicht wahr?“ Wir sahen uns an und grinsten. Manchmal zahlte es sich aus, wenn man den Menschen eine Chance gab. Ob am Ende auch Baileys Großmutter gar nicht so beschränkt war? So weit wollte ich dann doch nicht gleich gehen.

Ich legte alle Bilder in meine Mappe und band sie sorgsam zusammen. „Die werde ich ihm noch vor Thanksgiving geben und dann melde ich mich bei dir.“

Beglückt faltete Trixy ihre Hände vor der Brust. „Das wäre wundervoll. Ich finde Lennox so ...“

„Toll?“, schlug ich vor.

Ihr warmes Lächeln reichte bis weit in ihre Augen. „Auch. Aber um ehrlich zu sein, glaube ich, dass wir füreinander bestimmt sind.“

Wow. Sie hielt ihn für ihren Seelengefährten. Ich stand so kurz davor, ihr zu sagen, dass ich selbst auch an so etwas glaubte. Aber noch wollte ich ihr nicht anvertrauen, dass meine Wahl auf einen Vampir gefallen war. Damit hatte ich keine guten Erfahrungen gemacht.

In der Mittagspause traf ich Pia in der Cafeteria. Sie wartete bereits an unserem Lieblingstisch auf mich.

„Hallo“, begrüßte ich sie und setzte mich zu ihr.

Sie strahlte mich an und schob mir einen Kaffee über den Tisch. „Der ist für dich. Ich habe dir auch gleich einen geholt.“

Sie war ein echter Schatz. „Danke. Mokka-Minze?“

„Nein, mit Lebkuchengewürz. Aber irgendwie mag ich die andere Sorte lieber. Probier mal.“

Ich setzte mich zu ihr und nippte an der Tasse. Das Aroma war umwerfend und der Duft so einladend weihnachtlich, dass mir warm ums Herz wurde.

„Köstlich“, seufzte ich.

Sie grinste mich an. „Du liebst eben Weihnachten.“

„Immer. Wie war dein Wochenende?“

„Also, nach der Feier haben wir noch putzen müssen, aber später habe ich mich mit Ethan getroffen.“

„Seid ihr denn jetzt zusammen?“

Pia schüttelte den Kopf. „Erstmal verabreden wir uns nur. Aber wer weiß? Er hat schon was.“ Sie seufzte und stützte ihr Kinn auf die Hand. „Du könntest auch Dates haben.“

Mir war klar, worauf sie hinaus wollte. „Du meinst mit Adam.“

„Ja.“ Sie klang sehr nachdrücklich.

„Er war wirklich nett“, räumte ich ein und kratzte meinen Hals.

„Nett!“, stieß sie aus. „Nett ist die kleine Schwester von langweilig. Er war toll. Ich bin mir sicher, du musst auch gar nicht für ihn bügeln.“ Sie kicherte, als sie an seinen Spruch zurückdachte.

„Vielleicht, falls ich bis Weihnachten meinen Vampir nicht finde ...“

„Ah!“, kreischte sie erfreut. „Endlich!“

Gedankenverloren spielte ich mit meiner Tasse. „Aber ich weiß nichts über ihn. Und eigentlich wäre mein Vampir ...“

„Stopp!“ Pia hielt die Hand hoch. „Blabla Vampir. Erinnern wir uns doch lieber an dein Zugeständnis, dass Adam für dich interessant werden könnte.“

Ich wollte einfach noch gar nicht daran denken, dass mein Vampir für immer im Verborgenen bleiben könnte. Aber manchmal nisteten sich Zweifel in meiner Brust ein. Ewig einsam wollte ich auch nicht sein. Verflucht, ich war sogar schon über meine Bettdecke hergefallen! Es musste einfach eine Lösung herbei, die nichts mit Daunenbettzeug zu tun hatte, und Adam war der heißeste Plan B, der mir in den letzten Jahren untergekommen war. Meine Fantasie zauberte ein Bild von ihm herbei, wie er mich anlächelte, während er splitterfasernackt zu mir ins Bett stieg.

„Und dann? Ich weiß nur, dass er Adam heißt."

„Das ist allerdings blöd", gab Pia zu. „Im Verbindungshaus kennt ihn auch niemand. Er muss einen anderen Studenten begleitet haben. Ich weiß aber nicht, welchen, daher wird es schwer, ihn zu finden."

„Siehst du. Es hat sich sowieso erledigt."

Sie runzelte die Stirn und schüttelte energisch den Kopf. „So groß ist Brookings nun auch wieder nicht. Den finden wir schon. Wir halten einfach mal die Augen nach ihm offen. Ich schätze mal, dass er weder Musik noch Kunst studiert. Darum sehen wir ihn auch nie in unseren Kursen. Wahrscheinlich macht er Wirtschaft oder so was. Da wäre er in einem anderen Gebäude."

Ich blickte mich in der Cafeteria um. „Aus Kaffee scheint er sich auch nichts zu machen."

„Dann ist er wenigstens nicht so nervös", sagte sie grinsend. „Mein Vater ist bereits nach der dritten Tasse wie ein aufgedrehter Hamster unterwegs."

„Apropos Familie: Bist du über Thanksgiving zu Hause?"

Sie nickte. „Ja, ein großes Familientreffen. Halb Wyoming kommt zu Besuch."

Ich musste schmunzeln. Pia stammte aus Laramie. Es war die drittgrößte Stadt von Wyoming, aber nur so groß wie Brookings. Das lag einfach daran, dass Wyoming der bevölkerungsärmste Staat in den USA war. Trotzdem lebten dort eine halbe Million Menschen und sie gehörten nicht alle zu Pias Verwandtschaft.

„So schlimm ist es auch nicht“, tröstete ich sie. „Außerdem klingt Wyoming so hübsch.“

Sie grunzte amüsiert. „Ja, und Buffalo Bill war in Wyoming. Cody hat ein tolles Museum, in dem wir schon dreimal waren.“ Sie hielt gequält drei Finger hoch und rollte mit den Augen, weil ihr Vater ein echter Cowboyfan war. „Stell dir vor, Dad hat sich einen alten Planwagen in unseren Garten gestellt!“

„Planwagen sollen ja wieder sehr in sein“, erklärte ich diplomatisch. „Bei Menschen, die der Technik entsagen.“

Sie klappste mir auf den Arm. „Aber ich komme gleich am Wochenende wieder. Länger als drei Tage bleibe ich dort nicht.“

„Du weißt schon, dass in Brookings auch nicht mehr Leute leben als bei dir zu Hause.“

„Doch.“ Sie nickte entschieden. „All die Studenten. Bist du Sonntag hier? Es ist erster Advent und ich wollte beim Stadtfest Schlittschuhlaufen gehen.“

Seit ich meine Begegnung mit dem Eiswasser gehabt hatte, mied ich Schlittschuhe. „Ich weiß nicht recht.“

Pia legte ihre Hand auf meine. „Ach, komm schon. Es ist eine künstliche Fläche, in die man nicht einbrechen kann. Darunter ist nur Beton. Bitte, sag ja.“

Zögernd nagte ich an meiner Unterlippe. Früher hatte ich es immer geliebt, mit den Kufen über das Eis zu gleiten. Kaum brach der erste Frost an, probierte ich täglich ganz aufgeregt, ob das Eis mich schon trug. An jenem Abend war ich zu vorfreudig gewesen und hatte es unterschätzt: sowohl den morschen Steg, dem der Frost im Holz nicht bekommen war, als auch die Eisdicke.

Pia blinzelte mich herzzerreißend süß an. „Bitte, bitte, bitte."

„Also schön", seufzte ich.

„Ja!" Sie klatschte in die Hände. „Freitag war ich schließlich auch mit dir spazieren, obwohl ich gar keine Lust hatte. Dafür schuldest du mir was."

Mit meiner Kunstmappe unter dem Arm verließ ich am späten Nachmittag die Uni und schlenderte nach Hause. Ein feiner Sprühregen, der zu schwach ausfiel, um extra einen Schirm zu bemühen, ließ mir die Kälte von zwei Grad unter den Mantel kriechen. Obwohl es nieselte, roch es bereits nach dem Versprechen von Schnee, und ich fragte mich, ob mit Pia und mir auch erste Schneeflocken über das Eis tanzen würden.

Die Kehrmaschinen hatten die bunten Blättertupfen von den Straßen beseitigt. Nun war der Asphalt schmucklos und glänzte grau vor Nässe. Mit der Schuhspitze platschte ich das Wasser über eine Pfütze und hielt mein Gesicht zum Himmel. Ein paar Tröpfchen nisteten sich zwischen meinen Wimpern ein und erfrischten meine Haut. In den Pfützen fand ich keine grauen Augen, doch ich brauchte nur zu blinzeln und sofort begegnete ich ihnen unter meinen Lidern.

Ich wollte mich verlieben und einen Mann, der mir mit Haut und Haaren verfiel. Wo steckte mein Vampir nur? Schlenderte er auch irgendwo durch die Straßen? Dunkel genug war es bereits. Es herrschte beinahe dasselbe Zwielicht wie vor vierzehn Jahren, als ich ihm im kalten Wasser begegnet war. Schaudernd huschte ich durch die Haustür. Die Wärme im Inneren des Gebäudes erschlug mich förmlich und ich riss meinen Mantel auf und pustete mir eine Locke aus dem Gesicht, die sich klamm an meine Wange schmiegte.

Ich nahm den direkten Weg zu Lennox, ohne erst in meine eigene Wohnung zu gehen. Als er mir die Tür öffnete, erklang »A Christmas Cornucopia« von Annie Lennox. Dieses Weihnachtsalbum hatte ich sicher schon fünfzig Mal rauf und runter gehört, während ich letztes Jahr den Dezember mit ihm verbracht hatte.

Schmunzelnd sah ich ihn an. „Es ist noch nicht Advent. Du lässt es zu früh laufen."

Lennox zuckte die Schultern, weil er einfach über solchen Dingen stand. „Verklag mich doch." Gut gelaunt winkte er mich herein.

Drinnen schlug mir der Geruch von süßem Gebäck entgegen. „Machst du etwa Kuchen?"

Lennox zeigte auf einen funkelnagelneuen Mixer auf seiner Anrichte. „Was du kannst, kann ich auch."

„Wehe, du wirst besser als ich." Gespielt wedelte ich mit dem Finger unter seiner Nase herum.

„Bin ich das nicht schon?"

Ich schälte mich aus meinem Mantel und Lennox nahm ihn mir ab und hängte ihn an einen Haken neben seine eigene Jacke. Sicher roch sie nach seinem fabelhaften Aftershave. Zur Probe schnupperte ich an seinem Hals und gab ein zufriedenes „Mhm" von mir.

Er lächelte mich an und fing mich in eine Umarmung ein. Ich liebte es, mit ihm zu kuscheln. Er war wie der Bruder, den ich nicht hatte. Ich lehnte meinen Kopf an seine Schulter und kraulte über seinen schlanken Rücken.

„Mhm, du duftest toll", murmelte ich an seiner

samtigen Haut. „Wenn ich eine Biene wäre, würde ich dich immer anfliegen.“

Ich spürte das Lachen, das in seinem Brustkorb aufstieg. Er spielte mit einer meiner Locken. „Mein Bienchen.“

„Ich will dir etwas zeigen. Heute habe ich ein paar Bilder von der Uni mitgenommen.“ Ich löste mich aus seiner Umarmung, schlug meine Kunstmappe auf und breitete Trixys Bilder auf seinem Sofa aus.

„Wow“, staunte er. Seine Überraschung wuchs mit jeder neuen Arbeit von ihr.

„Das da ist übrigens nur eine Skizze.“

Lennox nahm das Bild der Obstbäume in Augenschein. „Es sieht so friedvoll aus. Die Sonne scheint von überall zu kommen und trotzdem sind diese Schatten perfekt gemacht.“

„Sie sind super, oder?“

Er legte einen Arm um mich, drückte mich an sich und gab mir einen Kuss auf die Schläfe. „Du malst viel toller, wenn du keine Vampire zeichnest.“

Irritiert starrte ich ihn an. „Aber ...“

Es stimmte schon, dass er nur Vampirbilder von mir kannte, doch mit so einer Verwechslung hatte ich nicht gerechnet.

„Du zauberst mit Licht und Schatten. Ich könnte mich glatt in dich verlieben“, scherzte er und streichelte über meine Wange.

„Die sind von Trixy.“ Ernüchtert besah ich ihre Bilder und spürte eine gemeine Eifersucht in mir aufsteigen, weil er sie so sehr bewunderte. Den Vampirzeichnungen an meiner Wand machte er nie Komplimente und gerade hatte er sie ganz schön mit Füßen getreten.

Ungläubig krauste er die Stirn. „Trixy Habish aus deinem Kunstjahrgang?"

„Ja, allesamt. Sie ist eine echte Wundertüte und würde gerne Bilder mit dir austauschen." Ich schnalzte mit der Zunge. „Und bei ihren Bildern lohnt sich das ja auch, huh?"

Er rieb sich über den Hinterkopf und seine blonden Haare raschelten dabei. „Tut mir leid, ich wollte dir nicht auf die Füße treten. Deine Bilder mag ich auch."

Ich wusste nicht, was mich ritt, als ich sagte: „Schade, dass du nicht auf Frauen stehst, sonst wärst du jetzt in Trixy verknallt."

Er sah mich an, als hätte ich ihn geschlagen. „Wie bitte?" Lennox nahm seinen Arm von mir und trat einen Schritt zurück. „Ich glaube, ich habe mich gerade verhört."

Unwohl rieb ich über meinen Nacken und versuchte zu ignorieren, was mir gerade herausgerutscht war. „Mach dir nichts draus, ich habe sie auch unterschätzt."

„Du hältst mich für schwul?", krächzte er. Sein ganzer Körper bebte vor Anspannung.

Ich schluckte und benetzte meine Lippen. „Es macht mir wirklich nichts aus, Lennox."

Jetzt wirkte er wütend. „Verdammt noch mal, ich bin nicht schwul!"

Ups.

Sch…weizer Käse.

„Tut mir leid. Ich dachte … Ich meine … Weil du doch …"

„Weil ich was?" Seine Stimme klang viel zu leise und lauernd.

„Du gehst nie aus und triffst immer nur deine Jungs

zum Zocken und ich dachte, du bist unglücklich in einen von ihnen verliebt. Außerdem bist du viel feinfühliger als andere Männer und sehr modisch und du hilfst mir beim Kleider aussuchen und hast den Künstlernamen einer Frau." Ich merkte selbst, dass ich mich um Kopf und Kragen plapperte. „Entschuldige."

„Du dachtest, ich wäre in einen Jungen verknallt?" Er keuchte und fixierte mich mit seinem Blick. Dann nickte er grimmig. „Ich war mal eine Zeitlang unglücklich verliebt, aber das hat sich erledigt." Die letzten Worte schrie er: „Und es war kein Kerl!"

Er war so sauer, wie ich ihn noch nie zuvor gesehen hatte. Reumütig faltete ich die Hände vor der Brust. „Lennox, es tut mir wirklich leid, dass ich da was verwechselt habe."

„Du merkst doch gar nichts!"

Ich streckte die Hand nach ihm aus, doch er wich vor mir zurück, als könnte ich ihn mit den Pocken anstecken.

„Bitte", flehte ich. „Sei mir nicht böse. Du bist doch wie mein kleiner Bruder."

Lennox stierte mich mit einem so üblen Blick an, als würde es sich gleich auf seinen Teppich übergeben. „Ich will, dass du jetzt verschwindest, Lucy."

Seine Worte krachten in meinen Magen wie eine Abrissbirne.

„Aber ..."

„Raus!" Sein Zeigefinger schnellte zur Tür. Einen Moment schaute ich ihn noch atemlos an und sah ganz deutlich, wie die Vene an seinem Hals wütend pochte. Dann stürmte ich aus seiner Wohnung, während mir die Tränen über die Wangen liefen.

KAPITEL 7

Noch immer verstört packte ich meine Tasche für den Familienausflug, weil ich gleich nach den Vorlesungen losfahren wollte. Meine Eltern lebten praktisch um die Ecke, aber ich hatte keine Sachen mehr von mir dort und würde bei ihnen übernachten.

Ich hatte mich die ganze Nacht schlaflos hin- und hergewälzt und den Streit mit Lennox ständig im Kopf durchgespielt. Irgendwann würde er wieder mit mir reden müssen. Außerdem hatte er noch die Bilder von Trixy und meinen Mantel. Ich war so schnell aus seiner Wohnung geflohen, dass ich nicht einmal meine Sachen mitgenommen hatte.

Wir hatten noch nie zuvor gestritten und dann kam gleich so ein Thema auf den Tisch. Er war gar nicht schwul! Da hätte ich ihn genauso gut kastrieren können. Welcher Mann, der auf Frauen stand, wollte mit einem verwechselt werden, der auf Männer flog? Ich verfluchte mich für mein fehlendes Taktgefühl und meine Eifersucht auf seine Bewunderung für Trixy. Himmel, ich hatte doch selbst gefunden, dass sie besser malte als ich.

Und in wen war Lennox überhaupt verliebt gewesen? Wir hatten so oft über meinen Vampir gesprochen und viel zu wenig über seine eigenen Gefühle. Doch das hatte ja nur daran gelegen, dass ich Lennox nicht zu nahe treten wollte.

Ich beschloss, bei ihm zu klopfen. Die Vorstellung, dass er die nächsten Tage weg sein würde und wir keine Gelegenheit mehr für eine Aussprache hätten, war zu furchtbar. Ich klappte meinen Koffer zu und ging zur Tür. Doch als ich sie öffnete, baumelte mein Mantel draußen am Türknauf und schleifte halb über den Boden.

Er hatte ihn mir einfach wortlos hingehängt und nicht einmal geklingelt. Ich klemmte mir den Mantel unter den Arm und lief zu Lennox' Wohnung. Nervös streckte ich den Finger zur Klingel aus, atmete tief durch und drückte drauf.

Ich hörte, wie es hinter seiner Tür läutete, doch er kam nicht, um zu öffnen.

„Lennox!", rief ich und klopfte mehrmals laut. Dann betätigte ich erneut die Klingel. „Bitte mach doch auf."

Stille.

Ich legte mein Ohr an seine Tür. Es war absolut nichts zu hören, nicht einmal Annies Musik. Entweder verkroch er sich völlig vor mir oder er war längst fort.

Auch in der Uni hielt ich Ausschau nach ihm, aber ich konnte ihn nirgends finden. Ich schickte ihm eine SMS, dass es mir leidtat, und probierte mehrmals, ihn anzurufen. Dabei wurde ich immer nur direkt zu seiner Mailbox durchgestellt.

„Bitte, Lennox, wenn du das hier hörst: Melde dich bei mir. Ich brauche dich doch." Er war schließlich mein allerbester Freund. Falls ich nichts von ihm hörte, würde das ein furchtbares Thanksgiving werden.

Für meinen Kunstkurs konnte ich mich kaum begeistern und als ich mein Impressionismusbild einreichte, war ich mit meinem Kopf ganz woanders.

„Du malst viel toller, wenn du keine Vampire zeichnest.“ Wie kleine Nadelstiche bohrten sich seine Worte durch meinen Verstand.

Mit einem flauen Gefühl setzte ich mich schließlich ins Auto und brach auf. Ich fuhr die Strecke zum Lake Campbell hinaus, der etwa zehn Minuten südwestlich von Brookings lag. Meine Eltern besaßen dort ein Haus. Es war jener See, an dem ich meinem Schutzengel begegnet war, und ich bekam einen Kloß im Hals.

Vergangenheit und Gegenwart. Immer, wenn ich hier herausfuhr, fühlte ich mich meinem Vampir so nah, als würden seine Arme mich erneut umschließen. Wenn er jetzt doch nur hier wäre. Er würde mich trösten, weil ich bei Lennox Mist gebaut hatte, so wie Lennox mich immer getröstet hatte, wenn ich meinen Vampir nicht finden konnte.

Bitte, hole ihn mir her. Hierher in diese Zeit.

Damals mit sieben Jahren war ich viel zu jung für ihn gewesen. Ich verstand, dass wir Zeit gebraucht hatten, um füreinander passend zu sein, und ich fühlte, dass diese Zeit nun gekommen war. Falls auf mein Bauchgefühl weiterhin Verlass war, könnte ich dem Teil von mir wiederbegegnen, der mir seit damals fehlte.

Ohne ihn war ich nicht ganz. Ohne ihn war ich grau wie meine Bleistiftzeichnungen. Ohne ihn trug mein Herz nur die fahlen Farben der Nacht, die kein Bunt mehr kannten. Er war ein Wesen der Dunkelheit, das mir das Licht bringen sollte.

Ich bog auf die Straße zum Lake Campbell ein. Er lag

eingebettet zwischen sanften Wiesen und mancherorts säumten Bäume das Ufer. Es war ein Gletschersee inmitten der Prärie und an kalten Tagen wie heute fiel es mir nicht schwer, mir vorzustellen, wie sich vor Urzeiten die Gletscher über dieses Land geschoben und dabei bis heute ihre wässrigen Spuren zwischen den Grasauen hinterlassen hatten.

Jetzt im aufkommenden Winter, wo die Nächte voller Frost waren, sahen die Wiesen nicht mehr sattgrün, sondern beinahe so gelbbraun wie Walnüsse aus. Sie erinnerten mich an die Farbe der Bratensauce meiner Mutter.

Sicher war sie längst in die Vorbereitungen für das morgige Festmahl vertieft. Meine Familie nahm Thanksgiving sehr ernst, obwohl wir nicht mehr besonders viele waren. Allein für größere Braten an Feiertagen hatten sich meine Eltern eine riesige Tiefkühltruhe statt eines herkömmlichen Gefrierschranks sowie einen zweiten Kühlschrank zugelegt. Die Kühltruhe war das ganze Jahr über im Einsatz und ihr Inhalt bestand im Sommer beinahe nur aus Speiseeis. Bis zur kalten Jahreszeit war das meiste davon verputzt und machte so unweigerlich dem großen Truthahn Platz.

Der zweite Kühlschrank war oft nicht angeschlossen und lebte immer nur vor den Festtagen auf. Man konnte einen tiefgefrorenen Truthahn nicht einfach auf dem Küchentisch auftauen lassen, wenn man keine Bakterienkolonien züchten wollte. Das Auftauen dauerte mehrere Tage im Kühlschrank. Wenn es an anderen Festen mal nichts zum Entfrosten gab, wurden zahlreiche Essensplatten darin verstaut.

Als ich klein war, hatten meine Großeltern noch gelebt. Inzwischen waren beide Omas und Opas verstorben. Und auch die Geschwister meiner Großeltern waren nicht alt geworden. Beinahe jährlich hatte die Zahl der Gäste an unserem Tisch abgenommen und so schrumpfte auch die Größe des Truthahns.

Im Jahr meiner Einschulung hatte er noch vierzehn Kilo gewogen. In diesem Jahr würde er wohl bei sieben Kilo liegen. Natürlich war das für uns noch viel zu viel, doch meine Mutter weigerte sich beharrlich, einen noch kleineren Vogel zu kaufen: *»Soll man den Truthahn am Ende etwa mit einer Ente oder sogar einem Grillhühnchen verwechseln?«*

Dazwischen lagen noch ein paar Kilo. Doch in dem Punkt war sie sehr stolz, selbst wenn es Tage später immer noch Truthahn zu essen gab.

Als ich nun die Uferstraße entlangfuhr, passierte ich wunderschöne freistehende Häuser, die meist mit dunkelbraunem oder weißem Holz verkleidet waren und braune, grüne oder graue Dächer besaßen. Mit all diesen Naturtönen fügten sie sich harmonisch ins Bild der Landschaft. Auch wenn ich es von meiner Straßenseite aus nicht sehen konnte, wusste ich, dass sich große Fensterfronten, Balkone und Terrassen auf den See richteten, denn das Haus meiner Familie sah nicht anders aus. Die Einfahrten zu den Gebäuden, die von der Straße abzweigten, waren an den Rändern oft mit Büschen und Sträuchern bepflanzt.

Meine Eltern waren echte Helden solcher Bepflanzungen. Dad hatte seine Büsche pyramidenförmig geschnitten. Wo meine Mutter ihren Stolz bei der Truthahngröße hatte, hegte mein Vater die

Marotte, seine Außenanlagen zu trimmen. Er war besessen von jeder neuen Heckenschere, jedem noch tolleren Rasenmähermodell und jedem verbesserten Düngemittel. Gäbe es einen örtlichen Gartenpreis, er würde ihn gewinnen.

Der See glich heute einer grauen Schieferplatte. Die Wellen auf dem Wasser wirkten wie Scharten in Gestein. In großen Schwärmen flogen Kanadagänse darüber hinweg und warfen ebenfalls graue Schatten auf das glanzlose Wasser. Jahr für Jahr führte sie der Weg in den wärmeren Süden am Lake Campbell vorbei. Mit ihren hellen Bäuchen und den schwarzen Hälsen sahen sie wunderschön aus.

In den Frühlingsmonaten waren sie die Vorboten für wärmere Tage. Jetzt verkündete ihr Erscheinen den Winter. Mit den knackig frischen Herbstnächten zogen sie los und es war, als reiste mit ihnen der erste Schnee auf den Spuren ihres Gefieders. Von den toten Truthahnvettern in den Öfen einer ganzen Nation am morgigen Tag ahnten sie nichts.

Friedvoll schwammen kleinere Seevögel über das Wasser. Sie würden hierbleiben und hatten bei ihrer geringen Größe auch nichts vor meiner Mutter zu befürchten.

Ich bog in unsere fachmännisch bepflanzte Einfahrt und parkte neben der belegten Garage. Als ich mein Fahrzeug verließ, stiegen vor mir weiße Atemwölkchen auf.

Mein Vater erschien in der Tür, als ich gerade meine Staffelei aus dem Kofferraum wuchtete. „Komm, Lucy, ich nehme sie dir ab. Gib mir die mal."

Bereitwillig überließ ich sie ihm und er drückte mich

einseitig, während er sie sich unter den Arm klemmte.

„Hi, Dad."

Heute trug er gute Wollhosen und einen Strickpullover, beides in Blau. Seine blonden Haare wurden jedes Mal, wenn ich ihn sah, grauer, doch von der vielen Arbeit an der frischen Luft auf seinem Grundstück war seine Haut gebräunt wie von einem Seemann.

„Hallo, Schatz. Sag mal, möchtest du nicht mal eine neue Staffelei? Bestimmt gibt es da Bessere zu kaufen."

Lächelnd schüttelte ich den Kopf. „Die funktioniert prima, danke."

„Bald ist Weihnachten", erinnerte er mich.

„Sie funktioniert trotzdem."

„Ach so, na ja. Das musst du wissen." Als echter Fan von Neuheiten wirkte er enttäuscht. Ich wollte gerade den Weg zum Haus einschlagen, als er mich zur großen Dreiergarage winkte. „Komm mal mit, ich habe was Neues."

Er lehnte meine Staffelei gegen die Betonwand und ich legte meine Tasche daneben.

„Schau nur." Stolz zeigte er zu einem Monstrum von Aufsitzrasenmäher, der mir meinen früheren Stellplatz klaute und die Ausmaße eines Autos hatte.

„Ist der nicht ein bisschen groß für euer Grundstück?" Skeptisch betrachtete ich das Ding.

Dad sah regelrecht entsetzt aus. „Nein, aber nein. Der ist genau richtig. Du klingst schon wie deine Mutter." Liebevoll streichelte er über den geschwungenen Rahmen der Karosserie.

Bemüht anerkennend nickte ich und versuchte, mir nicht vorzustellen, wie er damit breit lächelnd bei der

Tankstelle vorfuhr, um mit dem alten Rod Nelson zu quatschten, der einen fast so großen Knall wie mein Vater hatte.

„Solange du damit nicht die linke Spur vom Highway blockierst“, scherzte ich.

Er rümpfte die Nase. „Du klingst schon wie …“

„… meine Mutter?“

Mürrisch meinte er: „Nein, alle Weiber.“

Ich lachte los und er wirkte noch enttäuschter. Ich hatte kein schlechtes Gewissen, dass ich ihm keine neue Nahrung für seine Leidenschaft lieferte, denn erstens würde er sonst bei meiner Mom behaupten, ich würde ihn unterstützen und alles ganz toll finden, und zweitens hatte er auch nie Verständnis für meine Vampirbegeisterung gezeigt.

Dad polierte mit dem Ärmel seines Pullovers den Lack, obwohl kein Dreck zu sehen war – vermutlich genau deswegen. In mir brannte die Frage, wie oft meine Mom in letzter Zeit seine Shirts wegen Flecken an den Ärmeln hatte waschen müssen.

Dezent reichte ich ihm einen Lappen und er prüfte doch tatsächlich, ob er sauber genug war, um damit seinen Rasenmäher zu putzen. Unfassbar! Doch wenn ich glaubte, dass das schon alles war, belehrte mich seine nächste Bitte eines Besseren.

Er nickte zu meiner Staffelei. „Du hast Malsachen dabei. Schau nur, die Wand hier ist so weiß.“ Er lief hin und strich plakativ über die freie Rückwand der Garage. „Wäre es nicht schön, wenn hier ein Bild von meinem Rasenmäher hinge?“

Mir stand der Mund offen. Das musste ein Scherz sein. „Ähm …“

„Du malst doch immer so schön und dafür zahlen wir doch auch deine Studiengebühren. Sieh mal, wenn du ein kleines Bild ... na ...“ Er begann klein, wiegte aber den Kopf hin und her, während er mit den Armen immer weitere Abmessungen an der Wand andeutete. Als die gesamte Spannweite seiner Arme ausgeschöpft war, gab er sich zufrieden.

„Dad, ich habe keine fast zwei Meter langen Leinwände dabei“, holte ich ihn auf den rauen Boden der Realität zurück. „Das wäre auch nicht klein. Und ich wusste gar nicht, dass ihr meine Studiengebühren bezahlt, damit ich Gemälde von Rasenmähern für Garagen anfertige.“

Ich versuchte, mir meinen Kunstdozenten vorzustellen, wenn ich ein impressionistisches Werk von einem Aufsitzrasenmäher am Seeufer einreichte. Mein Vater würde ihn gewiss an eine dekorative Ecke hinausfahren und mich beauftragen, das Licht der Abenddämmerung einzufangen. Natürlich nicht auf der Wasseroberfläche, sondern auf der Lackierung seines neuen Lieblings. Auf keinen Fall!

„Mit einer neuen, größeren Staffelei und wenn ich dir eine passende Leinwand besorge ...“

Ich schenkte ihm einen ungläubigen Blick und verschränkte die Arme vor der Brust. „Dad, ich will keine Mähmaschine, keine neuen Heckenscheren, keine frisch geschnittenen Büsche oder so was malen.“ Mit der Hand beschrieb ich eine ausladende Geste zur Uferlinie. „Ich will den See festhalten.“

„Ach, der See ist doch immer da. Der hängt quasi in jedem Fenster als Motiv. Aber diese Wand ist so leer.“

„Es ist eine Garage.“

„Und? Garagenkunst könnte doch ein neuer Trend

werden. Es sind tolle Orte, die völlig unterschätzt werden. Damals haben Bill Gates und ...“

Demonstrativ blies ich in meine Hände. „Mir ist kalt. Können wir hineingehen? Schau mal, ich habe deinen Rasenmäher noch vor Mom begrüßt.“ Um ihm zu verdeutlichen, wie absurd das war, wackelte ich mit den Augenbrauen.

Seufzend, als hätte er das schwerste Los der Welt gezogen, nahm er meine Staffelei und marschierte zum Haus. Das war sicher nur ein kleiner Sieg. Diese Angelegenheit würde neben ein paar anderen Themen wie etwa meinem Vampir oder meinem Singlestatus wie ein dicker Elefant im Raum stehen.

Und ich sollte noch merken, dass das meine kleinste Befürchtung gewesen war.

KAPITEL 8

Ich fand meine Mutter in der Küche vor. „Mäuschen“, begrüßte sie mich und hielt den Kochlöffel weit von mir, damit sie mich nicht einschmierte. „Dich schickt der Himmel, ich habe so viel zu tun.“

Überwältigt sah ich mich in ihrer völlig überladenen Küche um. Sie hatte wirklich eine sehr geräumige Küche und trotzdem war jeder Winkel in das Kochvorhaben einbezogen. Die *Mission Thanksgiving* hatte begonnen. Es gab so viel Essen, dass ich mich zu fragen begann, ob meine Mutter eigentlich für alle toten Verwandten mitgekocht hatte.

Ehrfürchtig drehte ich mich um die eigene Achse. „Mom, ich meine, wir werden doch immer weniger und deine Küche scheint immer voller zu werden ...“

Sie fuchtelte mit dem Kochlöffel herum. „Sag doch so was nicht. Wir werden auf keinen Fall noch weniger. Ich habe felsenfest vor, mindestens hundert zu werden.“ Dann deutete sie auf mich. „Und für dich gilt dasselbe.“

Ich musste schmunzeln. „Keine Sorge. So war das nicht gemeint. Aber das hier ...“

Resigniert hob sie die Hände. „Ja, ich weiß auch nicht, wer das alles essen soll. Dein Dad hat den falschen Truthahn besorgt. Er kann nur noch an seinen

Rasenmäher denken. Sicher hast du ihn schon in Augenschein nehmen dürfen."

Ich wusste zwar nicht, was der Truthahn mit dem Rasenmäher und diesem Chaos in der Küche zu tun haben sollte, doch ich nickte. „Ja, Papa hat mich an der Tür abgefangen."

Sie rollte mit den Augen und trat wieder an die Arbeitsplatte. „Er hat den ganzen Mittag auf dich gelauert. *Gelauert*", betonte sie es noch einmal und seufzte theatralisch. „Zum Hochzeitstag vor drei Wochen – rate mal, was ich da bekommen habe?"

Meine Mutter stemmte die Hand mit dem Löffel in die Seite und er stand dadurch ab, wie ein garstiger Schwanz. Besonders, weil sie ihn so energiegeladen wackeln ließ. Ihre Schürze war voller Mehlstaub und anderer Flecken und ihre Wangen waren gerötet von der Arbeit. Ansonsten sah sie aus wie immer. Das blonde Haar hatte sie sich zu einem Zopf gebunden und der weiche Hausanzug, den sie in acht verschiedenen Farben besaß, leuchtete heute in einem strahlenden Weinrot. In jüngeren Jahren hatte sie am »Miss South Dakota«-Wettbewerb teilgenommen und den dritten Platz belegt. Ihre Haut war noch immer so glatt, dass ich hoffte, ihr Bindegewebe geerbt zu haben.

Im Grunde hätte sie einen tolleren Fang als meinen Dad machen können, doch sie war von ihm angetan gewesen, seit er an der Schule ihr Tutor für Mathe gewesen war. Schade, dass er sich heute nicht mehr so viel Zeit für sie nahm. Ich wusste wirklich nicht, welcher Fehler ihm an ihrem Hochzeitstag unterlaufen war.

Ahnungslos zuckte ich die Schultern und klaute mir eine Apfeltasche vom Backblech. „Na, was denn?"

„Er hat mir einen billigen Blumenstrauß von der Tanke besorgt. Stell dir das mal vor! Da fährt er mit seinem blöden Rasenmäher die ganze Straße runter zu Rod Nelson und plaudert dort stundenlang über diese doofe Mähmaschine. Rod war ja wenigstens so clever, ihn daran zu erinnern, dass er mal heim müsste, weil es doch schließlich unser Hochzeitstag war.“

Ich stöhnte und ließ fast die Apfeltasche fallen. Meine Mutter schob mir einen Teller in die Hand und fuhr fort: „Und weil dein Dad zum Glück nicht auf die Idee kam, mit seinem Rasenmäher eine längere Einkaufstour zu unternehmen, aber mir auch nicht mit leeren Händen in die Arme laufen wollte, hat er anstandshalber einen Blumenstrauß von Rods Tankstelle gekauft.“ Sie rümpfte die Nase. „Dass er nicht nach Motoröl gerochen hat, war auch schon alles.“

Ich verkniff mir eine Grimasse und streichelte ihr über den Rücken. „Tut mir leid, Mom.“

„Und er ist auch noch so schlau, mir zu sagen, dass er es vergessen hat. Ehrlich, ich hätte besser Rod heiraten sollen.“

Mir fielen beinahe die Augen heraus, als ich an den fast kahlköpfigen kleinen Mann dachte, der die Attraktivität eines Pavians mit Haarausfall besaß. „War das etwa mal eine Option?“, krächzte ich. Ich wollte mir wirklich nicht vorstellen, dass Mom ihn einst in der engeren Wahl gehabt hatte.

„Ach, was!“, tat sie es ab und rührte in einer hellen Creme herum. Der Löffel klapperte wütend gegen den Schüsselrand. „Ich will nur sagen, dass Rod wenigstens an unseren Hochzeitstag gedacht hat, und dabei war es nicht mal sein eigener. Etwas aufmerksamer könnte dein

Vater schon sein. Wir haben wirklich viel Zeit. All die toten Verwandten, Gott hab sie selig, waren so reizend, uns ihr Hab und Gut zu vererben. Du kannst studieren, was du willst, und keiner von uns braucht arbeiten zu gehen. Keinen einzigen Tag mehr. Doch statt dass dein Vater sich deshalb Gedanken über mehr Zeit mit mir macht, plündert er lieber sämtliche Heimwerkermärkte von Brookings bis Minnehaha."

„Soll ich ihn für dich treten?"

„Ja, bitte." Sie lächelte gerührt und fasste nach meinem Kinn. Dabei sah sie mir entschlossen in die Augen. „Such dir bloß einen Mann, der viel Interesse an dir zeigt. Alles andere ist nicht so wichtig." Sie hielt sich die Hand tuschelnd vor den Mund. „Das mit dem Aussehen welkt auch immer. Dein Dad sah früher anders aus."

Schmunzelnd leckte ich mir die Finger ab. Die Apfeltasche hatte köstlich geschmeckt. Kurzentschlossen griff ich zur Nächsten. „Der Vampir, der mich damals aus dem Wasser gezogen hat, war doch aufmerksam."

Meine Mutter rollte mit den Augen. „Oh, Lucy ..."

Ich zuckte mit den Schultern. „Na, gut. Wenn du ihn nicht magst, muss ich zu meiner zweiten Wahl greifen. Ich fahre nachher mal tanken. Mir hat jemand gezwitschert, dass Rod Nelson so rücksichtsvoll sein soll. Da versuche ich dann mein Glück."

Sie schwang zum Spaß den Kochlöffel. „Du kannst gleich was erleben", behauptete sie lachend. „Los, bring deine Tasche rauf und dann komm und hilf mir."

„Tue ich doch gerade." Ich hob die Apfeltasche hoch. „Ich habe mit dem Essen begonnen, das ihr ohne mich nie schaffen würdet. Wieso ist das gleich noch mal mit dem vielen Essen passiert? Was hat das mit Dads Rasenmäher zu tun?"

„Na, er denkt nur noch an seinen Gartenkram und als ich ihn losschickte, um den Truthahn zu holen, hat er den falschen besorgt."

Unschlüssig klemmte ich mir meine Tasche unter den Arm. „Was meinst du mit falsch?"

„Er ist zu groß. Also musste ich mehr Beilagen machen, damit das Verhältnis wieder stimmt."

Ich starrte auf die vollgepfropfte Küche. „Wie groß genau ist er denn?"

„Bring die Tasche in dein Zimmer. Dann mache ich euch miteinander bekannt."

Oh, weia.

Mit einer üblen Vorahnung beladen, erklomm ich die Stufen in den oberen Stock. Das Haus meiner Eltern bestand aus zwei Etagen. Allerdings war jede für sich sehr geräumig. Es war nicht geplant gewesen, dass ich ein Einzelkind blieb, doch meine Eltern waren glücklich gewesen, als Mom überhaupt endlich schwanger mit mir wurde. Ihre Chancen dafür hatten nicht so gut ausgesehen und ein zweites Wunder stellte sich nicht ein.

Ich betrat mein altes Zimmer mit den rosa Wänden und den weißen Vorhängen vor den bodenlangen Fenstern, die auf den See gerichtet waren. An den Raum grenzte ein kleiner Balkon, auf dem ich früher stundenlang gesessen und die Aussicht gemalt hatte.

Eine Sache fehlte jedoch und würde immer wieder fehlen, sobald ich das Haus meiner Eltern verließ. Ich lief hinüber zum Wandschrank und zog die untere Sockenschublade auf. Statt Socken quollen unzählige meiner Bilder hervor, auf denen ich meinen Vampir gezeichnet hatte. Meine Eltern hatten von Anfang an nicht an ihn geglaubt. Vermutlich waren sie ganz froh, dass ich diese Kopfwunde gehabt hatte, die ihnen alles etwas plausibler machte. So verlieh sie meiner *Einbildung* eine körperliche Ursache und keine psychische Störung. Sie tolerierten, dass ich überzeugt von dem war, was ich gesehen hatte. Sie fanden nur, dass ich langsam mal einsehen müsste, dass der Sturz daran Schuld war und kein echter Vampir, der mich mit seiner Anwesenheit beehrt hatte.

Wie immer, wenn ich hier war, suchte ich mir ein Bild heraus und pinnte es an die Wand. Mom würde es abhängen, sobald ich zurück nach Brookings fuhr, als würde mein »kleiner Dachschaden« dadurch ebenfalls abhanden kommen. Manche Dinge im Leben würde ich wirklich gerne in Schubladen stecken und verschwinden lassen können. Gerade so wie meine Auseinandersetzung mit Lennox. Er hatte noch immer nicht auf meine Kontaktversuche reagiert.

Seufzend betrachtete ich mein Bild und strich liebevoll über die wenigen scharfen Konturen seines Gesichts. Ich wollte meinen Vampir unbedingt wiedersehen. Keine Vielleichts mehr, sondern nur Klarheit. Auch für seine Gesichtszüge. Dann würde ich keine Schemen mehr malen müssen. Jedes Mal, wenn ich ihn zeichnete und Teile von ihm aussparen musste, versetzte es mir einen Stich ins Herz. Ich besaß hunderte Bilder von ihm und kein einziges war fertig. Es war, als würde man sein Leben lang immer nur den halben Teller leeressen, immer nur die Hälfte sehen, von dem, was war. Genauso gut könnte ich bloß mein halbes Gesicht schminken.

„Lucy?“, drang die Stimme meiner Mutter von unten zu mir hoch.

Ich ließ das Bild an der Wand allein, eilte die Treppe hinunter und wurde mit einer Küchenschürze in Empfang genommen. Die Dinger fand ich furchtbar, aber auf Flecken an meiner Kleidung war ich auch nicht sonderlich scharf. Vor allem hatte ich nicht viel zum Wechseln dabei.

Während ich meine Hände am Spülbecken wusch, blickte ich über die Schulter. „Ist es okay, wenn ich nachher noch ein bisschen draußen malen gehe?“

Mom warf einen Blick zur Uhr. Die Dämmerung setzte in vier Stunden ein. Die Arbeit in der Küche wäre bis dahin nicht geschafft. Trotzdem nickte sie. „Hilf mir noch zwei Stunden und dann kannst du gehen.“

Erleichtert nickte ich.

„So, bist du bereit, den Truthahn kennenzulernen?“, wollte sie wissen und sah mich herausfordernd an.

„Also, ich bin jedenfalls dermaßen neugierig, dass ich ihn einfach mal sehen *muss*.“

Wir huschten in den Flur und zogen uns unsere Mäntel über die Schürzen. Dann führte meine Mutter mich in die Garage zum Kühlschrank und leitete den Countdown ein. „Drei, zwei, eins ... bitte sehr.“

Ich merkte selbst, wie ich die Augen aufriss. „Oh je, das ist jetzt nicht wahr.“

Der Kühlschrank wurde von einem riesigen gerupften Vogel beherrscht, den wir auf keinen Fall aufessen konnten. Sämtliche Zwischenböden fehlten, damit der Platz überhaupt reichte.

„Leider doch.“

„Wie kann man nicht merken, dass der viel zu groß

ist?“

Mom rieb sich angespannt mit der Hand über den Mund. „Die Debatte hatten wir auch schon.“

„In das Ding passt ein Schwein rein.“

„Wir werden jedenfalls viele Reste einfrieren müssen.“

Ich schüttelte nur den Kopf. „Da taut er tagelang auf, bloß damit ihr ihn wieder einfriert.“

„Anders kriegen wir ihn nicht gegessen. So, zurück in die Küche. Es gibt viel zu tun.“

Wir gingen wieder ins Haus und machten uns daran, verschiedene Gemüse zu putzen und kleinzuschneiden.

„Wie geht es Pia?“, erkundigte sich Mom, die mit mehreren Litern Marinade kämpfte.

„Sie ist nach Wyoming gefahren und hält sich vermutlich für lebendig begraben.“

Das entlockte ihr ein Schmunzeln. „Ist doch nicht schlimm dort. In Cody gibt es ein tolles Buffalo-Bill-Museum.“

„Glaub mir, das kennt sie.“

„Wenigstens muss sie nicht mit einem Rasenmäher feiern.“

Ich drückte ihr einen Schmatz auf die Wange. „Liebst du Dad eigentlich?“

Mom gluckste verblüfft. „Ach, Gott! Du stellst vielleicht Fragen.“ Sie rieb sich mit dem Unterarm eine Haarsträhne aus der Stirn. „Na ja, er könnte sich ruhig mehr bemühen. Wenigstens brauche ich nur auf ein Gartengerät eifersüchtig sein. Andere Frauen schaut er nicht mal an.“ Mom seufzte und kratzte einen großen Berg zerhackte Kräuter vom Küchenbrett in eine Schüssel, die ebenfalls für die Marinade des Puters vorgesehen war. „Manchmal stelle ich mir vor, wie ich mit meinem Jeep versehentlich in die falsche Garage fahre und das elende Ding ramponiere."

„Ich glaube, er würde dir nicht abkaufen, dass du nach so vielen Jahren in die falsche Garage fährst." Ich schnitt die Möhren in kleine Stifte. Sie schmeckten köstlich, wenn man sie in Ahornsirup dünstete.

„Ach, ich werde auch nicht jünger. Da kann man schon mal schusselig werden." Sie hackte auf einem weiteren Haufen Kräutern herum. „Früher hat er sich ein Bein für mich ausgerissen. Er war so ein Strebertyp, der kaum mal von der Seite angeschaut wurde, obwohl er nicht schlecht aussah. Hätte er mir damals nicht Mathe erklärt und mir ständig gegenüber gesessen, hätte ich auch nicht hingesehen."

„Ja, und jetzt sieht er nicht mehr hin", schloss ich ihre Worte ab.

„Bin ich furchtbar, weil ich manchmal im Supermarkt mit anderen Männern flirte?"

„Nein", stellte ich klar und zeigte mit einer Möhre in ihre Richtung. „Du bist cool."

Das mit dem Flirten konnte ziemlich schnell passieren. Ich hatte das auch nicht geplant und Adam trotzdem an nur einem Abend dazu verführt, mich küssen zu wollen. Ich litt genauso an der fehlenden Aufmerksamkeit meines Vampirs wie Mom von Dad umworben werden wollte.

Als ich knapp zwei Stunden später aus der Küche trat und meine Schürze abband, lief ich meinem Vater in die Arme. Ich drückte ihm die Schürze in die Hand und er sah mich irritiert an.

„Du solltest mal Mom in der Küche helfen."

„Lucy, dieses ganze Kochen ist nicht so meins."

Ich hob die Hand, damit er mich fortfahren ließ. „Also, wirklich. Merkst du denn nicht, dass sie noch ganz niedergeschlagen ist, wegen der Sache mit dem Hochzeitstag?"

Betreten knautschte er die Schürze in den Händen, als würde er sie sich damit abtrocknen. „Das hat sie dir erzählt?"

Ich seufzte. „An ihrer Stelle hätte ich dich mit dem Rasenmäher überfahren. Stattdessen macht sie alles für einen Festtagsbraten fertig."

Mom erschien in der Tür und wünschte mir viel Spaß beim Malen des Sees. Sie betonte das Motiv ganz ausdrücklich, weil sie wusste, was mein Vater eigentlich wollte. Dann winkte sie ihn mit dem Holzlöffel in die Küche, was eher bedrohlich als einladend aussah, und zwang ihn zum Mithelfen.

Ich schnappte mir meine Kreide und klemmte mir die Staffelei unter den Arm. Obwohl ich Handschuhe, Mütze und Mantel trug, erschlug mich die Kälte draußen regelrecht. Im Vergleich zur beheizten Küche kam es mir wie ein spontaner Ausflug zum Nordpol vor.

„Scheiße, ich will ein Eisbärenfell", grummelte ich und kroch mit meiner Nase unter den Mantelkragen. Kein Wunder, dass der Weihnachtsmann diese puscheligen weißen Fellsäume trug.

Diesmal hatte ich mir festes Schuhwerk angezogen. Solange kein Schnee fiel, der alles festfror, gab der Untergrund beim Laufen schmatzende Geräusche von sich. Die Staffelei schien mit jedem Schritt schwerer zu werden und wog eine gefühlte Tonne, bis ich das Ufer an der Stelle erreichte, die mir für alle Zeit in Erinnerung bleiben würde. Die Pfosten des alten Stegs ragten noch aus dem Wasser. Sie waren verwittert und mit Moosen bewachsen. Unterhalb der Seeoberfläche hingen grüne Algenfäden daran, die das morsche Holz mit der Strömung umwogten wie die schlecht getönten Haare einer Meerjungfrau.

Die Luft war erfüllt vom Geruch der Erde und des Wassers. Ich konnte die Natur so intensiv riechen wie Düfte in einer Parfümerie. Ein bisschen Baum, ganz viel Boden, noch mehr See, eine Prise faulendes Laub und einen Schuss vom Vorboten der winterlichen Stürme. Enten quakten in der Nähe von der leichten Erhöhung, auf der ich mein Zeichenbrett abstellte.

Ich wickelte die Leinwand aus dem Stoff, in den ich sie zum Schutz eingeschlagen hatte. Das Bild würde nicht groß werden, doch ein noch schwereres herbeizuschleppen war keine Option gewesen, und letztlich musste ich zurück zum Haus, bevor es stockfinster wurde. Da sollte es so weit fertig sein, dass ich in meinem Zimmer nur noch in Ruhe die Schraffuren zu setzen brauchte.

Die Stelle, an der mein Vampir mich damals abgelegt hatte, befand sich nur drei Meter von mir entfernt. Es war eine kleine geschützte Mulde, in der sich Wasser angesammelt hatte. Ich zeichnete es genauso ein wie die Reste des Stegs. Die Grautöne des Tages und seine matten Farben ließen die Konturen verschwimmen. Dann versank die Sonne in einem roten Farbenmeer hinter den Feldern. Mehr und mehr füllte sich mein Bild. Die Schatten um mich herum wurden immer länger.

Ich musste mir Mühe geben, dass meine Hand nicht zu sehr zitterte. Die Kälte kroch mir unter die Haut und die einzelnen Kreidestücke begannen, sich in meinen tauben Fingern unecht anzufühlen. Ich ließ vom Bild ab und knetete sie warm. Wie von selbst ging ich zur Senke und bückte mich, um mit der Hand den Boden zu berühren, an dem wir gelegen hatten.

Es war, als würde Magie in meine Fingerkuppen hineinfließen und sie zum Kribbeln bringen. Ich streifte den dünnen Handschuh ab, der von der Kreide schon ganz bunt war, und steckte ihn in die Tasche. Darin tastete ich nach der kleinen Metalldose, die ich extra dabei hatte, und zog sie aus meiner Manteltasche hervor. Vielleicht war es kindisch, doch ich hatte einen weiteren Brief mit meinem Herzenswunsch niedergeschrieben und verwahrte ihn in der Büchse. Sie war grün wie die Hoffnung. Ich wünschte mir so sehr, dass sich mein Traum endlich erfüllte.

Weil die Mulde voller Wasser stand, kratzte ich neben ihr mit einem Stock ein Loch in den Boden. Dann hauchte ich der kleinen Blechdose einen Kuss auf und schloss meine Augen. *Bitte.* Ich legte das Kästchen ins Erdloch und schob den weichen Uferboden darüber. Hier hatte es begonnen. Hier war der richtige Ort für meinen Wunsch. Das spürte ich einfach.

Ich richtete mich auf und streckte mich. Durch das Hocken und die Kälte fühlten sich meine Knochen an, als hätte ich sie mir aus dem Körper eines Hundertjährigen geborgt. Träge ließ ich meinen Kopf im Nacken kreisen und spürte das Knacken der einzelnen Wirbel. Eine Massage wäre jetzt traumhaft. Seufzend schloss ich die Augen. Unter meinen Lidern tauchte der silbrige Blick meines Vampirs auf und ich atmete die eisige Luft der anbrechenden Nacht tief ein. Ich spürte sie auf meinen verfrorenen Lippen. So oft stellte ich mir vor, dass er mich küsste. Dass er einfach seinen Mund auf meinen senkte.

So wie Adam es probiert hatte.

Ich schüttelte die Erinnerung von mir ab. Richtige Szene, falscher Mann. Frustriert blickte ich über das weite Land und suchte das Ufer nach meinem Vampir ab. Im fahlen Restlicht wurde die Stimmung von damals heraufbeschworen.

Und dort ... bewegte sich jemand. Ein Spaziergänger? Ich kniff die Augen leicht zusammen, um ihn besser erkennen zu können. Ein Mann kam in meine Richtung und sofort hämmerte mein Herz los. Er bewegte sich geschmeidig auf mich zu. Schatten hüllten ihn ein, als wären sie sein zweiter Mantel. Dunkles Haar rahmte sein Gesicht. Er war groß und schlank. In mir tobten die Hoffnungen durcheinander und ich hielt mich an meiner Staffelei fest.

Aber als ich ihn besser erkennen konnte, fiel mir auf, dass er schon Mitte Vierzig sein musste. Das war viel älter, als mein Retter es sein sollte. Er kam mir überhaupt nicht bekannt vor, aber ich kannte längst nicht alle Nachbarn an diesem großen See, und gerade an Thanksgiving reisten Familienangehörige aus dem ganzen Land an.

Der Mann bemerkte meinen starrenden Blick und lächelte mich an. Inzwischen war er nah genug bei mir.

„Guten Abend“, grüßte er mich.

Ich schluckte und benetzte meine Lippen. Seine Augen waren blau und fremd.

„Hallo.“ In meiner Stimme schwang ein Beben mit.

Er blieb neben mir stehen und nickte zu meiner

Staffelei. „Darf ich?“

Der Fremde wirkte harmlos und schien sich wirklich nur für die Landschaft zu interessieren. Vermutlich war er ein Städter.

Ich nickte und trat einen Schritt beiseite, um ihm Platz zu machen. Während er mein Bild betrachtete, beobachtete ich ihn in Ruhe. Ich versuchte, mir den Mann mit langen Zähnen und silbrigem Blick vorzustellen. Die Form seines Mundes war einigermaßen stimmig, doch wenn man älter wurde, konnte so viel mit einem Gesicht geschehen.

„Gut getroffen“, sagte er und lächelte.

„Danke. Es ist noch nicht fertig, aber jetzt fehlt mir das Licht.“ Ich packte meine Kreide ein.

„Mit dem alten Steg sieht es irgendwie gespenstisch aus“, meinte er nachdenklich.

„Als ich klein war, bin ich hier fast mal ertrunken.“ Während ich es ihm erzählte, studierte ich sein Gesicht. Ich versuchte, mir vorzustellen, dass es unsere gemeinsame Vergangenheit war, mit der ich ihn konfrontierte. Allerdings blitzte in seinen Augen keine verräterische Regung auf. Falls mein Vampir wirklich einmal vor mir stünde, war ja längst nicht gesagt, dass er mich auf Anhieb erkannte. Immerhin dürfte ich mich mehr verändert haben als er sich. Ich wusste, wie Kinderfotos von mir aussahen.

„Aber das ist ein schreckliches Erlebnis ... Wieso malen Sie es dann?“

Er war also nicht mein Vampir. Enttäuscht und frierend räumte ich mein Zeichenetui in die Tasche. „Es ist keine ausschließlich schlimme Erinnerung. Mich hat jemand gerettet und daran muss ich oft denken. Ich muss jetzt los, bevor es so dunkel ist, dass man die Hand vor Augen nicht mehr sehen kann."

Der Mann setzte ein entschuldigendes Lächeln auf. „Ja, tut mir leid, ich wollte Sie nicht aufhalten."

„Kein Problem." Ich schulterte die sperrige Staffelei und machte mich auf meinen Rückweg. Ich hatte nicht vor, mit einem Fremden in der Dunkelheit an einem einsamen Ufer zu stehen. Schließlich musste ich das Schicksal nicht zweimal am selben Ort herausfordern.

Während ich die letzten Meter zum Haus meiner Eltern bewältigte, versuchte ich mir vorzustellen, wie das Haus meines Vampirs wohl aussah. Bestimmt war es nicht schwarz mit fledermausförmigen Fenstern und einem Totenacker als Garten. Das wäre zu auffällig. Er schien sich lieber zu verstecken, sonst hätte er damals nicht wegzulaufen brauchen, als mein Krankenwagen kam.

Mit meinem Zeichenbrett bewaffnet, drückte ich mich durch die Tür und stellte es ab. Drinnen schlug mir eine wohlige Wärme entgegen. Ich rieb mir die verspannte Schulter. Als ich klein war, hatte ich eine Holzente gehabt, die ich an einer Strippe hinter mir herziehen konnte. Ich sollte mir einfach geländegängige Reifen unter die Staffelei montieren, um mit ihr dasselbe zu machen. Sie wog einfach zu viel.

Ich folgte dem Geräusch des Fernsehers und fand meine Mutter auf der Couch im Wohnzimmer vor. Sie schaute einen Schwarzweißfilm und hatte zum Glück eine Pause in den Kochvorbereitungen eingelegt.

„Bin wieder da. Wo ist denn Dad?"

Sie zuckte mit den Schultern und starrte auf den Bildschirm. „Keine Ahnung, wahrscheinlich kuschelt er mit seinem Rasenmäher.“

Das hörte sich nicht so gut an. Ich ließ sie in Ruhe fernsehen und trug meine Malsachen die Stufen hinauf. In meinem Zimmer fügte ich dem Bild blaue Schattierungen hinzu, die einen Dämmerungseffekt auf das Motiv legten. Am Ende nahm ich es mit hinaus auf den Balkon und sprühte eine Lackschicht auf. Der Firnis versiegelte die Farben, sodass sie nicht mehr verwischten.

Inzwischen funkelten Sterne am eisigen Nachthimmel und meine Atemwolken verloren sich in der Luft. Es war so klirrend kalt, dass ich mich auf den frostigen Anblick der Morgenlandschaft freute. Bestimmt würde die Kälte allen Strukturen Diamanten anheften. Dann wurden die Weiden und Rasenflächen zu Ausstellungsstücken wie von Tiffany und Cartier. Alles funkelte wie üppiger Schmuck, den es völlig umsonst gab, aber den man auch nicht tragen konnte, ohne dass er schmolz.

Mein Handy piepte. Aufgeregt kramte ich es aus meiner Hosentasche. Ich hoffte, dass Lennox mir endlich ein Lebenszeichen schenkte, doch die Meldung war nicht von ihm, sondern von Pia: *»Bin gerade angekommen und will mich schon erschießen.«*

»Ist es so schlimm in Wyoming?« Ich verdrückte mich ins warme Innere. Gefroren hatte ich heute schon genug.

»Du weißt ja, dass keine Sau in Wyoming lebt. Anscheinend ist es inzwischen so leer, dass Tante Alberta mich mit meinem eigenen Cousin verkuppeln will!«

Bäuchlings warf ich mich auf das Bett und kicherte. Ich verschränkte meine Füße und wippte mit ihnen über die Bettkante. »Du kannst zu uns kommen. Wir haben genügend Truthahn für einen ganzen Monat.«

»Das wäre toll. Immer diese Familiendinger.« Ich konnte mir ihren genervten Unterton vorstellen, als läge sie direkt neben mir auf der Matratze und würde mit mir plaudern. Irgendwie hatten doch alle Familien einen Sprung in der Schüssel.

Wie zur Bestätigung schrieb sie: *»Mein Cousin bohrt in der Nase, wenn er denkt, dass keiner ihn sieht. Aber ich hab's gesehen. Ich vermisse Ethan.«*

»In ein paar Tagen hast du es hinter dir.«

»Ich glaube nicht, dass ich die nächsten Stunden ohne Mord überstehe. Tante Alberta ist so fies. Stell dir vor: Sie findet, dass ich mit meinem Musikstudium nur meinen Eltern auf der Tasche liege! Damit könnte ich ja eh nichts verdienen und als Frau sollte ich doch lieber über Kinder nachdenken.«

Geschockt runzelte ich die Stirn. »Deine Großtante hat total antiquierte Ansichten. Ist sie nicht schon siebzig?«

»Ja, sie ist uralt! Aber weißt du, was sie bei mir noch macht, obwohl sie so alt ist? Sie sagt ständig: Ticktack. Als würde bei mir irgendeine biologische Uhr ticken.«

Ich gluckste. »Irgendwann sind wir auch mal in dem Alter.«

»Ich werde aber ganz sicher nicht so fies zu meiner Nichte sein.«

Ob mein Vampir auch eine verdrehte Familie hatte und mit ihnen zu Thanksgiving speiste? Ich bemühte mich sehr, mir nicht die Adamsfamily vorzustellen, aber das war schwierig, weil mir der Name Adam ebenfalls im Kopf herumspukte. Ständig überschnitten sich beide Männer in meiner Vorstellung.

Was Adam wohl gerade tat?

Als ich später allein in meinem Bett lag und auf den dunklen See hinausblickte, wünschte ich mir ein wenig »Twilight« in meinem eigenen Leben herbei, denn dann würde mein Vampir vielleicht heute Nacht im Zimmer stehen und mich beim Schlafen beobachten.

KAPITEL 9

Es war stockfinster draußen, als ein dunkler Schatten auf meiner Bettkante mich weckte. Noch ganz beseelt vom *Twilight*-Gedanken, schlug mein Herz höher. Ich hatte das Gefühl, als wären kaum ein paar Minuten verstrichen. Trotzdem musste ich eingeschlafen sein.

„Hallo?", flüsterte ich atemlos ins dunkle Zimmer.

„Lucy."

Vorbei war der Zauber. Dieser Besuch fiel anders aus als erhofft. Es war die Stimme meiner Mom.

„Ich bin müde", jammerte ich und wollte mir das Kissen über den Kopf ziehen.

Sie streichelte mich sanft am Arm. „Aufstehen. Wir müssen den Truthahn vorbereiten."

Ich rieb mir die Augen und warf einen Blick auf den Wecker. Tatsächlich war schon eine ganze Nacht vergangen. Dennoch war es viel zu früh. So zeitig begann ich den Tag nicht einmal, wenn ich Vorlesungen hatte, und das sollte jetzt ein Feiertag sein? Selbst die Hähne durften länger schlafen.

„Mom, es ist erst sechs Uhr."

Schemenhaft sah ich sie im einfallenden Licht der Tür nicken. „Genau, in einer Stunde muss das Ungetüm im Ofen sein."

Stöhnend fügte ich mich in mein Schicksal und stand kurz darauf an der Seite meiner Mutter in der Küche. Alles konnte losgehen, doch der Vogel fehlte.

„Wo hast du ihn denn?“, fragte ich sie und drückte ihr einen Guten-Morgen-Kuss auf die Wange.

„Dein Vater holt ihn gerade aus der Garage herein. Zum Glück ist es nachts so kühl, dass wir ihn draußen lagern konnten. Mit dem großen Bottich passte er nicht mehr in den Kühlschrank.“

Ich runzelte die Stirn. „Bottich?“

„Ja, sicher. Wir mussten ihn doch marinieren, als du gestern gemalt hast.“

Okay, ich hatte gemalt, aber ...

„Ihr habt ihn sogar in einem Bottich marinieren müssen?“

Der Vogel war ein Festtagsmonster.

Sie nickte säuerlich. „Schuld ist nur der Rasenmäher.“

Ich stöhnte und drückte mir die Handflächen an die Stirn, als mein Dad mit einem Lastenroller und einer Tonne darauf in die Küche gefahren kam.

„Da kommt der Gute“, erklärte er und stellte die Bremse am Transportroller fest. Er wirkte genauso unausgeschlafen wie ich.

„Dad, ich fasse es immer noch nicht, dass du beim Abholen nichts gemerkt hast. In diese Tonne würde ich ja passen.“

„Das Tolle ist doch, dass du nicht drin bist“, antwortete er knapp.

„Anders ging es nicht“, sagte Mom gequält. „Das haben wir schon gestern Abend feststellen müssen. Es ist ja nicht nur der Vogel. Die zehn Liter Marinade mussten auch mit rein.“

Sie warf meinem Vater einen mürrischen Blick zu. Die Stimmung an diesem Morgen war ziemlich angespannt. Umso mehr wünschte ich mir mein Bett zurück.

„Arme, Lucy“, meinte Mom. „Du bist ganz müde. Für einen kleineren Puter hätten wir nicht in aller Herrgottsfrühe aufstehen müssen. Da wäre auch die Bratzeit kürzer.“

Angestrengt massierte ich mir die Schläfen. Ich hatte definitiv schon kleinere Einkaufswagen gesehen als diese Putertonne. Und die Einkaufswagen im Walmart waren so groß, dass man beinahe einen Führerschein für sie brauchte.

Meine Mutter drückte mir eine Schürze in die Hand. „Hier Schatz. Das wird eine schwere Geburt.“

Leicht entsetzt wickelte ich mir die Küchenschürze um. Meine Eltern trugen bereits welche. „Wie wollen wir den da rausbekommen?“

„Ich ziehe ihn hoch und ihr haltet das Bratenblech drunter“, leitete Dad uns an. „Er wiegt nur zwölf Kilo. So schlimm ist das nun auch wieder nicht. Das schaffe ich alleine und mit dem Blech bewältigt ihr das auch zu zweit.“

Eisern umklammerte ich die Ofenpfanne. „Zwölf Kilo“, stöhnte ich. Wir waren doch nur zu dritt bei Tisch. Keiner von uns würde kiloweise Fleisch plus Beilagen essen. Auch nicht an drei Tagen.

„Das war nur ein kleines Versehen“, spielte er es herunter.

Meine Mutter verdrehte leidgeprüft die Augen.

Das ist nur ein etwas größerer Braten.

Das ist nur ein etwas größerer Aufsitzrasenmäher.

Das ist nur eine etwas multifunktionalere

Heckenschere ...

„Auf drei geht's los", instruierte er uns. „Eins." Er stellte die Füße breiter auseinander, um sich einen besseren Halt zu verschaffen. „Zwei." Dann klatschte er sich in die Hände und nickte uns aufmunternd zu. Ich bekam ganz schwitzige Handflächen. „Drei!"

Tatkräftig griff er in den Bottich, packte den Puter an seinen Keulen und wuchtete ihn mit Ach und Krach über den Tonnenrand. Danach fiel der Vogel regelrecht in unsere Pfanne. Obwohl meine Mom die andere Seite festhielt und mein Vater den Truthahn längst nicht losließ, hatte ich das Gefühl, mit Blei beschwert zu werden.

Eine große Ladung Marinade schwappte mit dem Vogel heraus wie ein ausgeleerter Eimer Wischwasser und ergoss sich über die Küchenfliesen. Ich bekam nasse Socken und einen halben Kälteschock. Zwar hatten sich in der Garage keine Minusgrade gebildet, aber die Brühe war nicht wärmer als drei oder vier Grad.

Gemeinsam wuchteten wir die extra große Ofenpfanne auf die Anrichte. Meine Eltern besaßen keinen normalen Backofen, sondern natürlich einen mit riesigem Garraum. Wenn man eine normale Pizza darin zubereitete, sah sie immer ganz winzig aus. Ich war froh, dass zu ihrem Herd auch diese tiefere Pfanne gehörte, die man direkt auf den Schienen einsetzen konnte. Trotzdem würde es ein Kraftakt sein, wenn man den Vogel daran hervorzog, um ihn während des Garens immer wieder zu übergießen.

„Ich wische mal den Boden auf", erklärte meine Mutter.

Ich schlüpfte aus den nassen Socken und machte einen

weiten Bogen um die Pfütze. „Und ich hole mir trockene Socken."

Dad schnappte sich seine spezielle Geflügelschere und begann, die Enden der Keulen zu amputieren, damit der Truthahn besser in den Ofen passte, denn im Augenblick ragten die riesigen Keulen über das Blech hinaus.

Als ich in die Küche zurückkehrte, trug ich meine Ersatzsocken in allen Farben des Regenbogens und Mom stellte gerade den Putzeimer beiseite. Ich war froh, dass die Küche wieder benutzbar war, und wir machten uns an die Füllung, während der Vogel eine Stunde lang auf Zimmertemperatur kommen konnte.

Von meinem Vater war nichts mehr zu sehen. Wir würden ihn rufen, sobald der Puter in den Ofen musste. Er war nun einmal der Kräftigste von uns. Vor dem Kochen selbst drückte er sich immer gern. Es hatte einfach zu wenig mit Gartenarbeit oder Bohrmaschinen zu tun.

Um Punkt sieben wuchteten wir den Truthahn gemeinsam in den Ofen. Er würde nun mindestens fünf Stunden ziehen. Natürlich waren noch ein paar Sachen zu kochen, aber das Meiste musste nur noch in den Topf, weil wir es gestern schon geschnippelt hatten. In weniger als einer Stunde würde die Sonne aufgehen und ich hatte Lust auf einen morgendlichen Spaziergang, um mir das erste Licht des Tages anzuschauen.

„Ist es okay, wenn ich mir die Beine vertrete und den Sonnenaufgang beobachte?"

Meine Eltern hatten diesen Anblick jeden Tag, doch für mich war es immer ein echtes Erlebnis, wenn ich hier war.

„Nein, mach nur. Ich komme klar."

Nach einer heißen Dusche schlüpfte ich in meine wärmsten Sachen, denn draußen war alles weiß vom Raureif. Ich setzte mir die Mütze auf den Kopf, die Mom mir vor zwei Jahren gestrickt hatte, und prüfte noch ein letztes Mal mein Aussehen. Im Grunde war es egal, weil der See so einsam dalag, dass ich wohl niemandem begegnen würde. Trotzdem wollte ich nicht aussehen, als hätte ich noch nie einen Kamm oder Spiegel gesehen. Zufrieden zwinkerte ich meinem Spiegelbild zu.

Im dämmrigen Morgenlicht führten mich meine Schritte zur altbekannten Stelle am See. Ich liebte diesen Ort, denn es war der einzige auf der Welt, an dem ich mich ihm nah fühlen konnte. Ihm ...

Ich atmete tief ein und fühlte, wie meine Nase allmählich rot wie eine Möhre wurde. Es war klirrend kalt. Erste funkelnde Sonnenstrahlen schoben sich hinter dem Horizont hervor und ließen die weiße Kristalldecke glutrot leuchten. Der See fing das Licht auf und warf es wie ein Prisma zurück. Kleine Enten quakten in meiner Nähe und ich suchte das Ufer ab, wo ich aber nur raschelnde Büsche fand.

Als ich zu der Mulde blickte, die gestern voller Wasser gestanden hatte, sah ich, dass sich eine Eisdecke darauf gebildet hatte. Sie war ganz dünn und ich ging näher heran. Durch das feine Eis konnte ich hindurchsehen wie durch Glas und ich erkannte kleine Luftblasen unter der Oberfläche. Trixy würde daraus sicher ein tolles Bild zaubern. Und Lennox würde es wunderschön finden. Mich dagegen ignorierte er weiterhin.

Ich schaute zu der Stelle, wo ich gestern mein Metallkästchen vergraben hatte. Etwas stimmte nicht damit. Mein Herz hämmerte los. Jemand hatte die Erde beiseite geschoben. Schnell legte ich den Bereich frei, doch mein Kästchen war verschwunden!

Das konnte doch nicht sein.

Das Bild des Spaziergängers schoss mir durch den Kopf. War er noch hier geblieben, nachdem ich meine Staffelei heimgetragen hatte? Ich hatte mich nicht noch einmal umgeschaut. Bloß wieso sollte er meine Metalldose ausgraben und meinen Brief stehlen? Das ergab doch keinen Sinn.

Ich musste hart schlucken, denn mein Magen fühlte sich ganz flau an. Es sei denn, er wusste etwas von früher. Ich fühlte mich einer Ohnmacht nahe. Es durfte nicht sein, dass ich *ihm* nach all der Zeit begegnet war und sogar überlegt hatte, ob er es war, nur um ihn dann auszuschließen.

Mein Atem ging rasselnd und mir tanzten kleine Lichtpunkte vor den Augen, die nichts mit dem Sonnenaufgang zu tun hatten. Matt sank ich zu Boden und mir war es ganz gleich, dass meine Jeans dabei schmutzig wurde. Krampfhaft rieb ich mir über das Schlüsselbein und atmete tief durch. Mir war schlecht. Irgendwie war mir total schlecht. Ich hatte nicht mal nach seinem Namen gefragt oder ob er hier wohnte. Wieder mal hatte ich nichts als ein Gesicht, das mir nicht bekannt vorkommen wollte. Wieso fühlte sich alles so falsch an?

KAPITEL 10

Mit tausend Fragen im Kopf stopfte ich meine Jeans zusammen mit den marinierten Socken in die Waschmaschine. Mom hatte bereits einige Küchenhandtücher in der Waschtrommel gesammelt und so war es fast eine komplette Waschladung, die sich nun vor meinen Augen mit Wasser füllte und zu drehen begann.

In mir drehte sich auch alles. Der fremde Mann geisterte durch meinen Kopf und ich versuchte vergeblich, ihn mit silbernen Augen und langen Zähnen in Verbindung zu bringen. Die Schablonen wollten einfach nicht passen. Ich konnte mir nicht vorstellen, mich sehnsuchtsvoll nach diesem Spaziergänger zu verzehren. Nichts an unserem Zusammentreffen war in irgendeiner Form romantisch oder besonders gewesen.

Wo blieben die Schmetterlinge, die meinen Bauch füllen sollten? Ich fühlte mich von innen nach außen gestülpt und völlig leer. Die Sache mit dem Metallkästchen gab mir Rätsel auf.

Weil noch Zeit bis zum Mittagessen blieb, ging ich in mein Zimmer und nutzte das herrliche Morgenlicht, um ein Bild vom Mann am See zu zeichnen. Dafür benutzte ich meine schwarze Kohle, weil es einfacher war, als mit

Farben zu hantieren. Mir ging es vor allem darum, sein Aussehen festzuhalten. Nach einer knappen Stunde war ich mit dem Ergebnis sehr zufrieden. Es war weder impressionistisch noch sonst irgendwas. Es war ein besseres Phantombild, das all seine Eigenheiten einfing. Das Grübchen am Kinn, die etwas weiter als üblich auseinander stehenden Augen, überhaupt seinen Blick und den festen Zug um seinen Mund, bei dem die Oberlippe schmaler als die Unterlippe war.

Ich erkannte den Spaziergänger sofort darauf wieder und darum ging es schließlich. Mit einer Firnisschicht fixierte ich das Bild, schnappte es mir und trug es hinunter in die Küche, wo meine Mutter gerade die Vorspeise durch den Mixer jagte. Schließlich war Thanksgiving. Da durfte eine Kürbiscremesuppe nicht fehlen, auch wenn es von allem anderen längst genug gab.

„Mama, kennst du diesen Mann? Ich habe ihn am See getroffen."

Sie blickte von dem Kürbismus auf und schaute neugierig auf mein Werk. Dann runzelte sie die Stirn und schüttelte den Kopf. „Nein, Schatz. Wer ist das?"

„Ich weiß nicht genau. Irgendwie hatte ich gehofft, du kennst ihn."

Erneut warf sie einen Blick auf die Zeichnung, nur um dann abermals den Kopf zu schütteln. „Tut mir leid, Schätzchen. Frag doch mal deinen Vater. Der kommt mit dem Rasenmäher viel mehr rum als ich." Sie ließ den Mixer wieder aufheulen.

Schade. Etwas in mir drin hatte gehofft, dass es ganz leicht werden könnte, Licht ins Dunkel zu bringen.

Mit dem Bild in der Hand lief ich zu meinem Vater und

fand ihn neben der Garage vor. Er spülte gerade mit einem Schlauch den Bottich aus, in dem der Truthahn aufbewahrt worden war. Um ihn herum schwamm eine große Pfütze, die spätestens morgen zu einer dünnen Eisschicht gefroren sein dürfte.

„Dad“, rief ich ihn über das Geräusch des Schlauchs hinweg. Er stellte die Düse ab und sah zu mir auf.

„Na, Lucy?“ Dann entdeckte er das Bild in meiner Hand, von dem er nur die weiße Rückseite erkennen konnte. Seine Augen wurden groß vor Rührung. „Du hast doch nicht etwa ...?“ Er nickte zu seinem Rasenmäher.

Ups.

Ich setzte ein um Verzeihung bittendes Gesicht auf und drehte die Zeichnung zu ihm um. „Kennst du diesen Mann vielleicht?“

Er war eindeutig enttäuscht, trotzdem kniff er die Augen zu schmalen Schlitzen zusammen, um besser sehen zu können. Im Grunde brauchte er seit Jahren eine Brille, doch das wollte er nicht wahrhaben. Ich trat näher an ihn heran und hielt ihm das Bild unter die Nase.

Nachdenklich zog er die Mundwinkel nach unten. „Ist das ein Schauspieler?“

Das war eine wirklich gute Frage.

„Kann sein, Dad.“

„Er kommt mir aber nicht bekannt vor. In welchem Film spielt er denn mit?“

„*Der Mann am See*“, erfand ich einen Titel.

„Nein, kenne ich nicht.“ Wobei er damit sowohl auf den Mann als auch auf den vermeintlichen Film anspielte.

„Er könnte in der Umgebung wohnen“, probierte ich

es.

Mein Vater schüttelte den Kopf. „Also, dann wäre er mir aufgefallen. Schließlich kenne ich hier jeden." Er tippte sich an die Schläfe und nickte mir zu.

„Und wenn er einfach nur gerne hier spazieren geht?"

„Wo hast du ihn denn gesehen?"

Ich nickte zum See. „Drüben, beim kaputten Steg."

Sichtlich unwohl kratzte er sich am Arm. „Dort, wo du ins Wasser gefallen bist, meinst du?" Dad seufzte. „Sieht so etwa der Mann aus, der dich damals gerettet haben soll?"

Ich schüttelte den Kopf. „Keine Ahnung. Ich erinnere mich einfach nicht mehr an sein Gesicht. Aber diesen Mann habe ich gestern hier gesehen."

„Lucy." Er setzte diesen resignierten Tonfall auf, bei dem ich an die Decke gehen könnte. Wirklich, er brauchte nur so zu klingen und in mir drin begannen die Sicherungen anzuschmoren und zu kokeln. „Das mit dem Vampir von damals solltest du wirklich langsam auf sich beruhen lassen. Du hast früher gerne in unserem Bücherzimmer in Dracula geblättert. Und dann hattest du diese Gehirnerschütterung und ein paar Dinge durcheinandergewürfelt ..."

Mein finsterer Blick brachte ihn zum Schweigen. Ich wünschte, unsere Gespräche zu dem Thema könnten wenigstens ein einziges Mal anders verlaufen.

„Danke, Dad", sagte ich nur mit dumpfer Stimme und überließ ihn wieder seinem Bottich.

Zurück im Zimmer tippte ich eine SMS an Lily aus meiner Selbsthilfegruppe. Irgendwie fühlte ich mich ihr schon allein deshalb verbunden, weil sie auch einen Vampir suchte.

»Lily, ich weiß nicht, ob ich gestern meinen Vampir getroffen habe. Ich habe am See einen Brief versteckt, als ein fremder Mann vorbeikam, und heute Morgen war mein Brief verschwunden.«

Während ich auf ihre Antwort wartete, spielte ich am Saum meines Sweatshirt von der Universität. Adam hatte ein ähnliches angehabt. Müde schloss ich die Augen und bemühte mich, nicht an seinen Kussversuch zu denken. Zum Glück piepte im selben Moment mein Handy und ich las Lilys Antwort.

»Wow, wie schräg. Und hast du ihn erkannt?«

»Überhaupt nicht. Eigentlich glaube ich nicht, dass er es war. Verdammt, ich weiß nicht, was ich denken soll. Aber hier draußen ist es so einsam, dass ich mir nicht vorstellen kann, dass nachts sonst noch jemand dort vorbeigekommen sein könnte.«

»Du meinst: jemand wie ein nachtaktiver Vampir?«

Ich schnitt eine Grimasse. »Guter Punkt. Dann war der Fremde also bloß Zufall?«

»Das wissen nur dein Vampir und der Fremde.«

Das war wenig erbaulich. Von beiden fehlte mir jede Spur. Und es konnte noch immer sein, dass diese beiden ein und derselbe waren. »Was machst du gerade?«

»Ich habe daheim das Handtuch geschmissen, nachdem meine komplette Familie sich über mich lustig gemacht hat, und bin jetzt auf dem Weg zu einer Party.«

Arme Lily. Am liebsten hätte ich sie gedrückt. »Willst du drüber reden?«

»Darüber, dass sich meine Neffen und mein Bruder lange Zähne angeklebt und sich einen Scherz nach dem anderen auf meine Kosten gegönnt haben? Nee, lass

mal.«

Ja, ich wusste, dass enge Verwandte und Freunde am schlimmsten sein konnten. Vermutlich, weil sie es am wenigstens wahrhaben wollten, dass eine nahestehende Person fantasierte. »Dann erzähl mir von der Party.«

»Es ist eine Gothicfeier. Man kann sich entsprechend anziehen, muss es aber nicht. Sie trägt das Motto: Thanksgiving ist scheiße.«

Irgendwie stellte sich jedermann Familienfeste immer so schön vor. Die Erwartungen waren hoch, die Realität meistens tief drunter. Lily konnte offensichtlich im Keller danach suchen. »Ich wünschte, du könntest es genießen.«

Bei ihrer nächsten Antwort konnte ich ihr entschlossenes Gesicht regelrecht vor mir sehen. *»Glaub mir, Süße, das werde ich. Ich erzähl dir, wie es war. Bis dann.«*

Ich drückte ihr die Daumen, dass die Party unterhaltsam würde. Dann kontrollierte ich den Posteingang meines Handys und suchte zur Sicherheit noch einmal nach versäumten Nachrichten, doch ich hatte nichts von Lennox übersehen. Erneut setzte ich eine Meldung an ihn ab. Ob er noch lange böse auf mich war? Ich hoffte, dass er wenigstens auch ein bisschen an mich dachte und mich vermisste.

Die Stimmen meiner Eltern rissen mich aus der Lektüre meines Buches. Ich hatte Mom noch in der Küche geholfen und war dann zu faul zum Malen oder Spazierengehen gewesen. Daher schmökerte ich nun in Tom Sawyer, weil die Auswahl in meinem Regal nicht gerade groß war. Immerhin lebte ich seit drei Jahren nicht mehr hier. Darum waren nur Dinge zurückgeblieben, die ich nicht in meiner Studentenwohnung brauchte.

Ich war kaum weiter als bis zur Ankunft von Richter Thatcher mit seiner reizenden Tochter Becky in St. Petersburg gekommen, in die Tom Sawyer sich komplett verlieben würde. Sogar in Jugendbüchern klappte das besser als in meinem eigenen Leben.

„Himmel, Nancy!“, hörte ich meinen Vater zu meiner Mutter sagen. „Geh mir nicht mehr mit dem Truthahn auf die Nerven. Dann frierst du eben die Reste ein.“

„Ist ja klar, dass ich das wieder machen muss.“

Ich runzelte die Stirn. Das hörte sich gar nicht gut an.

„Dann wirf den ganzen Scheiß eben weg, wenn du es gar nicht essen willst, und wir kauen alle bloß Salat.“

„Du nennst meinen Truthahn nicht *Scheiß*“, beschwerte sie sich.

„Ach, jetzt ist es plötzlich wieder dein Truthahn? Vorher musste ich mir die ganze Zeit anhören, dass es meiner wäre.“

Alarmiert klappte ich mein Buch zu. Es wurde Zeit, dass ich dazwischen ging. Das Letzte, was ich brauchte, war ein ausgewachsener Streit von der Größe des Truthahns. Daher rollte ich mich vom Bett und lief die Treppe nach unten.

„Jetzt schreit doch bitte nicht so laut“, bat ich.

Die kleine Zuckung am rechten Auge meines Vaters ließ ihn nicht so wirken, als würde er sich schnell beruhigen wollen. Mit kritischer Miene beäugte er meine Aufmachung. „Lucy, wenigstens an Thanksgiving darf man sich gut kleiden.“

Am liebsten hätte ich den Bottich von draußen geholt

und ihn hineingesteckt.

„Lucy hatte vorhin etwas anderes an", verteidigte mich Mom. „Es ist nur schmutzig geworden."

„Ja, und ich weiß auch wieso. Sie hat sich wieder am See herumgetrieben, weil sie immer noch diesen Blödsinn über einen Vampir glaubt", schimpfte mein Vater.

Ich verschränkte die Arme vor der Brust. „Du bist doch nur sauer, weil ich deinen Rasenmäher nicht male."

Eigentlich war ich ja zum Streitschlichten heruntergekommen, aber mit seinen Bemerkungen hatte er mich sofort kalt erwischt, und mein angestauter Frust über die erfolglose Vampirsuche und den Krach mit Lennox fand nun ein Ventil bei ihm.

„War ja klar, dass ihr jetzt wieder meinem Rasenmäher die Schuld gebt. Ich kann das langsam nicht mehr hören. Ihr beide steckt doch unter einer Decke! Das ist jedes Mal so."

„Nein, dass du unaufmerksam bist, ist jedes Mal so", schaltete sich Mom ein. „Du scheinst dir schon das ganze Jahr kaum etwas aus mir zu machen. Alles ist selbstverständlich. Aber dann trampelst du sogar am Hochzeitstag auf meinen Gefühlen herum! Du hast mit dem Rasenmäher mehr Zeit verbracht als mit mir."

„Ach, deine Gefühle ...", giftete Dad. „Tod Nelson hat mir erzählt, wie er dich neulich im Supermarkt flirten gesehen hat. Mit diesem langweiligen Botaniker Connor aus der Apple Road."

Sie schnappte nach Luft und ich stellte mich neben sie und streichelte ihren Rücken, damit sie nicht umkippte.

„Ich flirte doch bloß, weil du mich nicht mal mit dem Hintern ansiehst", verteidigte sie sich. „Dabei bin ich wirklich nicht hässlich."

„Du trägst doch auch bloß deine Hausanzüge. Früher warst du mal beim Schönheitswettbewerb, aber jetzt ziehst du dich nur noch langweilig an." Dad zeigte auf seine guten Wollsachen. „Selbst im Garten mache ich mich feiner zurecht."

„Sie sieht viel besser aus als du", nahm ich sie in Schutz. „Frag dich mal, warum sie mit diesem Connor flirten kann. Das geht nur, weil er sie auch ansieht."

„Ich muss mir von meiner Single-Tochter keine Ratschläge geben lassen", grummelte er. „Mit deiner Schnapsidee von einem Vampir findest du bestimmt keinen Partner und dann endest du mal als einsame alte Frau mit ganz vielen Katzen."

Ich blinzelte wie ein Automat. So etwas Gemeines hatte er mir noch nie an den Kopf geworfen. Ich spannte meinen Nacken an und versuchte, nicht an die Decke zu gehen. Während ich still bis drei zählte, atmete ich kräftig durch. Trotzdem war die anspringbare Decke emotional gesehen viel zu nah an mir dran. Ich stand so kurz davor, genau wie Lily vor dem familiären Thanksgiving zu türmen. Und dafür hatte ein Vogel sterben müssen.

Ich ließ ihn einfach stehen, lief in die Küche und riss die Kühlschranktür auf.

„Wir waren uns doch einig, dass wir Lucy wegen der Vampirsache nicht verurteilen", hörte ich die Stimme meiner Mom von draußen.

Irgendwas brauchte ich jetzt einfach, um es mir in den Mund zu stopfen und herunterzuschlucken. Alles war so voll gepfercht zwischen den Ablagen, dass ich kaum etwas finden konnte.

Dann spürte ich Moms Hand auf meiner Schulter und als ich mich zu ihr umdrehte, stand sie mit einem Löffel voller Schokocreme hinter mir und hielt ihn mir hin.

„Magst du auch was davon?"

Dankbar steckte ich mir den Löffel in den Mund und schmolz unter dem Aroma von Haselnüssen und Schokolade dahin. „Das habe ich gebraucht."

Sie streichelte mir über die Wange. „Ich wollte nicht, dass du in unseren Streit hineingerätst."

„Streitet ihr denn schon lange?"

„Ein paar Wochen", gab sie zu. „Über die Festtage wollten wir friedlich bleiben. Ich schätze mal, dass das nicht so gut geklappt hat."

Ich zuckte die Schultern und starrte aus dem Küchenfenster auf den silbrig schimmernden See. „Und wenn schon? Ihr braucht mir nicht extra was vorzuspielen."

„Du bist eben meine Kleine." Mom schloss mich in ihre Arme. „Ich würde nie wollen, dass du zwischen die Fronten gerätst."

Ich kuschelte mich in ihre Umarmung und sog ihren Duft ein. Zwischen all den Küchenaromen roch ich ihr Parfum heraus. Es war das, was ich ihr zum Geburtstag geschenkt hatte.

Für den Moment waren wir beide alleine. Bloß wir zwei. Das genoss ich wirklich. „Am liebsten würde ich dich und den Truthahn entführen und mit dem Auto ganz weit wegfahren."

Sie suchte meinen Blick. „Und was machen wir mit deinem Vater?"

Schuldbewusst krauste ich die Nase und rieb mit der Fußspitze über die Küchenfliese. „Ist mir egal."

Das Geräusch eines Laubbläsers drang von draußen zu uns herein. Während ich die Schokocreme heimgesucht hatte, reagierte mein Vater sich im Garten ab. Der Lärm spülte zu uns herein wie Meereswellen an den Strand. Mom und ich standen zu weit weg, um von seiner Wut noch etwas abzubekommen.

Sie seufzte. „Lass uns versuchen, ein schönes Thanksgiving zu haben, okay?"

„Auch wenn wir nur so tun, als wäre alles in Ordnung?", hakte ich nach, denn ich fühlte mich gerade wenig harmonisch.

Sie nickte. „Auch dann. Ich habe so viele Stunden gekocht, geputzt und vorbereitet, dass ich keinen Streit beim Essen haben will. Ansonsten taue ich nächstes Jahr wirklich nur die Reste von diesem Braten auf."

Ich drückte meine Mom und nickte. „Okay. Ich versuche, diplomatisch zu sein. Und dein Truthahn ist ohnehin der Beste im ganzen Universum. Den lasse ich mir auf jeden Fall schmecken."

Später saßen wir bei Tisch und Mom schob das Essen auf ihrem Teller mehr herum, als es wirklich zu genießen. Dad hingegen futterte wie ein Bauarbeiter, doch er sprach kein Wort. Auch wenn niemand mehr stritt, lag der Streit ganz spürbar im Raum. Dadurch hatte ich kaum noch Appetit. Zudem hatten mich Suppe und Salat schon vollends satt gemacht.

Trotzdem füllte ich mir gerade eine zweite Ladung vom Truthahn auf. Der Braten war nun einmal der Mittelpunkt des Mahls. Abgesehen davon, dass er köstlich schmeckte, wollte ich wirklich nicht, dass meine Mutter ihn umsonst zubereitet hatte. Obendrein hatte dieser Vogel in der Familie schon so viel Ärger angerichtet, dass er es verdiente, dafür erdolcht zu werden. Das ging mit Messer und Gabel ganz gut.

Ich folgte brav Moms Bitte, keinen weiteren Unfrieden zu fördern. Nun saß ich in einem hübschen Cocktailkleid bei Tisch, an dem rein gar nichts auszusetzen war. Auch Mom hatte sich fein angezogen. Zu keiner Zeit schnitt ich Themen wie Rasenmäher, Vögel in Übergröße, Hochzeitstage, Botaniker aus Supermärkten mit Flirteigenschaften, Vampire, Briefe an den Weihnachtsmann oder verschwundene Schreiben vom See an. Sogar die Sache mit Adam ließ ich unerwähnt, obwohl ich für den Flirt mit einem normalen Mann vermutlich anerkennende Blicke geerntet hätte. Aber wir gingen nicht miteinander. Ich hatte ihn nicht mehr wiedergesehen und da ich absolut nichts von ihm wusste, würde das wohl so bleiben. Seufzend atmete ich aus und meine Mutter sah mich fragend an.

Ich winkte nur mit der Gabel in der Hand ab. „Nichts, ich platze vermutlich gleich."

„Tue mir das nicht an, draußen ist noch mehr."

Dad schwieg beharrlich. Wenigstens wertete er den letzten Kommentar nicht als Spitze gegen seinen falschen Einkauf.

Ich zog mir die Schale mit den Möhren heran und legte mir noch ein paar an den Tellerrand. Kaum war ich dem einen Zwist mit Lennox davongefahren, war ich im nächsten gelandet. Lustlos kaute ich auf einem glasierten Karottenstift herum. Nicht einmal über ihn konnte ich reden, weil sonst auch unsere Auseinandersetzung zur Sprache gekommen wäre. Ich wollte mich lieber nicht über Konflikte unterhalten.

Mein Blick wanderte zum Fenster. „Ist es heute nicht

viel kälter als gestern? Bestimmt kommt Schnee."

Meine Mutter nickte und war erleichtert, dass wir uns überhaupt mal unterhielten. „Ja, Lucy. Ich brauche jeden Tag mehr Holz für den Kamin."

Mein Vater räusperte sich. „Das hacke ich übrigens."

Mom warf mir diesen beschwörenden Blick zu, damit ich keinen blöden Spruch machte.

Nach einem mächtigen Pecannusskuchen mit Sahne und Karamell, flüchtete ich nach draußen an die Luft.

Es war unheimlich kalt. Der feine Sprühregen fühlte sich fast nach kleinen Eiskristallen an. Ich schlug meinen Mantelkragen höher und schob mir die Mütze tiefer ins Gesicht. Dann lief ich eine weite Runde am See entlang und schaute den Nachbarn in den anderen Häusern zu den Fenstern hinein. Ich war nicht so dreist, bis an die Scheiben heranzugehen und meine Hände als Sichthilfe gegen das Glas zu legen, aber ich näherte mich so gut es ging ihren Grundstücksgrenzen und hielt nach meinem Vampir oder wenigstens dem Mann von gestern Ausschau. Dabei lernte ich so ziemlich alle Enten des Sees kennen, doch ansonsten blieb meine ausgedehnte Suche erfolglos.

KAPITEL 11

Ich ließ mir so viel Zeit mit meinem Marsch, dass ich erst gegen Sonnenuntergang zurückkehrte. Verfroren rieb ich meine Hände warm und klopfte mir in der Diele die Kälte aus dem Mantel.

„Da bist du ja wieder, Lucy“, hörte ich meine Mutter hinter mir.

Ich putzte meine Eiszapfennase und sehnte mich nach einem heißen Bad. „Ich brauchte bloß frische Luft.“

„Verstehe.“ Sie presste die Lippen aufeinander und grinste dann. „Nach dem ganzen Gerede über das Wetter wolltest du dich näher damit auseinandersetzen.“

Wir hatten tatsächlich kein anderes Thema beim Essen gekannt. So langweilig waren die Tischgespräche noch nie gewesen.

„So ungefähr.“ Ich wollte meine Suche nach dem Vampir in der nächsten Zeit lieber nicht mehr erwähnen. Das Haus meiner Eltern kam mir wie ein Pulverfass ohne Lunte vor. Ich lieferte besser keinen Zündstoff. „War hier alles ruhig?“

In meinem Kopf kreiste die Vorstellung von zerschlagenen Tellern an Küchenwänden. Hoffentlich war der Krach nicht ausgeartet.

Sie nickte. „Wir gehen uns seit dem Essen aus dem

Weg. Dabei trage ich gar keinen Hausanzug."

Ich bewunderte Mom wirklich. „Dass du noch Scherze machen kannst, ist erstaunlich."

Sie zuckte die Schultern. „Wenn er mich nervt, gehe ich einfach wieder in den Supermarkt."

Ich hängte meinen Mantel auf und musterte sie besorgt. „Interessiert dich dieser Connor eigentlich?"

Sie seufzte. „So war das nicht gemeint." Dann deutete sie zum Wohnzimmer. „Ich wollte mir einen alten Film ansehen. Möchtest du auch?"

Verfroren schüttelte ich den Kopf. „Ich will in die Badewanne. Mir ist total kalt von draußen."

Mom nickte und ließ mich allein. Nach meinem Vater schaute ich nicht extra, denn er konnte sich ruhig bei mir entschuldigen. Ich wollte mich nur noch im Badezimmer verstecken. Wo waren eigentlich die unbeschwerten Tage meiner Kindheit hin verschwunden, als Thanksgiving einfach bloß ein tolles Fest mit lieben Menschen und köstlichem Essen war?

Ich legte mein Handy auf den Wannenrand und ließ es Songs von Annie Lennox abspielen. Wenn sich mein bester Freund schon nicht meldete, wollte ich wenigstens seine Musik hören. Dabei gönnte ich mir ein heißes Bad, das meine Knochen auftaute.

Zu den Klängen von »Universal Child« schloss ich meine Augen. In dem Lied fragte die Sängerin, wie vielen Bergen man sich gegenübersehen musste, bevor man klettern lernte. Sie würde tun, was nötig war, damit es passierte.

Ich würde auch um Lennox kämpfen. Es ging doch nicht, dass er mich noch schlimmer ansah als Adam, nachdem ich seinem Kuss ausgewichen war. Ich seufzte und sank bis zum Kinn ins warme Wasser ein. Es lagen noch einige Herausforderungen vor mir, denn meinen Vampir musste ich ebenfalls aufspüren. Mein Spaziergang war so nutzlos gewesen, wie Baileys Ausflug auf Facebook.

Annie sang: *Ich kann dich überall sehen, dein Antlitz füllt den Himmel.* All die unzähligen Bilder in meiner Wohnung gingen mir durch den Kopf, meine Träume und was ich sah, wenn ich nur kurz die Augen schloss. *Und wenn ich in deine Augen sehe ...* Oh, diese silbernen Augen meines Vampirs und das Grau von Adams Blick, das sich darüber schob, wie eine neue Schicht Schnee, die heimlich über die alte rieselte.

Er war in meinem Kopf. Beide waren in meinem Kopf. *Ich sehe die Schatten der Dinge, die du erdulden musstest.* Trixys Schattenbilder trieben in meinen Gedanken umher. Wie würde sie ihn wohl malen? Könnte ich auf ihren Zeichnungen mehr von ihm erkennen? *Ich kann fühlen, dass du überall bist.* Mein Vampir war in mir, in meinen Träumen und meinem Blut. Ich spürte ihn an einer bestimmten Stelle an meinem Bauch. Dieser Schmerz von damals ... Ich hatte geglaubt, sterben zu müssen. *Ich werde einen Weg finden, dich vor Schaden zu bewahren.* Er hatte mich gerettet. Ihm hatte ich mein Leben zu verdanken. War es da ein Wunder, dass mein Herz ihn liebte? Es gab so viele Wunder in dieser Welt und er war meines.

Ja, an Annies Liedern war etwas dran und ihre Stimme hatte eine ganz eigene Magie entwickelt. Bevor ich Lennox traf, hatte ich kaum mal was von ihr gehört. Jetzt kannte ich ein halbes Dutzend Ohrwürmer von ihr.

Und bevor ich Adam getroffen hatte, gab es nur ein

Paar Augen, das mich verfolgt hatte. Seit ich ihm begegnet war, ging mir sein Blick nicht mehr aus dem Sinn. Er faszinierte mich, obwohl meine alte Begierde nicht verschwunden war.

Als wäre das noch nicht genug, stahlen sich auch die vielen Eindrücke von Lennox in mein Bewusstsein. Er war gar nicht schwul. All die Male, die wir gekuschelt hatten. All die Blicke, denen ich nie eine andere Bedeutung als Freundschaft beigemessen hatte. Dabei hätten die sanften Berührungen zwischen uns nicht bloß freundschaftlich sein brauchen, denn er stand ja auf Frauen.

Ich vermisste ihn furchtbar. Lennox duftete so gut und hatte dieses seidenweiche blonde Haar, das immer locker fiel und in das ich schon tausendmal meine Hände gegraben hatte. Wir waren beide so lange Singles gewesen. Waren beide stets füreinander da gewesen.

Dieser schreckliche Streit meiner Eltern verklumpte mir den Magen. Wenn Lennox bei mir sein könnte, wie er es sonst war, würde er mich trösten. Da war ich sicher. Zum ersten Mal begann ich, mir eine seltsame Frage zu stellen: Was wenn aus Lennox und mir mehr werden könnte? Plötzlich war es möglich. Trixy himmelte ihn nicht ohne Grund an und definitiv war er liebenswert und aufmerksam.

Ich setzte mich in der Wanne auf und fuhr mir mit der nassen Hand über das Gesicht. Dabei klopfte mein Herz bis zum Hals. Die Vorstellung, ihn an Trixy zu verlieren, saß wie ein Stachel in meinem Brustkorb. Ich spürte meine Nacktheit und fragte mich, mit welchem Blick Lennox meinen nassen Körper ansehen würde, wenn er jetzt hier wäre. Würde er mich so auch in den Arm nehmen?

Ich hatte ihn so oft berührt und wusste genau, wie sich sein Rücken anfühlte, wenn ich meine Hände um seinen Körper schlang. Im Hintergrund klang seine Musik durch den Raum: »*Sweet dreams are made of this*«. Der Takt der Melodie pulsierte mit dem Takt meiner Gedanken. Wie schmeckte Lennox, falls er mich küsste?

Ich kletterte aus der Wanne und rieb mich ab. Allmählich verlor ich den Verstand. Abgekämpft fiel ich in mein Bett und checkte mein Handy nach neuen Mitteilungen.

Lennox war irgendwo in Iowa. Ich wusste, dass es dort Signalmasten gab. Aber er ging nicht auf meine Meldungen ein.

Pia hatte mir ein schönes Fest gewünscht, doch es war so weit weg von schön, wie Pinguine von Eisbären. Ich sehnte unsere Verabredung am Sonntag herbei, auch wenn ich ein flaues Gefühl wegen des Eislaufens hatte.

Lily hatte sich von ihrer Party nicht gemeldet. Hoffentlich war das kein schlechtes Zeichen.

Ich las bis ein Uhr nachts in Tom Sawyer weiter und fiel schließlich in einen wunderbaren Schlaf. Die Müdigkeit, das viele Essen und der lange Spaziergang ließen mich sogar in diesem mir mittlerweile fremd gewordenen Bett gut schlafen.

Bis gegen fünf Uhr früh mein Handy piepte. Schlaftrunken zog ich es an mich heran. Wer schrieb denn um diese gottverlassene Zeit Textnachrichten? Und wieso hatte ich blödes Huhn den Ton nicht abgestellt? Gähnend öffnete ich die SMS und blinzelte gegen das grelle Licht des Displays an. Erstmal sah ich alles verschwommen. Aber als ich die Zeilen dann entziffern konnte, fiel mir vor Schreck beinahe das Telefon aus der Hand. Die Mitteilung kam von Lily: *»Ich glaube, ich habe meinen Vampir gesehen!!!!!!«*

Hastig richtete ich mich auf, stopfte mir mein Kissen in den Rücken und drückte auf den Tasten herum. »Wann? Wo? Auf deiner Gothic-Party?«

»JAAA!!«

Die Großbuchstaben und der inflationäre Gebrauch von Ausrufezeichen zeigten mir, dass sie total aufgekratzt war. »Was genau ist denn passiert?«

»Also, ich war in so ein schwarzes Kleid gehüllt und«

Und? Inzwischen war ich hellwach, obwohl ich noch müde war. Lilys Mitteilungen hatten beinahe denselben Effekt auf mich wie zu viele Tassen Kaffee, wenn man eigentlich ins Bett gehörte. Ich stand kurz davor, mein Telefon zu schütteln, weil ich wissen wollte, was los war.

Piep, piep.

»Mist, mein blödes Handy. Ich hatte kein richtiges Gothic-Kleid. Jedenfalls stand plötzlich so ein Typ vor mir mit einer Kapuze bis ins Gesicht gezogen und hat«

Ah! Diese verfluchte Technik. Warum musste sie immer spinnen, wenn es überhaupt nicht passte? Das war wie ein Defibrillator, der ausgerechnet bei einem Herzstillstand Ausfälle zeigte. Ja, oder wie ein Vibrator, der kurz vor Schluss den Geist aufgab. Nicht, dass mir das schon mal passiert war ...

Auch Lily fluchte in ihrer nächsten Meldung. *»Grrr! Er war jedenfalls total geheimnisvoll und heiß und hat mit mir getanzt. Es war stockdunkel in dieser Halle und ich konnte sein Gesicht nicht erkennen. Trotzdem habe ich mich nicht gewehrt, als er seine Hände überall auf mir hatte, weil ich noch so genervt von meiner Familie war.*

Er hat an meinem Hals geknabbert. Ich hatte Gänsehaut bis zum Umfallen und tausend Volt in den Adern. Und als er dann seinen Kopf gehoben hat, standen ihm diese langen Zähne aus dem Mund und er hat gelächelt wie damals. Ich bin fast umgekippt!!!!«

Was für eine verrückte Nacht. Ich wünschte ihr so sehr, dass ihr Traum wahr wurde. Gleichzeitig war ich neidisch bis ins Mark.

»Und dann?« Mit schwitzigen Händen sendete ich meine Frage weg.

»*Er hat seinen Finger an die Lippen gelegt, damit ich nichts sage. Dann hat er mir ein Kärtchen von einem Gothicladen zugesteckt und gesagt, ich soll mir da ein schönes Kleid holen.*«

Bei der Erwähnung des Gothicladens geriet ich ins Stutzen. »Ob er etwas mit deinem Shirt von neulich zu tun hat?«

»*Keine Ahnung, das finde ich raus. Außerdem soll ich ihn morgen um Mitternacht auf dem Friedhof treffen.*«

Ein Friedhof war ein ziemlich spezieller Ort für ein Rendezvous. Würde ich das machen, falls ich den Mann traf, den ich für meinen Vampir hielt? Okay, blöde Frage. Natürlich würde ich. Es gab Dinge im Leben, für die man jede Vernunft beiseiteschob, egal ob bei anderen längst die Alarmsirenen schrillten. Außerdem glaubte ich nicht, dass er sie dort treffen wollte, weil er es für einen praktischen Ablageort für ihre Leiche hielt. Deshalb fragte ich Lily erst gar nicht, ob sie hingehen würde. Das stand im Grunde eh schon fest.

»Ich wünschte, ich könnte bei dir sein und dir helfen, ein Kleid auszusuchen. Schick mir ein Foto! Und sag mir, wie es lief. Ich will alles wissen!«

Das war so aufregend. Und für einen Vampir war der Treffpunkt auf einem Friedhof absolut stilecht. Ich bekam am ganzen Körper Gänsehaut bei der Vorstellung, dass mich mein Vampir in Gothic-Gewändern auf einen Totenacker entführte. Vielleicht würde er Kerzen in einer alten Krypta aufstellen und mit mir zu den Melodien aus »Interview mit einem Vampir« tanzen. Ich seufzte voller Verlangen.

»Au ja, das wäre toll, wenn du mitkommen könntest. Der Laden ist zwei Fahrstunden von hier weg, aber das ist egal. Ich sehe ihn erst um Mitternacht. Wenn ich mich nicht entscheiden kann, schicke ich dir verschiedene Bilder und du hilfst mir beim Aussuchen.«

»Auf jeden Fall. Jetzt sieh zu, dass du noch etwas Schlaf bekommst. Etwas sagt mir, dass deine Nacht lang wird.«

Sie schickte mir einen Smiley zurück und ich legte das Handy auf meinen Nachttisch. Entgegen meinem eigenen Rat, schaffte ich es einfach nicht, selbst wieder einzuschlafen. In mir brummten zu viele Fragen. Nicht nur wegen Lilys geheimnisvoller Begegnung. Ich bangte meiner eigenen Zukunft entgegen. Wo war nur der Brief geblieben? Und weshalb dachte ich auf einmal viel zu intensiv an Lennox?

Ich konnte es kaum erwarten, in meine Wohnung zurückzukehren. Endlich war Thanksgiving vorbei und ich betete, dass es das schlechteste Fest aller Zeiten bleiben würde. Noch einmal brauchte ich das nicht. Die Aussichten auf Weihnachten waren plötzlich gar nicht mehr so rosig.

KAPITEL 12

„Hast du alles, was du brauchst?“, wollte meine Mutter wissen.

„Ja, ich komme klar.“

Das Geräusch des Eiskratzers drang durch die Morgenluft. Da mein Vater mit seinem Rasenmäher meinen Stellplatz belegte und mir darum die Scheiben zugefroren waren, hatte Mom bestimmt, dass er sich auch um das Enteisen kümmern müsste. Ihr Blick in seine Richtung war so tiefgekühlt, dass nicht einmal das winterliche Wetter damit konkurrieren konnte.

Ich war absolut erleichtert, dass ich endlich abreisen konnte. Natürlich gab es einen Teil in mir, der für die beiden gerne einfach alles wieder geradegebogen hätte. Doch dazu war ich nicht imstande und meine Mutter würde gar nicht wollen, dass ich in ihre Angelegenheiten hineingeriet. Außerdem war ich nicht einmal in meinem eigenen Umfeld dazu in der Lage, sonst würde Lennox mich nicht weiter ignorieren.

Ich hoffte einfach, dass wir bis Weihnachten wieder eine Familie sein würden, die sich nicht nur nervtötend fand. Ganz sicher wollte ich nicht unter dem Tannenbaum von Connor, dem Botaniker, landen, weil meine Mom sich lieber einen anderen suchte.

„Die Scheiben sind frei“, erklärte mein Dad und schüttelte den Schnee vom Eiskratzer.

„Danke.“

Meine Eltern standen etwa fünf Meter auseinander, als sie mir beim Davonfahren nachwinkten.

Die Fahrt verlief ruhig und nur eine viertel Stunde später war ich zurück vor meinem Wohnhaus. Ich war froh, dass Thanksgiving überstanden war. Auch wenn nur einige Meilen zwischen hier und meinen Eltern lagen, kamen sie mir ganz weit weg vor.

Ich schleppte meine Staffelei zurück ins Haus. Lennox war noch nicht wieder da und es war seltsam, an seiner Tür vorbeizugehen und nicht zu klopfen. Ich wollte nicht, dass das jetzt immer so wäre.

Als ich meine Wohnung betrat, vermisste ich absurderweise den Duft von weihnachtlichem Gebäck. Wenngleich ich pappsatt war, ließ ich meine Sachen im Flur stehen, legte eine Balladen-CD ein und stellte mich hin, um zu backen.

Ich musste schmunzeln, als ich die Butter aus dem Kühlschrank nahm, die schon wieder nicht auf Zimmertemperatur war. Nach einem widerwilligen Blick auf die Mikrowelle, stellte ich die Packung in ein Warmwasserbad. Ich richtete meine Zutaten und summte zu den Liedern mit. Songtexte purzelten mir leider immer aus dem Gedächtnis, doch mit Melodien war ich ganz gut. Natürlich nicht so toll wie Pia, wenn sie sang.

Während der Mixer meine Zutaten knetete, schickte ich ihr eine Vermisstenmeldung, weil ich sie jetzt gerne bei mir gehabt hätte. Es war allerdings erst Freitag und nicht Sonntag. Ich wusste, dass sie nicht mal in der Nähe war. Trotzdem bekam ich eine liebe Grußbotschaft zurück, in der sie mir mitteilte, dass ich ihr auch fehlte und dass Wyoming irgendwie nicht besser geworden war.

Ich goss mir ein Glas Wein ein und stieß auf sie an, obwohl es noch früher Nachmittag war. Darum stellte ich auch artig die Flasche zurück in den Kühlschrank, damit ich nicht mehr als ein Glas trank.

Als der Kuchen schließlich im Ofen war, machte ich mich daran, meinen eigenen Adventskalender zu basteln. Ich wickelte das Seebild aus dem Stoff und benutzte es als Vorlage. Diesmal malte ich den See mit Acrylfarben auf zwei gleich großen Pappen, denn ich konnte schlecht irgendwelche Türchen in Leinwände schneiden. Ich setzte mir ein paar Markierungspunkte, damit die Bilder so gut es ging gleich aussehen würden.

Mittendrin verströmte der Kuchen einen köstlichen Duft und war lange vor meinem Kalender fertig. Ich stellte ihn zum Abkühlen auf die Küchentheke und arbeitete dann weiter. Als ich mit beiden Bildern zufrieden war, begann ich vierundzwanzig unterschiedliche Elemente auf dem unteren Gemälde einzuzeichnen.

Kurz darauf piepte mein Handy. Ich packte den Pinsel sofort beiseite und stürzte mich auf das kleine Telefon. Noch immer nichts von Lennox. Dafür hatte mir Lily ein Bild geschickt.

»Das ist der Laden!!! Schau nur, mein rotes Korsagenshirt hing direkt im Schaufenster. Gerade so, als wollte er mir sagen: Hier bist du richtig.«

Tatsächlich erkannte ich ihr Oberteil von unserem Treffen wieder. Das konnte kein Zufall sein. Ihr Vampir hatte ihr mit dem Kärtchen vom Laden nun auch gleichzeitig zu verstehen gegeben, dass die anonymen Geschenke der letzten Zeit von ihm stammten.

Ich beneidete sie zutiefst. Wie es schien, hatte sich für Lily ein Adventstürchen zu ihrem Vampir geöffnet, obwohl der erste Dezember noch gar nicht begonnen hatte.

»Wow, Lily. Das ist so aufregend. Bist du okay?«

Es war schließlich gut möglich, dass sie kurz vorm Umfallen stand.

Sie sendete mir zwei weitere Bilder. Offensichtlich hatte sie sich vor dem Spiegel einer Umkleidekabine abgelichtet. Auf dem einen Foto trug sie ein knielanges schwarzes Kleid mit Korsage und Rüschenrock. Auf dem anderen hatte sie ein bodenlanges rotes Kleid mit schwarzem Spitzenbesatz an.

»Mir geht es prima! Ich schwebe wie auf Wolken. Welches soll ich nehmen?«

Sie strahlte bis über beide Ohren. Es ging ihr eindeutig hervorragend. Den Ärger von Thanksgiving hatte sie längst hinter sich gelassen.

»Auf jeden Fall das Schwarze! Das ist total heiß. Und dazu musst du schwarze Stiefel tragen. Am besten welche mit Schnürungen. Haben die so was?«

»Lach. Die haben alles! Dieser Laden ist fast so groß wie dieses Geschäft in Atlanta, von dem sie im Fernsehen immer die Brautmodensendung bringen.«

Okay, die Sendung hatte ich auch schon gesehen. Verzweifelte Bräute suchten nach dem perfekten Kleid für den perfekten Tag und probierten sich durch Dutzende Klamotten. Ich schaute das wirklich ganz gerne.

Kurze Zeit später schickte mir Lily ein Stiefelbild und es sah fantastisch aus.

»Bestimmt wird er seine Hände wieder überall haben, wenn er dich darin sieht.«

Oh Mann! Es war viel zu lange her, dass ein Mann so hungrig nach mir war. Lily stand kurz vor einem heißen Date und ich konnte bloß daran denken, dass ich endlich wieder Sex wollte. Wenn ich mich auf einen normalen Mann wie Adam oder Lennox eingelassen hätte, gäbe es in der Hinsicht wohl keine Unterversorgung mehr. Frustriert klatschte ich mir die Hand an die Stirn. Ich konnte doch niemanden für wilden Sex ausnutzen. Außerdem wusste ich sowieso nicht, wo ich Adam finden konnte oder ob Lennox je wieder mit mir reden würde. Gleich zwei Züge waren abgefahren. Vielleicht sollte ich mir doch mal einen Vibrator bestellen.

»Das Kleid hat keine Ärmel, sondern nur diese Spitzenträger. Ich brauche noch irgendwas drüber. Meine Daunenjacke passt da einfach nicht.«

»Schau mal nach einem Samtmantel«, schlug ich ihr spontan vor. Ich stellte sie mir als dunkle Märchenprinzessin mit ihrem feuerroten Haar vor.

Am Ende hatten wir ein komplettes Outfit ausgesucht.

»Oh je, was kostet denn das alles zusammen?«, wollte ich wissen. Aussuchen war ja immer schön und gut, aber das Bezahlen war meist weniger lustig. Vor allem hatte Lily nicht so viel Geld wie meine Familie.

Es dauerte eine Weile, bis sie mir eine Antwort schickte.

»Also, das glaubst du jetzt nicht! Ich wollte mit dem Verkäufer einen Rabatt aushandeln, weil ich doch gleich ein ganzes Outfit ausgesucht habe, und da hat er mich

nur angelächelt und gesagt, das würde schon klargehen und ich bräuchte nix bezahlen. Ich wäre doch die Lily mit den roten Haaren, oder? Ist das zu fassen?«

»Dann hat dein Vampir dir die Karte von dem Laden gegeben, damit er dort für dich aufkommen kann?«, wunderte ich mich. Wow. Ein spendabler Verehrer.

»Meinst du, ihm gehört der Schuppen vielleicht?«

Oder sogar das.

»Keine schlechte Idee. Frag doch mal den Verkäufer, ob er dir einen Namen vom edlen Gönner geben kann.«

Nervös tippelte ich mit dem Fuß auf dem Boden herum und schaute aus dem Fenster. Irgendwo da draußen war auch mein Vampir. Verdammt, ich musste ihn einfach finden. Nicht, damit er mich einkleidete, obwohl die Idee witzig war. Aber ich sehnte mich nach seiner Aufmerksamkeit.

»Sebastien Duvall! Ob er wirklich so heißt?«

»Oho, ein Franzose. Die sollen ja romantisch sein. Und gute Liebhaber.«

»Du machst mir Spaß. Zur Sicherheit schicke ich dir die Daten vom Laden und vom Friedhof, damit du weißt, wo ich so bin.«

Ich hatte einen Kloß im Hals. »Glaubst du etwa, dir passiert was?«

»Eigentlich nicht. Aber ich vertraue dir und weiß doch nichts von ihm.«

»Du meldest dich auf jeden Fall bei mir, okay?«

»Ja. Danke, Lucy.«

Ich bekam die Kontaktdaten auf mein Handy. Falls sie sich bis morgen früh nicht mehr meldete und nicht abnahm, wenn ich sie anrief, würde ich Himmel und Hölle in Bewegung setzen.

Vermutlich würde ich heute Nacht kein Auge mehr zutun. Ich beendete die Adventsmotive an meinem Kalender und ließ die Bilder in Ruhe. Sie waren so feucht von der Farbe, dass sie erst einmal durchtrocknen mussten, bevor ich sie verleimen oder Türchen daran anbringen konnte.

Eigentlich schaute ich eher wenig fern, aber es war niemand da, mit dem ich mich hätte treffen können, und ich brauchte etwas Ablenkung von Lilys Date. Also schaltete ich den Fernseher an und legte mir einen weihnachtlichen Liebesfilm nach dem anderen ein.

In Filmen war immer alles so leicht. In »Weil es dich gibt« saßen die beiden in einem Café mit einem so zauberhaften Namen wie *Serendipity* und legten ihre Romanze in die Hände des Schicksals. Und natürlich fanden sie am Ende zueinander. Was denn auch sonst? Allerdings – das musste ich schon zugeben – hatte es bei den beiden auch einige Jahre gedauert. Also bestand ja noch Hoffnung für mich. Manchmal brauchte die Liebe eben ihre Zeit.

Und anders als in »Während du schliefst« war es mir noch nie möglich gewesen, die Liebe meines Lebens vor einem heranfahrenden Zug zu retten, um dann den Bruder dieses Mannes kennenzulernen und ihn noch besser zu finden.

Anfangs hatte Lucy – ja, sie hieß wie ich – auch gedacht, dass der Mann von den Gleisen ihr Traumtyp war. So ähnlich wie ich bei meinem Vampir. Doch als sie Zeit hatte, einen anderen kennenzulernen, bemerkte sie, dass der noch viel besser zu ihr passte. Glaubte Pia deshalb, dass Adam wie für mich gemacht war? Ich wollte wirklich nicht dauernd an ihn denken, aber allmählich bereute ich es, ihn nicht wenigstens geküsst zu haben. Dann bräuchte ich mich nicht ständig zu fragen, wie es wohl gewesen wäre.

Lennox hatte schließlich ganz richtig bemerkt, dass die Fantasie meist an der Realität scheiterte. Vielleicht küsste Adam wie ein Frosch – so als ob er mit seiner Zunge in meinem Mund nach Fliegen suchen würde. Stattdessen malte ich mir aus, dass ich ein wildes Bauchkribbeln bei ihm verspüren würde. Denn was wäre, wenn er mich aus meiner Besessenheit herausholen und mich meinen Vampir vergessen lassen konnte, der mir eben zufällig einst das Leben gerettet hatte?

Und was war, wenn selbst mein bester Freund das schon lange gekonnt hätte?

Ich hätte gerne einen Blick in die Zukunft geworfen und die Antwort bereits gekannt. Ich brauchte diese ganze Ungewissheit so wenig wie Zement im Schuh. Ich warf einen Blick auf die Uhr, nur um festzustellen, dass Mitternacht vorbei war. Jetzt gerade traf sich Lily mit ihrem mysteriösen Unbekannten von der Gothicfeier. Irgendwo auf einem einsamen Friedhof schritt sie wie eine dunkle Prinzessin der Nacht zwischen den Gräbern entlang und begegnete ihm. Hoffentlich passierte ihr nichts. Ich wollte nicht, dass all das sich am Ende als ganz blöde Idee entpuppte.

KAPITEL 13

Erst als ich wach wurde, bemerkte ich, dass ich überhaupt eingeschlafen war. Müde blinzelte ich gegen das Licht. Das Menü des Films »Während du schliefst« lief in einer Endlosschleife im Fernseher und warf ein Flimmern in den Raum.

Ich tastete nach meinem Handy. Es war kurz vor fünf in der Früh und Lily hatte sich noch nicht gemeldet. Also tippte ich ihr eine SMS: »Bitte sag mir, was los ist und ob du noch lebst.«

Ich schickte die Meldung ab und hoffte, dass nicht gerade irgendwo ein Police Officer neben der Leiche von Lily stand und meine Nachricht las. Mein Herz klopfte bis zum Hals. Nach all den Liebesfilmen wollte ich an so etwas Schreckliches gar nicht denken müssen. Ich schaltete den Fernseher aus und schlagartig wurde es dunkel im Zimmer. Nur das Licht von der Straße leuchtete sanft zum Fenster herein. Als ich mich an den Unterschied gewöhnt hatte, tapste ich vorsichtig zum Bad. Gerade als ich auf Toilette saß, hörte ich ein Piepen im Wohnzimmer. Typisch, oder?

Ich pinkelte in Rekordzeit und rannte zum Telefon.

»Ja, ich lebe noch. Die Nacht ist total verrückt. Er ist es!«

Mein Hals wurde mir eng und ich benetzte meine trockenen Lippen.

»Was habt ihr auf dem Friedhof denn gemacht?«

Ich schraubte mir eine Wasserflasche auf und leerte sie bis zur Hälfte, bevor ich auch nur einmal absetzte. Lilys Abenteuer war wirklich nervenaufreibend. Ich stellte mir einen Kuss bei Mondschein unter einer alten Engelsskulptur vor.

»Er hat mir sein Grab gezeigt.«

Was?

Bis zuletzt war mir nie klar gewesen, was Vampire eigentlich waren. »Er ist tot?!«

Ich liebte eine Leiche?

»Ja.«

»Dann hat er keinen Puls?« Ich wollte da wirklich ganz sichergehen.

»Nein. Er hat meine Hand auf seine Brust gelegt. Da war kein Herzschlag mehr. Auch kein ganz langsamer.«

»Aber wer liegt in diesem Grab?«

Offensichtlich war er wieder draußen. Angestrengt rieb ich mir über die Nasenwurzel. Das war keine Uhrzeit für mich, um solche Informationen zu verarbeiten. Alles fühlte sich mehr wie ein Traum an.

»Niemand. Hör zu, er ist bei mir und ich will die Stunden bis zum Sonnenaufgang nutzen. Ich melde mich später.«

Schade. So viele Fragen wirbelten durch meinen Kopf: Warum jetzt? Warum Lily? Kannte er meinen Vampir? Und war er vor seinem Tod mal ein Mensch gewesen?

Ich kroch ins Bett und zog mir das Kissen über den Kopf. Bestimmt würde Lily sich mit ihm hinlegen. Immerhin war sie die ganze Nacht auf den Beinen gewesen und hatte vor lauter Aufregung kaum geschlafen. Es konnte eine Weile dauern, bis sie sich meldete. Ich stellte mir vor, wie sie an seiner Seite schlief.

Neben mir lag niemand. Ich knautschte meine Bettdecke zu einer Art Körper zusammen, an den ich mich herankuscheln konnte, und zog eine Wolldecke über mich. Natürlich war dieser Deckenkörper in etwa so authentisch wie angeklebte Zähne oder Ketchup statt Blut. Aber es war besser als nichts.

Ich war auf dem Weg in die Stadt, um ein paar Weihnachtseinkäufe zu erledigen. Von Lennox fehlte noch immer jede Spur und so war ich ohne ihn losgezogen. Hoffentlich würde er seine Funkstille bald überdenken.

Als ich aufgewacht war, hatte ich mit Schrecken feststellen müssen, dass es schon Nachmittag war, und mein Wecker hatte sich nicht dazu entschlossen, diese Uhrzeit noch einmal zu überdenken. Inzwischen hatte ich die vierundzwanzig Perforierungen am Kalender angebracht, ihn anschließend verleimt und mit Klammern zusammengefasst. Da Lily sich noch immer nicht gemeldet hatte, hoffte ich, dass mich der kleine Bummel etwas ablenken würde. Ich war fest entschlossen, sie schlafen zu lassen, ganz gleich ob ich nun vor Neugier starb oder nicht.

Ich fuhr zur University Mall und suchte mir eine Parklücke. Das Motto hier lautete »Stop and shop«, was ich meistens ganz gut hinbekam. Ich schlenderte über den Parkplatz und schaute in den bewölkten Himmel. Das trübe Licht der Dämmerung schwebte über der

Stadt und es drang kein Sonnenstrahl mehr durch die graue Wolkendecke. Dafür wehte ein frischer Wind und ließ die inzwischen vollkommen kahlen Baumkronen schaukeln. In Kürze würde Lilys Vampir erwachen und sie dann bestimmt wecken.

Die Warmluft aus der Klimaanlage traf mich wie ein Schwall, als ich das Innere des Einkaufszentrums betrat. Ich zog mir die Handschuhe von den Fingern und entdeckte im Linken ein Loch zwischen Daumen und Zeigefinger. Als ich am Faden zog, rippelte es weiter auf. Toll. Dann brauchte ich eben auch noch ein paar neue Handschuhe, denn von Nähen verstand ich absolut nichts.

Aber weil mein Magen so laut knurrte wie ein paarungswütiger Elch, steuerte ich zuerst den Imbiss an. Bei *Zenko* war es ziemlich voll, doch samstags und noch dazu an einem langen Feiertagswochenende war das nicht anders zu erwarten. Trotzdem fand ich eine freie Sitzbank und verspeiste in Ruhe mein Schinkensandwich. Ich hatte so viel vom Braten bei meinen Eltern gefuttert, dass ich das Tagessandwich mit Truthahnbrust kaum anschauen mochte. Selbst beim Essen vermisste ich Lennox. Mit ihm wäre dieser ganze Ausflug viel lustiger.

Ich warf die Reste vom Sandwich in den Müll und bummelte zu *JCPenney*. Dort machte ich mich auf die Suche nach ein paar Handschuhen. Während ich die Auslagen betrachtete, kam mir der Film von gestern in den Sinn. Bei »Weil es dich gibt« hatten auch beide vor dem Handschuhständer nach einem Geschenk gesucht und natürlich zur selben Zeit nach demselben letzten schwarzen Paar gegriffen.

Automatisch streckte ich meine Hand nach den schwarzen Wollhandschuhen aus und fühlte mich einigermaßen enttäuscht, als ich sie ohne Zwischenfall festhielt. Ich liebte ja Romanzen über alles – besonders in Kombination mit Weihnachten. Und »Weil es dich gibt« gehörte mit zu meinen Lieblingsfilmen. Leider blieb diese süße Zufallsbekanntschaft in meinem eigenen Leben aus. Ich verweilte noch eine geschlagene Viertelstunde bei den Handschuhen, nur um auf Nummer sicher zu gehen, doch von einer Mutter mit drei Teenagern abgesehen, die wohl einen Großeinkauf planten, tummelte sich niemand mit mir dort. Es wollte einfach kein Mann vorbeikommen. Schon gar kein attraktiver. Von einem Vampir mal ganz zu schweigen.

Inzwischen hatte ich praktisch alle Handschuhe probiert und kam mir langsam dumm vor. Wenn Lennox jetzt hier wäre, könnte er mein Shopping-Berater sein. Seufzend machte ich einen Schritt rückwärts, um zur Kasse zu gehen, und lief prompt in jemanden hinein. Ich trampelte unsanft auf einen Fuß und ein tiefes Keuchen gab mir Auskunft darüber, dass ein Mann meinen Ellbogen im Magen hatte.

Mist.

„Das tut mir so leid", erklärte ich, noch während ich mich umdrehte.

Weiter kam ich nicht, denn bei seinem Anblick blieben mir die Entschuldigungen im Hals stecken. Sein grauer Blick schlug um in einen belustigten Ausdruck und er schüttelte den Kopf.

„Willst du das eigentlich immer so mit mir machen?"

„Adam", stammelte ich.

Er nickte.

Es kam mir vor, als hätte ich ihn ewig nicht gesehen.

„Heute mal keine Highheels, Lucy?"

Stimmt, er hatte mich zuletzt aufgedonnert im Studentenwohnheim getroffen, mit diesem Rock und auf Stöckelschuhen, die mich wesentlich größer gemacht und dafür gesorgt hatten, dass ich schon damals gegen ihn gekippt war.

Heute stand ich als kleine graue Maus ohne Make-up, in Jeans, Winterjacke und meinen flachen Boots mit Fellsaum vor ihm. Die Halbstiefel hatte ich ganz witzig gefunden, weil sie mich an Eskimoschuhe erinnert hatten. Es waren nur nicht gerade meine Aufreißerschuhe. Und ich fühlte mich wirklich sehr klein neben ihm. So nah, wie er stand, musste ich meinen Kopf in den Nacken legen, um ihm in diese geheimnisvollen grauen Augen schauen zu können.

„Nein. In meinem Horoskop stand, dass ich heute jemandem auf die Füße treten würde, und ich wollte es nicht so schmerzhaft gestalten."

Sein Mundwinkel zuckte amüsiert. „Das war sehr rücksichtsvoll von dir. Besonders freue ich mich, weil deine kleine Attacke mich erwischt hat."

War er jetzt froh um seinen Fuß oder dass ich ihn angerempelt hatte? Ich runzelte die Stirn, während ich über seine Aussage nachdachte. Das konnte ich ihn schlecht fragen.

Schweigend standen wir eine Weile voreinander und der Ausdruck in seinem Gesicht veränderte sich. Ich sah, wie sich sein Brustkorb hob und senkte und hatte das Gefühl, dass sich die Zeit zwischen uns ausdehnte. Die grelle Neonbeleuchtung im Laden war nicht zu vergleichen mit dem fahlen Licht der Laterne in jener dunklen Nacht, als er mich nach Hause begleitet hatte. Trotzdem fühlte ich mich an die Sekunden vor meiner Haustür zurückerinnert.

Ob er auch daran dachte?

Dieses Mal würde ich ihm nicht ausweichen, falls er mich küssen wollte. Ich hatte mich einfach zu oft gefragt, wie seine Lippen wohl schmeckten. Die Erinnerung schien ihn genauso zu treffen wie mich, das konnte ich in seinen Augen erkennen. Doch er startete keinen neuen Versuch. Stattdessen machte er einen Schritt von mir weg und ich fühlte mich leer.

„Das mit neulich ...“, setzte ich an, aber mittendrin fehlten mir einfach die Worte.

Er neigte seinen Kopf. „Was ist mit neulich, Lucy?“

Mein Name perlte über seine Lippen wie ein sinnliches Versprechen und ich bekam weiche Knie.

„Es tut mir leid, dass ich dich sauer gemacht habe.“

Adams Blick wurde schmal. „Und was genau möchtest du jetzt?“

Er war so unglaublich direkt und mein Hals war viel zu trocken. Ich räusperte mich und suchte in meinem leeren Hirn nach einer brauchbaren Antwort. Verlegen rieb ich über mein Schlüsselbein, als mein Handy piepte. Das war garantiert Lily. Ich wollte unbedingt wissen, was bei ihr los war, aber ich wollte mich auch nicht gleich von Adam verabschieden.

„Kann ich kurz nachschauen, ob das von meiner Freundin ist?“, bat ich ihn. „Ich erwarte dringend ihre Meldung.“

Er schob seine Hände in die Hosentaschen und lehnte sich an den Spiegel. Es war ziemlich verführerisch, dadurch gleich zwei Adams vor mir stehen zu haben.

Trotzdem hatte ich das Gefühl, dass er sich gerade von mir entfernt hatte. Zum Kuckuck, ich wusste einfach nicht, was ich mit ihm anfangen sollte. Ich hatte überhaupt nicht mit ihm gerechnet.

Schnell kontrollierte ich mein Handy. Es war eine neue Nachricht von Lily eingetrudelt.

»Ich hab total verschlafen, aber jetzt können wir reden.«

„Wartest du noch kurz?“, fragte ich ihn und schrieb ihr, dass ich gerade noch etwas klären musste. Es schien ihr gut zu gehen und ich blickte vom Display zu Adam auf.

Er rieb sich mit der Hand über das Kinn. „Hör mal, Lucy, wenn du zu tun hast, ist das okay. Ich habe auch noch ein paar Dinge vor.“

Wollte er mich abwimmeln? Ich befürchtete, dass er wie neulich einfach auf dem Absatz kehrtmachen und mir davon spazieren könnte, also legte ich schnell meine Hand auf seinen Arm.

Adam wirkte reichlich erstaunt. Besonders, weil er sich gar nicht bewegt hatte und ich ihn plötzlich festhielt. „Lucy, was genau willst du eigentlich? Ich dachte, du triffst dich schon mit jemandem. Sag mir nicht, wir sollen Freunde bleiben, denn daran habe ich kein Interesse.“

Seine Worte landeten bleischwer in meinem Magen. Wenn das keine Totalabfuhr war, wusste ich es auch nicht. Ich zog meine Hand weg und er seufzte. Nun war er es, der mich berührte. Federleicht strichen seine Finger über meine Wange und sein Daumen wanderte vorwitzig über meine Unterlippe. Ich wurde starr wie ein Laternenpfahl und merkte, wie mir die Handschuhe auf den Boden segelten. Ich hielt bloß noch die Luft an.

Adam beugte sich zu mir herunter. Vorbei an meinem Gesicht. Sein Mund streifte meine Ohrmuschel. „Dafür bist du nämlich viel zu hübsch“, flüsterte er.

Er richtete sich auf und sah mir in die Augen.

Ich war unfähig, mich zu rühren.

Adam hob meine Handschuhe auf und drückte sie mir in die Hände. Seine Berührung war warm und kribbelte auf meiner Haut.

„Denk drüber nach“, sagte er.

Dann ließ er mich wieder stehen. So schnell, dass ich nicht mehr reagieren konnte. Ich blinzelte ein paar Mal und sah ihn gerade noch aus der Tür des *JCPenneys* verschwinden.

KAPITEL 14

Ich warf die kleine Tüte mit den Handschuhen auf meine Couch und klammerte mich am Küchentisch fest. Adam steckte mir viel zu sehr unter der Haut. Ihn plötzlich wiederzusehen, war so nicht geplant. Der Gedanke, dass er noch immer an mir interessiert war, ließ mein Herz Amok laufen. Mir wurde alles zu eng.

Ich schälte mich aus den Sachen und warf mich auf die Couch. Natürlich hätte ich Pia von Adam erzählen können, doch am liebsten wollte ich mich ablenken. Mir brannten so viele Fragen zu Lily auf der Seele, dass ich zu meinem Handy griff.

»Jetzt bin ich zurück.« Ich schickte die Nachricht ab.

Sofort bimmelte mein Telefon.

„Da bist du ja! Ich platze, wenn ich nicht gleich mit dir reden kann", erklärte sie. „Besser, wir telefonieren, sonst bluten nachher meine Finger vom Tippen." Sie klang völlig aufgekratzt und ich spürte, wie ihre Stimmung auf mich übergriff.

„Hat er dir denn erlaubt, mit mir zu reden?"

„Das ist kein Problem, weil du schon einem Vampir begegnet bist."

Dann war mein Retter meine Eintrittskarte in ihre geheime Welt? Ich hoffte, dass vieles von dem, was für ihren Vampir galt, auch für meinen stimmte. Dabei ließ mich eine Sache überhaupt nicht los: „Ist Sebastien wirklich tot?"

„Das klingt verrückt, oder?" Sie hörte sich vor allem fasziniert an. „Er hat es mir erklärt. Es gibt Geborene und Gewandelte. Geborene sind vom ersten Tag an Vampire. Aber wenn du zu einem gewandelt wirst, musst du erst sterben, bevor dein Körper zu einem Vampir wird. Deshalb konnte Sebastien mir auch sein Grab zeigen." Sie seufzte. „So ein unglaublicher Vertrauensbeweis."

Mir blieb vor allem eine Tatsache im Bewusstsein kleben: Er war tot. Hatte mein Schutzengel irgendwo dort draußen sein eigenes leeres Grab?

„Wann ist er denn gestorben?"

„1892."

So lange hatte ich nach Informationen gesucht und jetzt trieben sie mir ein Schaudern über den Rücken. „Ich kann das kaum glauben."

„Ja, es ist irre. Dort draußen ist eine Welt voller Magie und keiner von uns weiß es. Also, geahnt haben wir es, aber was wussten wir schon?"

Mir gingen unsere wilden Spekulationen durch den Kopf. „Hast du dich bei Hope und Bailey gemeldet?"

„Nein, noch nicht", gab sie zu. „Nur bei dir. Immerhin suchst du ja auch einen Vampir."

„Danke." Ich hatte einen Kloß im Hals.

„Da ist noch was", begann sie.

Ich richtete mich in der Couch auf. „Was denn?"

„Ich habe mit Sebastien über dein Kindheitserlebnis gesprochen. Er meinte, dass nur ein Geborener dich mit seinem Blut retten konnte. Sebastien ist ein

Gewandelter. Er könnte es nicht. Aber seine Nachfahren könnten mal Geborene sein. Cool, oder?“

Die kommenden Generationen ihres Vampirs überstiegen meine Vorstellungskraft. Ich hatte mir noch nicht einmal ein Bild von Sebastien gemacht.

„Also kann er Kinder zeugen?“ Wenigstens müsste Lily dann nicht auf Babys verzichten, wenn sie sich auf ihn einließ. Ich schob die Tüte mit den Handschuhen weg, rutschte tiefer auf der Couch und kuschelte meinen Kopf auf ein Kissen.

„Es klappt nicht bei allen“, räumte sie ein. „Durch das Sterben gibt es Einschränkungen. Mehr weiß ich darüber nicht. Es kam mir seltsam vor, ihn gleich beim ersten Date nach seiner Zeugungsfähigkeit auszufragen.“

„Verständlich.“ Ich spielte mit meinem Fingernagel am Muster des Couchbezuges. „Aber mein Vampir ist so geboren worden?“

„Ja.“

Dann dürfte er keine Einschränkungen durch einen Tod im Gepäck haben. Ich verscheuchte den Gedanken, bevor ich mir Babys auszumalen begann, die mit Fledermäusen statt mit Meerschweinchen spielten.

„Wodurch unterscheidet er sich noch von Sebastien? Bekommt dein Vampir auch silberne Augen?“

Sie kicherte. „Warte mal, ich frage ihn.“

Im Hintergrund tuschelte sie, dann drang das Geräusch von Haaren am Hörer zu mir durch. Erst nahm ich an, dass Lily wieder mit mir reden würde, doch die Stimme am Telefon war viel tiefer.

„Hallo, Lucy“, grüßte er mich. Ich hörte ihn nur auf einem technischen Gerät. Er stand nicht lebensecht in meinem Zimmer. Trotzdem surrte seine Stimme wie ein

Blitz durch meine Nervenbahnen.

Heiliger Scheibenkleister: Ein Vampir!

Ich stand so kurz davor, ihn mit *„Ja, Meister"* anzusprechen. Seine Wirkung war einschüchternd. Es war nicht so, wie ich es erwartet hätte – nicht so, wie ich meine Begegnung vor vierzehn Jahren in Erinnerung hielt. Wen hatte sich Lily denn da geangelt?

Andererseits hatte ich die Stimme meines Vampirs nie gehört. Wer wusste schon, wie er auf mich wirkte?

„Ja?", krächzte ich und ließ das *Meister* gerade noch weg.

„Der Mann, den du suchst, ist sehr mächtig. Sonst hätte er dein Leben nicht so leicht retten können." Bei seinen Worten starrte ich auf meinen Unterarm und konnte jedes Härchen daran aufrecht stehen sehen. „Außerdem bist du selten."

„Aha." Ich hatte keine Ahnung, was er meinte, doch ich traute mich nicht, ihn zu fragen. Wie zum Teufel hatte Lily das geschafft? Innerlich fühlte ich mich klein wie eine Laus.

„Vampire wie er schenken nicht einfach so jemandem das Leben. Denn sein Blut mit deinem zu verbinden, bindet auch ihn an dich."

Ich runzelte die Stirn und schluckte. Ganz leise brachte ich ein: „Wie meint Ihr das?", heraus.

„Du kannst mich Sebastien nennen. Kein Grund, mich zu siezen."

Klar. Wenn man mal davon absah, dass ich mir fast in die Hose machte. „Okay."

Er lachte. Seine Stimme war so tief und – ich wusste es kaum anders zu beschreiben – unterirdisch. Als würde sie durch alte Gemäuer hallen. Dabei lag das nicht am

Telefon, denn Lily hatte damit völlig normal geklungen.

„Ich meine damit, dass er immer von dir weiß“, stellte er klar. „Du bist ein Teil seines Pulses, denn anders als ich hat er einen.“

„Wie ...?“ Erneut räusperte ich mich. „Wie genau äußert sich das denn?“

Er atmete tief ein und wieder aus. Verdammt, das klang wahnsinnig sexy. Und das hier war nicht einmal mein Vampir. Wie würde es mir da erst mit ihm gehen? Ich warf einen schuldbewussten Blick auf meine Einkaufstüte mit den Handschuhen. Zwischen Adam und mir hatte es ganz schön gekribbelt. Aber das hier knisterte auch.

„Er spürt dich eben“, war Sebastiens simple Erklärung.

„Okay, aber ich wünschte, ich könnte ihn auch spüren.“

Erst als ich es gesagt hatte, wurde mir bewusst, wie anzüglich das klang.

Sein Lachen brandete durch den Hörer wie eine Naturgewalt. „Tatsächlich? Soll ich ihm das ausrichten?“

„Du kennst ihn!“ Meine Stimme schrillte durch den Raum. Es war keine Frage.

„Es gibt hier nicht so viele von seiner Art“, antwortete er ungerührt.

Ich krallte meine Nägel in die Sofalehne. Ich war so geschockt, dass mir schwindlig wurde. „Wie heißt er? Wo wohnt er?“

Sebastien schnalzte mit der Zunge. „Das darf ich dir nicht sagen.“

Dann sprach er leiser: „Nein, dir auch nicht, *ma petite princesse*.“ Er klang amüsiert.

Seine kleine Prinzessin? Das war ich ganz bestimmt

nicht. Lily musste versucht haben, es aus ihm herauszubekommen.

„Ich richte es ihm aus“, wendete er sich wieder an mich. Das erkannte ich schon allein an seinem Tonfall. „Wobei ich denke, dass er es bereits weiß.“

„Und woher?“

„Sein Puls.“ Das schien für ihn die Antwort aller Dinge zu sein. Zum Glück erklärte er es mir genauer: „Du bist in seinem Blut. Im Blut liegt unsere Seele. Wenn du Teil seiner Seele bist, sind auch deine Gefühle seine Gefühle. Deswegen machen wir diese Blutsverbindungen eigentlich nicht.“

Also war ich selten, weil kaum mal ein Vampir einem Menschen sein Blut gab. Ich bekam eine ganz merkwürdige Ahnung. „Heißt das, ich bin jetzt auch ein Vampir?“

Himmel, ich trank doch gar kein Blut!

Sebastien schien mich äußerst lustig zu finden. „Nein.“ Er schnaubte trocken. „Glaub mir, das hättest du gemerkt. Du bist nur in seinem Blut.“

„Aber das ist so einseitig.“ Ich wollte mich wirklich nicht beschweren, doch langsam wagte ich, mit Sebastien zu sprechen. Es schien ihn nicht zu stören, wenn ich normal mit ihm telefonierte. Allerdings fühlte es sich für mich schlimmer als ein Bewerbungsgespräch an. Er machte mich nervös und es war gut, dass ich nicht zum Nägelkauen neigte.

„Es ist weit von *einseitig* entfernt. Lily hat mir berichtet, dass du die Wunde manchmal spürst. Sie ist deine Verbindung zu ihm. Außerdem ...“ Er seufzte. „Ich bin es nicht gewohnt, so offen mit Menschen zu reden. Das mache ich nur, weil du ihm schon begegnet bist.

Aber ich will, dass du und Lily mit niemandem sonst über uns sprecht."

„*Was ist mit Hope und Bailey?*", hörte ich sie im Hintergrund fragen.

„Ein Geist und ein Werwolf, hm?", hakte er nach und sprach dabei mehr zu ihr gewandt. „Die sind nicht unsere Angelegenheit. Lucy und du, ihr könnt miteinander reden. Das muss genügen."

Ich fragte mich, ob Baileys Wolf und Hopes Geist auch so einen strengen Codex hatten.

„Das gilt auch für dich, Lucy."

„Okay." Es schien mir nicht fair zu sein, die beiden plötzlich auszuschließen. Wir hatten unsere Erfahrungen immer offen geteilt. Es kam mir vor, als würde ich sie hintergehen.

„Jetzt zu der anderen Sache", fuhr er fort. „Es ist nicht einseitig. Das Blut hat dich nicht nur einmal gerettet. Es ist in dir. Es ist da, verstehst du? Ist dir noch nie aufgefallen, dass deine Wunden schneller heilen als bei anderen? Hattest du je wieder blaue Flecken?"

Ich schluckte und benetzte meine Lippen. „Ich bin nicht mehr Schlittschuh gefahren." Früher hatte ich oft Flecken von den Stürzen auf dem Eis gehabt. Doch seither ... Wieso war mir das nie aufgefallen? „Oh, mein Gott."

„Und deine Suche nach ihm ist nicht ganz zufällig: Sein Blut treibt dich zu ihm. Es ruft dich. In deinen Gedanken bist du bei ihm und das wird sich steigern."

Müde rieb ich über meine Augen. Im Grunde hatte ich das ja gewusst. Es war, wie Lennox es gesagt hatte: Ich war nur von einem Mann besessen. Aber ich wollte nicht ferngesteuert sein. Ich hatte es für meinen freien Willen gehalten. Für meinen eigenen Instinkt.

„Früher war das nicht so“, wandte ich ein.

„Ja, als du noch ein Kind warst. Aber langsam erwacht die Frau in dir.“

„Ich bin schon ein bisschen länger volljährig“, erklärte ich. „Und ich suche ihn auch schon eine Weile. Wieso kommt er nicht zu mir? Du hast gesagt, er spürt es.“

„Zeit funktioniert bei uns anders.“

Ich starrte auf das orange Leuchten der Straßenlaterne vor meinem Fenster. Irgendwo dort draußen in den Schatten meiner Welt hielt er sich auf. Eine weitere Begegnung durch unseren Blutbund schien vorbestimmt.

Schicksal eben. *Serendipity.*

Er hatte mich zufällig beim Ertrinken beobachtet und als er sich in mein Schicksal einmischte, erschuf er uns ein völlig neues.

Geräuschvoll atmete ich aus. „Okay, und bekommst du jetzt eigentlich silberne Augen, oder nicht?“

Wegen dieser Frage hatte mich Lily ihm schließlich weitergereicht.

„Wenn ich mein Blut einsetze.“

Sebastien kannte sich mit sich selbst natürlich aus, doch für mich hörte sich das alles sehr kryptisch an. „Ich dachte, du heilst niemanden.“

„Mit Blut kann man nicht nur heilen“, belehrte er mich. „Falls du mich fragen wolltest, ob seine Augen immer silbern sind, lautet die Antwort nein. Man sieht auch nicht ständig unsere Zähne.“

Ich probierte, einen Scherz zu machen: „Also lügt das Fernsehen doch nicht immer, huh?“ Doch ich merkte selber, dass ich so lustig war wie ein Aktenordner. Blöde

Nervosität. Am liebsten würde ich ihm versichern, dass ich sonst anders war, doch ich ließ es bleiben, weil das nur noch armseliger herübergekommen wäre.

Außerdem fehlte nicht viel und er hätte mich gefragt: *„Fernsehen?“* Immerhin war er 1892 gestorben und ich wusste nicht, wie viel früher er geboren worden war. Wie stand er Technik gegenüber? Telefonieren konnte er jedenfalls.

„Lucy?“ Das war Lilys Stimme. Meine Audienz mit Sebastien war demnach beendet.

„Oh, Mann“, fasste ich das Gespräch zusammen.

Sie quiekte vergnügt. „Wahnsinn, oder?“

„Ja.“ Ich massierte meine Schläfen und schüttelte den Kopf. Mir schoss ein Gedanke in den Sinn. „Oh, das habe ich dich noch gar nicht gefragt: Wieso hat er sich ausgerechnet jetzt bei dir gemeldet? Du suchst ihn doch auch schon eine Weile.“

Ihre Antwort gab meinem Fassungsvermögen endgültig den Rest. „Ach, habe ich das nicht erwähnt? Er sucht eine Braut.“

Der Kuchen, der bisher unberührt auf meiner Küchenanrichte überlebt hatte, war jetzt fällig. Braut! Er zeigte ihr sein Grab und wollte sie dann heiraten? Nach diesem Telefonat war mir nur klar, dass ich von der Welt, nach der ich mich so sehr sehnte, im Grunde nicht den Hauch einer Ahnung hatte.

Ich rammte das Messer in den Kuchen und säbelte mir ein großes Stück heraus. Je mehr ich über das Gespräch nachdachte, umso mehr machte sich noch eine andere Emotion in mir breit: Ich war sauer. Darüber, dass ich unter dem Zwang meines Blutes stand, das noch immer von seinem geprägt war. Bisher hatte ich geglaubt, dass ich aus freien Stücken mit meinem Vampir zusammen sein wollte. Dabei hing ich nur an seinen Fäden wie eine Marionette. Und nun begannen diese Fäden aufzuribbeln wie eine Laufmasche oder das Loch in meinem alten Handschuh.

All die Filme über Schicksal waren durchaus toll, allerdings hatte ich viel für eine eigene Meinungsfindung übrig. Was von meinem Verhalten der letzten Jahre war eigentlich ich gewesen und wie viel er?

Ich lud den Kuchen auf einen Teller und machte es mir im Bett bequem. Die Sache mit Adam hatte mich zusätzlich kalt erwischt. Er hatte mich erneut stehen lassen, aber wenigstens war das Kribbeln zwischen ihm und mir zu hundert Prozent nur das gewesen, was zwischen zwei Menschen spontan passierte.

Hätte ich eine Polygamistenfreundin gehabt, dann hätte ich sie jetzt angerufen und mir von ihr bestätigen lassen, dass man mehrere Männer zur gleichen Zeit anziehend finden konnte. Aber die rosaroten Brillen in meinem Umfeld waren nur paarweise vergeben worden.

Missmutig schob ich mir ein Stück Kuchen in den Mund. Was mich wirklich enttäuschte, war der Umstand, dass mein Vampir schon die ganze Zeit von meiner Sehnsucht wusste und mich zappeln ließ. Ich wollte einen Mann, dem ich wichtig war, und keinen, der sich gnädigerweise irgendwann blicken ließ.

Vor meiner Familie und meinen Freundinnen hatte ich für ihn gekämpft und zu ihm gehalten. Doch er war nicht erschienen, um auch zu mir zu stehen. Drei Briefe an den Weihnachtsmann! So lange suchte ich ihn schon. Nichts.

Das Gebäck schmeckte fade in meinem Mund. Bitter

statt süß. Tränen schwammen in meinen Augen.

Es konnte gut sein, dass Zeit bei ihm anders funktionierte und dass er eine solche Dauer nicht als lang empfand. Wenn Sebastien schon über hundert Jahre alt war, wie alt war dann bitte mein Vampir? Und konnte er innerlich jung genug geblieben sein, damit ich mich an seiner Seite auch wohlfühlte? Bei Sebastien war ich eher angespannt gewesen.

Ich stopfte mir noch ein Stück Kuchen in den Mund und fasste einen Entschluss: Ich hatte es satt, ihm nachzulaufen. Schließlich mochte Lennox es auch nicht, dass Trixy das bei ihm tat.

Anscheinend war er sowieso bestens informiert und Sebastien würde ihm unser Gespräch zudem ausrichten. Jetzt war er am Zug. Entweder er kam oder nicht.

Und *oder nicht* sähe so aus, dass ich mit einem normalen Mann ausgehen würde. Falls Lennox wieder mit mir reden würde, kam er durchaus in Frage. Nachdem ich vor Kurzem sinnliche Gedanken über ihn gehabt hatte und weil er ja nun Frauen mochte, wäre er eine Überlegung wert. Er sah wirklich gut aus und wir verstanden uns normalerweise prima. Außerdem liebte ich es, an seinem Hals zu schnuppern, weil er so fabelhaft roch. Das war doch nicht schlecht, wenn man sich gut riechen konnte.

Und auch Adam war ein Kandidat. Ja, er hatte mich stehen lassen, aber das konnte ich wenigstens verstehen. Er wollte sich nicht auf eine Frau einlassen, die nicht wusste, was sie wollte. Dabei wusste ich es jetzt ganz genau: Ich wollte umworben werden. Ich wollte, dass der Mann an meiner Seite auch für mich in Aktion trat.

KAPITEL 15

„Ist das nicht herrlich?“, fragte Pia neben mir und rückte sich die rote Bommelmütze auf dem Kopf zurecht.

Brookings war kaum wiederzuerkennen. Unzählige Lichterketten strahlten in den Bäumen und an vielen Häusern durch die Dunkelheit. Pünktlich zum Adventsbeginn hatte sich die Stadt verändert. Pia schien es lieber zu sein, an einem geschmückten Winterabend zu frieren, als an einem nasskalten Herbsttag auf einer Parkbank.

Immer wieder wurde mein Blick von den funkelnden Lichtern abgelenkt, wenn ich auf die spiegelglatte Fläche vor mir starrte. Zahlreiche Kufen hatten der harten Eisschicht ein Muster aufgeprägt. Mich hatte immer fasziniert, welche milchige Trübung Wasser annahm, wenn es gefror. Das Eis war meine persönliche Achillesferse. Einst hatte ich es so geliebt, bis es alles für mich veränderte.

„Hm“, machte ich antriebslos.

„Schau nur, die schönen Lichter.“ Pia seufzte. „Ach, das wollte ich dich fragen: Wir wollen in den nächsten Tagen unser Verbindungshaus schmücken. Magst du mitmachen? Du hast ein gutes Auge für Kunstkram.“

„Klar, lass uns gleich damit anfangen.“

Liebend gerne hätte ich einen Vorwand gehabt, um zu türmen.

Pia knuffte mich in die Seite. „Los, ab in die Schlittschuhe und auf geht der Spaß! Du wirst es lieben und dich totärgern, dass du es die letzten Jahre verpasst hast.“

Hoffentlich behielt sie recht. Mit einem Paar ausgeliehener Schlittschuhe setzte ich mich auf die Holzbank am Rand des Feldes. Als ich meine Eskimoboots abstreifte, fühlte ich mich nackt, aber als ich in den ersten Schlittschuh hineinschlüpfte, fühlte ich mich obendrein verwundbar. Das fing ja gut an.

Pia klopfte mir auf den Rücken. „Und den anderen auch.“

Wackere Helden hatten Drachen besiegt. Ich kämpfte mit meinem Schlittschuhtrauma. Nachdenklich fuhr ich mit dem Finger über die geschwungene Kufe und tippte mehrmals gegen die Spitze. Genauso ein Ding war in meinem Bauch gelandet und es hatte höllisch wehgetan. Wie eine OP ohne Betäubung.

Pia ging vor mir in die Hocke und nahm mir den Schuh ab. „Hoch den Fuß.“

Sie lächelte mich aufmunternd an. Ich ließ meinen Fuß in den zweiten Schuh gleiten und sie band ihn mir zu. Er fühlte sich wie ein zu enger Käfig an. Ungelenk kämpfte sie sich auf ihren Schlittschuhen hoch und wirkte zufrieden. Ich streifte meine neuen Handschuhe über und zog den Reißverschluss meiner Jacke bis unters Kinn. Es war, als würde ich mich für einen Kampf bewaffnen.

Dreißig Meter entfernt spielte die örtliche Blaskapelle »Angels we have heard on high«. Das Lachen und

Kreischen von Kindern und Paaren auf dem Eis mischte sich darunter. Ein paar Handwerksstände mit selbstgemachten Weihnachtsartikeln säumten den Platz und der Duft von Hotdogs drang aus dem Imbiss in der Nähe.

Pia öffnete mir eine Tür in der Bande und winkte mich aufs Eis. Ich fühlte mich völlig steif und dieses Mal lag es nicht an der Kälte. Wie ein Anfänger klammerte ich mich an der Bande fest und ging unter Angstschweiß auf das Eis. Mein Atem klang eher wie ein Röcheln und ich bewegte mich keine zwei Meter weit. Pia war kein Profi, aber immerhin brauchte sie sich nirgends festzuhalten.

„Wow, Lucy. Jetzt verstehe ich, wieso du ins Wasser gefallen bist. Du kannst das ja gar nicht.“ Natürlich wollte sie mich nur aufziehen, damit ich mich mehr traute.

Trotzdem zischte ich: „Klappe.“

Wie ein Lungenkranker, der sein Beatmungsgerät nicht verlassen durfte, klebte ich an der Bande. Pia lief geduldig neben mir her, auch wenn sie immer wieder kleine Kreise fuhr.

„Süße, du fällst doch viel eher hin, wenn du so langsam bist. Gib mal ein bisschen Schub.“

Einen Fuß ließ ich ganz auf dem Eis stehen. Mit dem anderen schob ich mich vorwärts, während meine Hand niemals losließ.

Kinder fuhren lachend an mir vorbei, wobei ich mir ziemlich sicher war, dass sie auch über mich lachten.

„Wie war denn Wyoming?“, versuchte ich mich abzulenken. Vor allem war es besser, wenn Pia sprach, weil ich ja nichts von den Vampirentwicklungen berichten durfte. Sebastien hatte da sehr entschieden geklungen.

„Wyoming." Sie stieß einen genervten Seufzer aus. „Also, es gibt Leute, die kommen wegen Yellowstone und so. Andere denken: Hey, Wildwest-Charme. Na ja. Diese Städter spinnen eben. Stellen sich unter Urlaub Einöde vor."

„Okay", unterbrach ich sie. „Ich wollte eigentlich weniger etwas über Wyoming, als über deinen Aufenthalt da wissen."

„Total ätzend." Pia stöhnte und fuhr eine größere Kurve, bevor sie zu mir zurückkam. „Meine Großtante Alberta war die halbe Zeit hinter mir her. Keine Ahnung, wieso eigentlich. Ich habe ihr angedeutet, dass wir nicht auf derselben Wellenlänge surfen. Du errätst nie, was sie gesagt hat!"

Sie machte große Augen und schüttelte den Kopf. „Ich versuche, das jetzt mal so wortgetreu wie möglich wiederzugeben." Ihr Stimme schwang eine Oktave höher: *‚Olympia? Hältst du mich nicht für modern? Dabei gehe ich weiter zu meiner Friseurin, obwohl sie jetzt ein Tattoo hat.*' Wow, wie schockierend! Dass sie das schlimm findet, sagt doch schon alles." Pia stieß ein genervtes Geräusch aus. „Als ob das Tattoo ihrer Stylistin sie hip machen könnte. Ich habe echt die Stunden gezählt, bis ich abhauen konnte. Und meine Eltern machen jetzt diesen Paarberatungskram. Es würde mich nicht wundern, wenn sie nächstes Jahr in so einen indischen Aschram fahren."

Ich war mir ziemlich sicher, dass meine Eltern nie nach Indien reisen würden, aber eine Eheberatung würde ihnen auch guttun. Trotzdem musste ich über die Vorstellung kichern, besonders weil Pias Dad so sehr auf den Western-Lebensstil stand. „Dort wird er aber keinen Planwagen im Garten haben."

„Ja, aber mit Blechtöpfen kann er immerhin kochen. Wie die alten Cowboys." Pia schaute sich um und wieder zurück zu mir. „Sag mal, Süße, ist es okay, wenn ich schnell ein paar Runden drehe? Mir schlafen gleich die Füße ein."

Ich hätte zwar noch gerne mit ihr darüber gesprochen, wie schrecklich sich mein eigenes Thanksgiving bei meinen Eltern entwickelt hatte, besonders weil Lennox sich als Ansprechpartner von mir fernhielt, doch ich schüttelte den Kopf.

„Nein, geh nur. Ich bin nachher dort drüben", erklärte ich ihr und zeigte auf eine Stelle drei Meter weiter. „Aber nur, wenn du nicht länger als fünf Minuten brauchst. Sonst könnte es auch da sein."

Noch einen Meter weiter stand ein runder Mann und ruhte sich an der Bande aus, seit wir auf das Eis gegangen waren. Ich hatte gehofft, dass die Barriere bis zu meiner Ankunft weg sein würde.

Pia verdrehte die Augen. „Lucy, hier passiert dir nichts." Zum Veranschaulichen trat sie ein paar Mal kräftig auf die Eisfläche, wodurch einige gefrorene Splitter davonflogen. Sonst geschah nichts. „Das ist wie die babyblaue Piste beim Skifahren. Total sicher. Du könntest hier nicht mal einbrechen, wenn du es wolltest."

Mit einem fröhlichen Zwinkern machte sie sich aus dem Staub und fuhr mit den anderen Eisläufern im Kreis. Ich sah ihr eine Weile nach, doch dann machte ich mich wieder an die Arbeit. Ich kam mir wie ein Bergsteiger vor, der sich an der Bande vorwärts zog, und weniger wie eine schwebende Eisballerina. Die Leichtigkeit von früher war verschwunden. Meine Beine verkrampften so sehr, dass sie mir wehtaten.

Ich gelangte bei dem Mann an der Bande an und schaute erwartungsvoll zu ihm. Vielleicht wollte er ja doch mal weiter. Aber er blickte nur gelangweilt zurück und stierte dann unbewegt zur Kapelle, die mittlerweile zu »God rest ye merry gentlemen« übergegangen war. Ich kam zu dem Schluss, dass er mich ignorieren und mir das Ausweichmanöver überlassen wollte.

Spitze.

Mein Puls schaltete gleich drei Gänge höher, weil ich meinen sicheren Halt opfern musste. Wenn ich nicht den fremden Typ anpacken wollte, würde ich für ein paar Sekunden gar nichts zum Festhalten haben. Schweben im Vakuum. Das war dann wohl meine Feuertaufe.

Zittrig atmete ich durch.

Eins.

Zwei.

Bei drei machte ich ein paar schnelle Schritte von der Bande fort. Ich brauchte Schwung, um nicht auf halber Strecke steckenzubleiben. Dabei war ich so sehr mit dem Überwinden meines Hindernisses beschäftigt, dass ich nicht auf die Läufer von hinten achtete.

Schmerzhaft krachte jemand in mich hinein. Ich registrierte, dass es ein Jugendlicher war, der sich mit Mühe auf den Kufen halten konnte, während ich zu Boden klatschte. Mein Steißbein donnerte aufs Eis und meine Hände landeten den Bruchteil einer Sekunde später. Für meinen Hintern kam jede Hilfe zu spät, doch wenigstens kippte ich nicht wie ein gefällter Weihnachtsbaum auf die Seite. Noch glücklicher war ich, als mich niemand überfuhr, während ich unten lag.

Statt mir aufzuhelfen, fluchte der Jugendliche etwas über ein Fahrverbot für Blinde und machte sich vom Acker. Ich probierte, mich wieder hochzurappeln, doch ich rutschte nur mit den Beinen weg. Erst jetzt bemerkte ich, dass ich zitterte. Und zwar kolossal. Ich schaffte es nicht einmal, meinen Kopf gerade auf dem Hals zu halten. Mein ganzer Körper wackelte. Ich schielte auf meine Nasenspitze und stellte fest, dass sie wie ein seismografisches Messgerät ausschlug. Obendrein kam mein Atem so schnaufend, dass ich mir eine Papiertüte zum Reinatmen wünschte.

Nun war ich doch gestürzt und es tat verflucht weh. Unschöne Erinnerungen wollten mich wie das eisige Wasser von damals ertränken, aber ich war nicht dabei, zu ertrinken oder zu verbluten. Ich war stolz auf mich, als ich das begriff. Hinfallen war furchtbar. Ich hatte mich nicht umsonst davor gefürchtet. Doch es lauerte keine tödliche Gefahr auf mich. Das hier war allenfalls eine Beerdigung für meinen Stolz.

Auf den Schreck brauchte ich erstmal ein Taschentuch und weil die Leute ordentlich um mich herumfuhren, blieb ich an Ort und Stelle sitzen und putzte mir die Nase. Ich hatte es ohnehin nicht geschafft aufzustehen. Mein Hintern veranstaltete ein empörtes Feuerwerk für meine Nerven und ich war fest entschlossen, mir einen aufblasbaren Sitzring zu besorgen, bevor ich nach Hause fuhr. Es war ganz gleich, was Sebastien über meine Heilungsfähigkeit gesagt hatte. Im Moment lebte Rumpelstilzchen in meinem Arsch und ich würde es nicht ohne Plan B darauf ankommen lassen.

Gerade als ich mein Taschentuch in die Jacke stopfte,

landete eine Hand in meinem Blickfeld. Erst dachte ich, dass es Pias wäre, doch dafür war sie zu breit und Pia trug fröhlich orange Fäustlinge. Ich folgte mit meinem Blick dem Arm aufwärts und erkannte, dass Adam vor mir stand.

Er lächelte und schüttelte den Kopf. „Nun nimm schon meine Hand, Lucy."

Erst als er das sagte, wurde mir klar, dass ich ihn untätig anstarrte. Ich war so verdutzt, ihn zu sehen. „Was machst du denn hier?"

Er wölbte seine Braue. „Eislaufen."

Was auch sonst?

Ich legte meine Hand in seine und er griff fest zu und zog mich vorsichtig hoch. So, als wöge ich nicht mehr als eine Popcorntüte. Es war toll, wenn Männer stark waren. Ziemlich wackelig auf den Beinen klammerte ich mich an ihm fest. Der Mann an der Bande hatte sich nicht mal gerührt. Dafür entdeckte ich Pia, die gerade zu mir fahren wollte und mich nun mit Adam sah.

Sie zeigte mit dem Finger auf mich und hob fragend den Daumen.

Langsam nickte ich. Ja, ich war okay.

Erst machte sie ein mitleidiges Gesicht, doch dann grinste sie diabolisch und winkte mir bloß. War das zu fassen? Sie ließ mich mit Adam allein und fuhr in einem Riesenabstand von uns umher. Allerdings bedeutete das nicht, dass sie uns nicht neugierig beobachtete.

„Das ist doch Pia, oder?", wollte Adam wissen, der meine Verständigung mit ihr bemerkt hatte.

„Ja. Wie sie leibt und lebt."

Er schmunzelte. „Dann lässt sie dich wohl mit mir alleine, hm?"

„Sie ist eine Kupplerin vor dem Herrn." Ich wollte aufsehen, um in den Himmel zu schauen, doch dabei verlor ich mein Gleichgewicht und zuckte in seinen Armen zusammen. Mein Hintern erinnerte mich daran, dass er noch böse auf mich war. Trotzdem hatte ich das Gefühl, dass er meinen Sturz nicht mehr ganz so kalt abrechnete wie kurz zuvor. Ob das diese Heilkräfte waren oder nur simple Gewöhnung?

Adams Blick wurde durchdringend. „Geht's dir gut?"

Ich zuckte die Schultern. Wenigstens denen war nichts passiert. „Mir tut ein bisschen was weh." Ich erwähnte nicht, dass es dabei vor allem um meinen Po ging, doch Adam schaute in die richtige Richtung und mir schoss die Wärme ins Gesicht.

Ich räusperte mich. „Mein Ego wurde über den Haufen gefahren, aber sonst ist alles okay."

Er strich mir eine Haarsträhne unter die Mütze. „Gut. Der Rest heilt wieder."

Dabei wanderten seine Augen erneut zu meinem Hintern. War das zu fassen? Mein Hirn begann, wild zu spekulieren, welche Vorlieben er haben könnte. Sicher kamen mir nur aus therapeutischen Gründen Bilder von ihm und mir in den Sinn, wie er sanft meinen schmerzenden Po mit Öl massierte, während wir in meinem Bett lagen. Doch selbst wenn ich besagtes Öl gegen einen Heilbalsam aus Teufelskralle austauschte, driftete meine Fantasie sehr schnell in eine wenig medizinische Richtung davon.

Ich schubste die Vorstellung aus meinem Kopf und stellte mich seinem prüfenden Blick.

„Kannst du mich bitte wieder an die Bande schieben?", bat ich ihn.

Wir standen drei Meter von ihr entfernt und so lange Arme hatte ich nicht.

„Was willst du dort?"

„Mich dranklammern. Hast du meinen Unfall schon vergessen?"

„Nein." Er sah mich so intensiv an, dass ich einen trockenen Hals bekam.

„Nein, nicht vergessen? Oder nein, keine Bande?"

Immerhin lächelte er. „Beides."

„Adam ..."

„Nimm mich als Bande", schlug er vor. „Das ist ja nicht anzusehen, wie du fährst. Als hättest du das noch nie gemacht."

„Es ist einfach sehr lange her."

Ich verlor mich in seinen Augen. Sie waren mir so vertraut. Genau wie auf den Bildern an meinen Wänden. Aber seine waren echt und direkt vor mir. Ich musste ihn nicht erst malen, damit er bei mir war. Jetzt gerade war er viel zu nah. Sein Blick loderte wie ein graues Feuer. Ich war wie hypnotisiert.

Adam hielt mich weiter fest und streichelte mit seinen Daumen über meine Handrücken, was diese Wirkung auf mich noch verstärkte. Ich konnte mich ihm nicht entziehen.

Ein Lächeln spielte um seinen Mund. „Das sind die Handschuhe von gestern."

„Ja." Meine Stimme kam als dünnes Flüstern heraus.

Solche Augen schienen mein Schicksal zu sein. Adam rettete mir zwar nicht das Leben, aber er war regelmäßig da, wenn ich stürzte. Das war vermutlich die bestmögliche menschliche Variante eines Schutzengels. Und anders als bei Sebastien versagte mir bei Adam nicht vor lauter Unterwürfigkeit die Stimme. Mein Bauch war voller Schmetterlinge.

Wir schauten uns an und mein Wunsch, mich an der Bande festzuklammern, schmolz wie ein Schneemann im Sommer.

Eine kalte Schneeflocke landete auf meiner Nase. Ich blinzelte und wischte sie mir staunend vom Nasenrücken. Als ich in den dunklen Himmel empor sah, spürte ich viele weiße Flöckchen, die auf uns herabzurieseln begannen.

„Schnee", seufzte ich. Endlich fiel der erste Schnee. Ich liebte es so sehr. Jedes Jahr war dieser Moment etwas ganz Besonderes. Bisher hatte der Herbst nur Kälte und Regengüsse bereitgehalten.

Adam strich mir eine Flocke aus dem Haar. „Magst du das auch so?"

Ich nickte. „Ich liebe Weihnachten und alles, was dazu gehört."

„Komm." Seine Stimme klang so einladend, seine Hände fühlten sich warm an und er war in mehr als einer Hinsicht deutlich besser als die Bande.

Langsam setzte er sich in Bewegung und ließ mich dabei nicht los. Meine Schlittschuhe bewegten sich wie von selbst. Es war, als würde ich schweben. Er fuhr rückwärts, sodass er mich weiter anschauen konnte. Sein Tempo war so gemächlich, dass er kaum mal über die Schulter zu blicken brauchte, um sich zu orientieren.

Er nahm mich mit auf seine Reise über das Eis und versetzte uns damit in eine eigene Welt. Ich vergaß sogar, dass ich gestürzt war. Das Zittern in meinen Beinen legte sich. Ich fühlte mich sicher bei ihm. Nach und nach bekam ich ein Gefühl für die Kufen. Es war, als würde sich mein Körper an eine frühere Balance erinnern, die ich lange nicht mehr empfunden hatte.

„Ganz locker“, murmelte er.

Und meine Beine wurden lockerer. Ich fuhr nicht mehr ständig auf der Kippe zu einem Muskelkrampf und ich brauchte meine flachen Stiefel nicht, um mich sicher zu fühlen. Adam würde mich halten. Ich hatte nicht nur ein Gefühl für das dünne Metall unter meinen Sohlen bekommen, sondern auch für ihn. Nun wollte ich mich nicht länger wie ein Gefahrguttransport von ihm ziehen lassen und begann, seine Bewegungen mit meinen zu ergänzen.

Die ersten kleinen Schritte unter seiner Führung waren aufregend. Ich war den Angstschweiß los, der mich vorhin befallen hatte, und konnte genießen, was ich einst so sehr geliebt hatte. Diese Leichtigkeit. Ich hatte sie noch nicht völlig wiedererlangt, doch ich war dabei.

„Sehr gut“, lobte er mich und ich schmolz unter seinem Lächeln dahin.

„Wieso muss ich dir gerade jetzt begegnen?“

Er raunte nur ein einziges Wort: „Schicksal.“

Damit brachte er mich fast so sehr aus dem Takt wie die Blondine, die plötzlich neben uns auftauchte und gekonnt an unserer Seite herfuhr. Sie hatte eine verfrorene rote Nase in einem perfekten Gesicht.

„Hier steckst du“, wandte sie sich an Adam. Sie besaß den filigranen Körper einer Tänzerin und bewegte sich mindestens ebenso anmutig.

Ich hatte das Gefühl, dass ein Geschwür in meinem Bauch heranwucherte, als er mit mir stehen blieb und sich von ihr umarmen ließ. Sie presste sich viel zu vertraut an ihn und er ließ mich los. Hatte er sie aufgegabelt, nachdem ich unseren Kuss verhindert hatte?

„Grace.“ Er grüßte sie, ohne sie wegzuschieben. Stattdessen strich er ihr über den Rücken.

„Hast du unsere Verabredung vergessen?“, fragte sie ihn mit zuckersüßer Stimme.

Natürlich war sie hübsch und süß und hatte diesen schmachtenden Blick in ihren Augen, der mir zusätzliche Knoten in den Eingeweiden bescherte.

Zum Glück war die Bande nicht weit weg, so dass ich nur ein paar Schritte dorthin zu stolpern brauchte.

„Lucy, warte doch!“ Er klang überrascht, dass ich mich entfernte.

„Ich will euch nicht stören“, log ich.

„Du störst doch nicht.“

„Na ja ...“, hörte ich die Blondine kichern.

Offensichtlich hatte Adam ein gewisses Beuteschema: blonde Frauen in meinem Alter.

„Lucy.“ Er klang eindeutig genervt.

„Pia, wir müssen los!“, krähte ich über das Eis. „Unser Doppeldate? Schon vergessen?“

„Macht man echt noch Doppeldates?“, hörte ich die Blondine quäken. „Wer ist denn das überhaupt, Adam?“

„Lucy!“ Ich wusste nicht, ob das seine Antwort auf ihre Frage oder einfach nur ein Ruf nach mir war. Es klang nicht gerade freundlich. Der Mann war sauer.

Pia stoppte mit weg spritzendem Eis unter ihren Kufen vor mir und zog mich am Ärmel an sich heran. „Welches Doppeldate? Und wer ist diese Tussi?“ Sie schoss einen giftigen Blick in ihre Richtung.

„Das ist Grace und sie sind verabredet.“

Pia seufzte. „Schade, ihr saht wirklich ganz toll

zusammen aus.“

Ich blickte nicht zu Adam zurück. Schließlich war er anderweitig verplant und ich wollte seine Ausreden nicht hören. Lügen über andere Frauen kannte ich schon von meinem Ex.

Lieber türmte ich vom Eis. Besonders, weil ich mich viel zu wohl mit ihm gefühlt hatte, und das machte mir Angst. Laut Sebastien war ich an meinen Vampir gebunden. Es war reizvoll gewesen, meiner üblichen Schwärmerei für ihn zu entfliehen und mir selbst zu beweisen, dass ich einen freien Willen besaß. Dass sich der Flirt mit Adam als mein zweiter großer Sturz des Tages erwiesen hatte, fühlte sich allerdings gar nicht mehr so aufregend an.

Trotzdem hatte sich der Ausflug mit Pia gelohnt. Im ganzen Trubel hatte ich fast aus den Augen verloren, was für ein magischer Moment es gewesen war, über das Eis zu gleiten. Nach all der Zeit hatte ich mich erneut ins Schlittschuhlaufen verliebt. Ich wollte mich nicht mehr vor dem fürchten, was so sehr ein Teil von mir gewesen war.

„Das mit dem Eislaufen war eine gute Idee“, sagte ich zu Pia. „Ich hatte ganz vergessen, wie toll sich das anfühlt.“

Sie grinste mich an. „Wusste ich es doch.“

Wir schnallten unsere Schuhe ab und besorgten uns leckere Hotdogs. Es war ein wundervoller Winterabend. Wir bummelten durch Brookings, während der Schnee um uns herum alles weiß färbte und seinen eigenen Zauber mit sich brachte. Ich konnte die Magie spüren.

KAPITEL 16

Am liebsten wäre ich ihm um den Hals geflogen, als er plötzlich vor meiner Tür stand.

„Da bist du ja wieder", hauchte ich. Meine Hand war drauf und dran, nach ihm zu greifen, um ihn wie sonst auch in meine Wohnung zu ziehen. Doch ich merkte, wie Lennox vor der Berührung zurückwich, und ich ließ die Hand sinken.

„Ja." Er nickte knapp.

„Komm doch rein." Verlegen rieb ich über meinen Nacken und machte dann eine einladende Geste. Tatsächlich betrat er meine Wohnung und ich schloss schnell die Tür hinter ihm, damit er nicht gleich wieder verschwinden konnte. Am liebsten hätte ich sie verriegelt und verrammelt und den Schlüssel weggeworfen.

Mein Lennox war wieder da. Nach der Enttäuschung auf dem Eis, weil Adam längst anderweitig verabredet war, tat es so gut, den einen Mann zu sehen, auf den ich mich immer hatte verlassen können. Er war warmherzig, charmant und gut aussehend. Nur meine eigene Menschenkenntnis hatte mich in Bezug auf ihn hintergangen.

„Willst du einen Kaffee?"

Lennox schüttelte den Kopf und betrachtete mein

Zimmer, als hätte er es nie zuvor in Augenschein genommen. Jedes Bild schien interessanter zu sein als ich. Er hatte den Weg zu mir gefunden. Endlich! Aber sein Schweigen war noch nicht wirklich gebrochen. Ich wünschte mir so sehr, dass er Worte wie: „Ich freue mich auch, dich zu sehen", für mich fand. So wie früher.

Seit meinem Ausflug mit Pia hatte ich die Zeit im Internet verbummelt und mir auf einer Backwebseite ein tolles Rezept für Schokomuffins mit Birnen besorgt. Dabei diente mir ein Schwimmring als Sitzkissen. Er hatte einen Schildkrötenkopf und aufgedruckte grüne Flossen.

Lennox deutete darauf und sah mich fragend an.

„Ich bin vorhin beim Eislaufen mit Pia hingeknallt", gab ich zu.

Er verzog das Gesicht. Fürsorglich wie er war, fand er dabei seine Sprache wieder: „Tut es sehr weh?"

Ich nickte und klemmte mir die aufblasbare Schildkröte unter den Arm. „Ja, und bloß weil Sonntag ist, hat meine Apotheke schon zu."

„Auch in diesem Nest gibt es Bereitschaftsläden", erinnerte er mich. Anders als Adam betrachtete er kein einziges Mal meinen Hintern. War er so sauer auf mich, dass er mich nicht einmal ansatzweise attraktiv fand? Musste ich wirklich erst nackt in einer Wanne vor ihm liegen, damit er auf meinen Po schielte?

„Ich war zu faul, um durch die Gegend zu fahren und herauszufinden, wo der ist."

„Soll ich?" Lennox war einfach ein Schatz. Obwohl wir eigentlich Streit hatten und er gerade erst eine lange Reise von Iowa hierher hinter sich gebracht hatte, hätte er sich sofort auf den Weg gemacht. Das wusste ich einfach. Gerührt stiegen ein paar Schmetterlinge in meinem Bauch auf.

Erstaunlicherweise tat mein Hintern aber kaum noch weh, also schüttelte ich den Kopf. „Es ist nur ein blauer Fleck.“ Ich streichelte dem Schwimmring über den Kopf und warf ihn zurück auf den Stuhl. „Lennox, es tut mir wirklich so leid.“

Er seufzte, als hätte ich das Thema viel zu früh angeschnitten. Hätte er es lieber totgeschwiegen? Ich hatte keine Ahnung, wie ich es ausbügeln konnte, damit zwischen uns alles wieder in Ordnung kam. Am liebsten hätte ich ihn umarmt und seine Hände auf meinem Rücken gespürt, um zu wissen, dass er mir verziehen hatte. Ich wollte Trost bei ihm finden, weil meine Eltern im Streit lagen und am liebsten auch, weil Adam zweigleisig fuhr wie mein Ex damals. Früher hätte ich völlig offen über alles mit Lennox reden können. Er hätte mich in den Arm genommen oder meinen Rücken gestreichelt, während ich mich auf seinem Schoß zusammenrollte wie eine Katze.

„Lucy ...“

„Ich vermisse dich so“, gestand ich und schniefte. Ich wollte gar nicht weinen, also versuchte ich, tapfer zu bleiben. Aber meine Nase wurde rot und begann zu laufen und mein Blick verwässerte. Dann kam noch das verräterische Beben meiner Lippen hinzu.

Lennox stöhnte und rieb sich die Stirn. Er sah aus, als bekäme er gleich Migräne. Anscheinend hafteten ihm alte Verhaltensmuster genauso sehr an wie mir. Ich erkannte deutlich, dass er mit sich rang.

„Ich habe deine SMS bekommen. Alle zwölf.“ Er atmete aus und schüttelte den Kopf. „Ich wollte bloß sagen, dass ich jetzt wieder da bin.“

„Bitte, geh doch noch nicht.“ Er wirkte, als wollte er gleich auf dem Absatz kehrtmachen. „Du bist ein ganz toller Mann und … und du bist auch überhaupt nicht schwul.“

Er grunzte. „Lucy, ich weiß selber, dass ich nicht schwul bin. Und zu deiner Information: Lennox ist ein sehr gebräuchlicher Männername. Also, auch wenn ich den Namen von einer Frau entliehen habe …“

Ich nickte eifrig und zeigte mit beiden Händen auf mich. „Ja, jetzt weiß ich das auch. Ich war wirklich ganz dumm und habe einfach nicht verstanden, was Trixy längst begriffen hatte.“

„Nimm's mir nicht übel, aber du merkst ziemlich oft nichts.“

Das hatte ich vermutlich verdient. „Ich weiß“, räumte ich geknickt ein.

„Zum Beispiel, dass ich damals in dich verknallt war.“ Sein Blick durchbohrte mich wie ein Dartpfeil.

„In mich?“ All die Male, die ich mich an ihn gekuschelt hatte, zogen an mir vorbei. Die Berührungen und sanften Blicke. Er hatte das gar nicht kumpelhaft gemeint? Mein Herz machte einen freudigen Hüpfer. Dann waren meine Gedanken über ihn gar nicht so einseitig gewesen. „Aber das …“

Er hob abwehrend die Hand. „Mache dir darüber bitte keine Sorgen, Lucy. Das war damals. Ich habe die letzten Tage darüber nachgedacht, was ich dir eigentlich alles sagen soll.“

Ich schluckte schwer. „Und jetzt?“

„Wenn unsere Freundschaft funktionieren soll, muss ich ehrlich mit dir reden können.“

Ich nickte zustimmend. „Unbedingt."

„Dass du mich für schwul gehalten hast, während ich in dich verliebt war, hat das Fass für mich echt zum Überlaufen gebracht." Er zuckte die Schultern. „Aber ein paar Tage Abstand haben gutgetan. Ich will dich als Freundin nicht verlieren, also sollten wir weitermachen wie bisher. Die Schmetterlinge aus der Anfangszeit sind inzwischen bei mir ausgeflogen."

„Sie sind alle weg?", hauchte ich und fühlte mich schrecklich enttäuscht.

Er nickte. „Wenn du mich früher anlachen und umarmen konntest, dann geht es jetzt erst recht. Der heikle Teil ist doch längst geschafft."

Unschlüssig benetzte ich meine Lippen. Ich war mir einfach nicht sicher, wie ich ihm gegenüber zugeben konnte, dass ich für Dates aufgeschlossen war, ohne dass er sich verarscht fühlte. „Lennox, du weißt ja, dass ich keinen so guten Instinkt habe und oft nichts merke ...", begann ich.

Er grinste mich doch tatsächlich an. „In einem Punkt hattest du allerdings recht."

„Der wäre?"

„Trixy."

Fragend starrte ich ihn an. „Du meinst, weil ich gesagt habe, dass sie was von dir will?"

„Nein, weil du meintest, dass ich mich in sie verlieben müsste, wenn ich auf Frauen stehe und an die Wahrheit der Bilder glaube."

„Ähm ..." Das verstand ich jetzt garantiert falsch. Oder nicht?

„Du hast ihre Mappe bei mir liegen lassen." Er fuhr sich durch sein blondes Haar und sah dabei ziemlich attraktiv aus. „Ach, verdammt, ich war so geknickt, dass du mich für schwul gehalten hast, dass ich mich spontan mit einer Frau verabredet habe, die mich anziehend findet."

„Trixy?", hakte ich ungläubig nach.

Er nickte und wirkte dabei sogar verlegen. „Anfangs wollte ich wirklich nur mein Ego mit einem Flirt aufbauen. Ich habe mich mit ihr unter dem Vorwand verabredet, ihr die Bilder zurückzugeben. Außerdem hast du ja gesagt, dass sie meine Zeichnungen sehen will."

„Wann habt ihr euch denn getroffen?" Ich stand völlig auf dem Schlauch. Er war doch nach Iowa gefahren.

„Am Mittwoch nach der Uni. Bevor jeder von uns zur Familie heimgefahren ist. Sie hat sofort zugestimmt und sogar ihre Abreise nach hinten verschoben. Du glaubst nicht, wie gut mir das tat. Trotzdem sollten Männer Frauen umwerben, nicht andersrum. Also habe ich den Spieß umgedreht, weil ich sie so witzig und sympathisch fand. Ich beschloss, dass ich einfach mal zur Abwechslung ihr nachjagen könnte."

Mein Bauch fühlte sich ganz flau an. So in etwa dürfte sich Lennox früher gefühlt haben, wenn ich ihm von meinem Vampir vorschwärmte, während er im Stillen Gefühle für mich hegte. Wäre ich nicht so obsessiv gewesen, hätte er mir womöglich auch den Hof gemacht. Doch meine Besessenheit hatte ihm einen Riegel vorgeschoben.

„Und wie jagst du ihr jetzt nach?"

„Ich bin ihr über ihre Bilder begegnet. Vorher hatte ich kein Auge für Trixy. Da fand ich es passend, mit ihr zu einer Ausstellung zu gehen. Bilder sind eben immer ehrlich.“ Er lächelte jungenhaft. „Sie kann nicht nur toll malen.“ Sekundenlang starrte er aus dem Fenster, als sähe er sie direkt vor sich. „Sie ist wirklich eine ziemliche Wundertüte. Ich habe nicht damit gerechnet, dass sie mich so von den Socken fegt.“

Ich zwang mir ein Lächeln auf. Zwei Seifenblasen platzten an einem einzigen Tag. Adam und Lennox waren also beide keine Kandidaten für menschliche Dates. Was für ein furchtbarer erster Advent. Dann schalt ich mich innerlich. Nein, das Eislaufen war meine neue Liebe.

„Das ist toll“, behauptete ich. „Und wie war es in Iowa?“

Stöhnend rieb er sich über den Bauch. „Ich bin so satt.“

Trotzdem schnitt ich ihm ein Stück Kuchen ab, denn er sollte alles probieren, was ich fabrizierte. Außerdem hatte ich das dringende Bedürfnis, irgendwas zu tun. Alles fühlte sich an, als würde es mir entgleiten. Ich drückte ihm den Teller in die Hand und wir setzten uns auf die Couch. Die meisten Leute platzierten ihre Sofas so, dass sie zu einem Fernseher gerichtet standen, doch ich hatte mich für die Aussicht nach draußen in die wirkliche Welt entschieden, die keinen Drehbüchern folgte und zum Glück auch nie von Werbung unterbrochen wurde.

Die Stimmung zwischen uns war längst nicht wie früher, aber wenigstens hatte er mir verziehen. Ich betrachtete sein hübsches Profil von der Seite.

Er schob sich etwas Kuchen in den Mund, seufzte und starrte aus dem Fenster. Das Kuchenstück behielt er reglos im Mund.

„Hallo?“, hakte ich nach.

Er schluckte es herunter. „Tut mir leid. Ich dachte nur gerade daran, ob ich wohl Trixy nächstes Jahr zu Thanksgiving mit nach Hause nehmen könnte.“

Ich runzelte die Stirn und fasste meine Haare über einer Schulter zusammen. Dann begann ich, mir einen Seitenzopf zu flechten. Dabei schaute ich auch auf die unheimlich spannende Laterne. Im Sommer flatterten die Motten um das Licht, doch jetzt trug sie nur eine weiße Mütze aus Schnee. Das Ding bot kein abendfüllendes Programm.

Ich seufzte. „Ja, schon. Wieso nicht?“

Er wirkte wie ein frisch verliebter Teenager.

„Und wie war Thanksgiving bei dir?“, wollte er wissen.

Ich erzählte ihm die Kurzform und ließ die Vampire weg. „Mein Dad hat einen neuen Rasenmäher, ich bin nicht mit dem Tankwart von Lake Campbell verlobt, obwohl er ein sehr aufmerksamer Mann ist, und meine Eltern haben keinen Mord aneinander begangen. Dabei streiten sie anscheinend seit Wochen.“ Der letzte Punkt bereitete mir noch immer Kopfzerbrechen.

Lennox legte immerhin mitfühlend seinen Arm um meine Schulter. „Hey, das wird wieder.“

„Ich will nicht, dass sie sich scheiden lassen.“ Auch wenn ich schon volljährig war, wollte ich kein Scheidungskind werden.

Er stellte seinen Kuchenteller beiseite und zog mich in seine Arme. „Na, komm mal her, Lucy. Lass dich drücken.“

Ich kam mir schrecklich dumm vor, doch ich war so selig, als er mich wieder in seine kräftigen Arme schloss und an meinem Haar roch, wie er es so gerne tat.

„Es ist alles okay zwischen uns“, murmelte er sanft. „Und bei deinen Eltern klappt es auch.“

Später in der Woche klingelte ich an seiner Tür. Mittlerweile hatte Trixy sich überschwänglich bei mir bedankt, weil ich das Date zwischen ihr und Lennox eingefädelt hatte. Offensichtlich hatte Lennox ihr nichts von seinen Motiven, sich mit ihr zu treffen, gebeichtet, und ich würde garantiert nicht damit anfangen. Trotzdem war ich mir seltsam vorgekommen, als sie so voll des Lobes war. Weder ihr noch Lennox gegenüber erwähnte ich je, dass ich eine kleine Weile über mehr mit ihm nachgedacht hatte.

Als er mir öffnete, duftete es wunderbar nach Gebäck in seiner Wohnung.

„Du kommst genau richtig“, erklärte er und balancierte ein Kuchentablett auf seinem Arm. „Der ist mit gerösteten Walnüssen.“

Inzwischen hatte ich es einigermaßen verdaut, dass Lennox und ich das dümmste Timing auf dem ganzen Planeten besaßen.

Er servierte mir ein Stück zum Kosten. Ich hatte schon fast zwei Kilo zugenommen, weil ich Frustfuttern vom Feinsten betrieb. Daher war ich versucht abzulehnen. Aber er hatte auch brav meinen Kuchen nach Thanksgiving probiert. Ich schuldete ihm das also.

„Riecht toll“, lobte ich ihn.

Er nickte ganz angetan. „Backen ist auch eine Kunst. Das habe ich bei unserem ersten Versuch völlig unterschätzt. Weißt du noch: die Mikrowellenbutter?“

Ich wedelte mit der Hand vor der Nase und zog sie kraus. „Erinnere mich bloß nicht daran. Da habe ich gleich wieder diesen öligen Duft in der Nase."

Ich machte es mir auf seinem Sofa gemütlich. Kalte Luft strömte von draußen durch das angekippte Küchenfenster. Jemand fegte mit einem alten Straßenbesen den Gehweg sauber und das wischende Geräusch von Borsten auf Beton drang zu uns herein. Wenigstens lag Brookings noch unter keinem Schneeberg begraben.

Lennox verriegelte das Fenster und setzte sich neben mich. Sein Kuchen schmeckte köstlich.

„Verdammt, jetzt bist du ja doch besser darin als ich", gab ich zu.

„Das ist nicht so schwer. Du benutzt diese flüssige Butter."

„Das war deine Idee."

Er grunzte. „Wieso hörst du auch auf mich?"

„Paul Bower", zog ich seinen Geburtsnamen heran und er ächzte.

„Oh, bitte! Das durfte ich mir die ganzen Zeit an Thanksgiving anhören. Als ob meine Familie mich Lennox nennen würde, nur weil ich das so will. Paul", sagte er gedehnt. „Klingt wie ein langweiliger Typ."

„Ach, was! Paul klingt auch sehr nett." Als er protestieren wollte, ergänzte ich: „Und ich halte *nett* für kein Schimpfwort."

„Irgendwie habe ich immer das Gefühl, die meinen nicht mich, wenn sie mich so ansprechen."

Ich nahm einen Schokoladenkrümel auf meine Fingerspitze und strich ihm damit einen Streifen über den Nasenrücken. „Die meinen genau dich."

Er packte meinen Hinterkopf und zog mich zu sich heran. Für einen Augenblick dachte ich schon, er würde mich doch noch küssen. Mir blieb fast das Herz stehen. Stattdessen grinste er und rieb seine Nase über meine. „So, bitte."

„Du bist unmöglich", beschwerte ich mich halbherzig, denn in Wahrheit war ich erleichtert, dass er nicht so ein Feigling wie ich war und sich getraut hatte, mich zu berühren. Früher war das zwischen uns selbstverständlich gewesen.

Wir rubbelten unsere Nasen sauber.

„Zum Glück nennt mich Trixy Lennox", sagte er zufrieden.

Ich leckte mir einen Krümel von der Lippe und starrte auf seinen Teppich.

„Lucy?"

Als ich zu ihm aufsah, betrachtete er mich so durchdringend, dass ich schlucken musste. Nachdenklich strich er mit seinem Daumen über mein Kinngrübchen. „Irgendwas bedrückt dich doch."

„Mich?" Unsicher rückte ich ein Stück von ihm ab. Lennox stand mir so nahe, dass er einfach in mich hineinsah.

Als Antwort erhielt ich nur diesen „Komm schon"-Ausdruck. Ich konnte ihm absolut nichts vormachen. Trotzdem versuchte ich es. Er sollte einfach nicht erfahren, dass ich über ihn nachgedacht hatte, als ich nackt in der Wanne gelegen hatte. Auch dieses Fenster hatte sich für mich geschlossen, so wie er eben sein Küchenfenster verriegelt hatte. Jeder Blinde sah, dass seine Gefühle auf Trixy übergegangen waren.

„Da gibt es mehrere Sachen", erklärte ich. Sogar dann noch, wenn ich ihm Sebastien verschwieg. „Als ich bei meinen Eltern war, habe ich einen Brief mit meinem

Weihnachtswunsch am See hinterlassen. Am nächsten Tag war er verschwunden."

Lennox machte große Augen. „Hast du jemanden im Verdacht?"

„Da war so ein älterer Spaziergänger."

„Wie alt denn? Fünfzig? Siebzig?"

„Eher Mitte vierzig. Im Grunde zu alt für meinen Vampir."

Lennox zuckte die Schultern. „Na ja, vielleicht war es ein Zufall. Manche Leute sammeln Flaschenpost. Dann hat ihn eben jemand gefunden und mitgenommen. Oder ein Tier hat ihn gefressen."

Ich war beruhigt, wie leicht er auf das Thema ansprang. Dass mich mein Vampir bedrückte, war etwas, das er mir sofort abkaufte. Und es war nicht einmal gelogen. Seit Lennox für Trixy schwärmte und Adam sich als Frauenheld entpuppt hatte, kreisten meine Gedanken wieder wie ein Mühlrad um den Vampir aus meinen Zeichnungen.

Mein Bauchgefühl sagte mir, dass keine Wühlmaus meinen Brief gefuttert hatte. Das war ungefähr so glaubhaft wie die Ausrede von Schülern und ihren Hausaufgaben fressenden Hamstern. „Ich hatte ihn in einer Metalldose vergraben."

„Cool, wie bei einer Schatzsuche. Das habe ich als Kind auch immer gespielt. Aber meistens habe ich nicht mal die Nüsse von diesen Eichhörnchen gefunden." Ansonsten wirkte Lennox genauso ratlos wie ich über den Verbleib des Briefes.

„Wie gut, dass du zur Malerei gewechselt bist", neckte ich ihn. „Mit Nüssesammeln wird man auch nicht reich, du Schatzsucher."

Er nickte. „Das sage ich mir auch jeden Tag. Was war sonst noch?"

Seufzend erzählte ich ihm von meinen beiden Zusammentreffen mit Adam bei *JCPenney* und auf dem Eis. Natürlich ließ ich die perfekte Blondine mit ihrem Hang zum Kuscheln nicht aus.

„Also, hat er jetzt was mit ihr oder nicht?", wollte Lennox wissen.

Ich zuckte die Schultern. „Keine Ahnung. Verabredet waren sie jedenfalls und sie fand auch, dass ich störe."

Er verschränkte die Arme hinter dem Kopf und lehnte sich zurück. Ich war so versucht, mich an ihn zu schmiegen und an seinem tollen Aftershave zu riechen. Stattdessen stopfte ich mir ein weiteres Stück Kuchen in den Mund.

„Ich glaube, er hat nichts mit ihr", grübelte Lennox. „Vielleicht waren sie nur zum Weihnachts-Shopping verabredet oder sie will was von ihm, so wie Trixy immer was von mir wollte. Aber er will eigentlich was von dir."

„Hm, meinst du?"

„So sauer wie er war, als du abgehauen bist, würde ich mal ja sagen."

Ich kratzte mit der Kuchengabel über den Teller. „Vielleicht."

Lennox grinste mich wissend an. „Würdest du denn wollen, dass er auf dich steht?"

Das war eine wirklich gute Frage. Mein Telefonat mit Lilys Vampirfreund war vollkommen unwirklich gewesen. Im Grunde kam es mir auch jetzt mehr wie ein Traum vor. Adam hingegen war echt. Das gefiel mir. Doch womöglich stand ich kurz vor einer erneuten Begegnung mit meinem Schutzengel.

„Keine Ahnung", flüsterte ich.

Sein Zeigefinger stupste meine Nase an. „Lügnerin."

„Na, okay. Diese Grace soll ihn jedenfalls nicht bekommen. Du hättest sie mal hören sollen." Ich äffte ihre Stimme nach und ließ sie klingen, als hätte sie ihr Gehirn mit einer Mango ausgetauscht. *„Macht man heutzutage echt noch Doppeldates?"*

„Das war wirklich eine tolle Ausrede", lobte er mich.

„Dabei war sie fast gleich alt. Höchstens ein Jahr jünger. Als ob ich was veranstalten würde, was sonst nur alte Omas machen."

Ich war doch nicht Pias schrullige Großtante Alberta mit der tätowierten Friseurin oder Baileys Oma vom Satyr-Klub. Die Welt war ganz schön verrückt. Aber Doppeldates gehörten nicht dazu.

„Hör mal, vielleicht ist sie ganz nett", probierte er es. „So wie Trixy. Du mochtest sie anfangs auch nicht."

„Aber Trixy ist wirklich liebenswert, wenn man sich mit ihr unterhält, und sie malt so toll."

Er wackelte mit den Augenbrauen. „Stimmt. Eventuell hat Grace auch ein paar Talente."

„Ach, man soll da gar nicht blasen? Das heißt bloß so?", stellte ich mich dumm.

Lennox schüttelte grinsend den Kopf. „So blöd ist sie sicher nicht."

Ich gab pustende Geräusche von mir und er bekam einen Lachkrampf. Er kitzelte mich am Bauch und ich warf mich gegen die Armlehne, pustete weiter und verdrehte die Augen.

KAPITEL 17

„Kannst du das mal halten?“, fragte mich Pia und drückte mir eine Lichterkette in die Hand. Es waren kleine Lämpchen in Eiszapfenform. Sie rückte die Leiter an der Hauswand nach links. „Meinst du mehr nach da?“

Ich trat drei Schritte zurück, um mir das aus der Entfernung anzusehen, und nickte. „So ist es super.“

„Alles klar.“ In ihrer dicken Daunenjacke stieg sie die Sprossen hoch und streckte mir dann ihren Arm herunter. „Okay, gib sie mir.“

Ich drückte ihr die Lichterkette in die Hand und Pia begann, sie unterhalb der Regenrinne anzubringen.

„Das wird richtig schön“, fand ich und genoss die Weihnachtsstimmung.

„Auf jeden Fall. Wir wollen das hübscheste Wohnheim vom Campus haben. Normalerweise würde ich ja sagen, dass das hier ...“ Sie deutete auf die Plackerei an der Leiter. „... Männersache ist. Aber wir sind ja bloß Mädels in der Verbindung.“

„Die Jungs haben es auch nicht besser“, fand ich. „Die stecken in Verbindungen mit lauter anderen Kerlen und jeder denkt, der Nächste könnte die Arbeit übernehmen. Am Ende macht es keiner.“

Pia kicherte. „Ja, und stell dir bloß mal vor, wie bei

einer reinen Männer-WG die Klos aussehen."

„Das will ich mir überhaupt nicht vorstellen." Trotzdem hatte ich gleich ein Bild im Kopf. Angeekelt klopfte ich mir gegen die Schläfen, um ein neues Bild in meiner Vorstellung heraufzubeschwören. „Kleine süße Hundebabys, kleine süße Hundebabys ..." Dabei dachte ich an so viele Welpen wie nur irgendwie möglich.

Pia lachte. „Du hättest ruhig auch in meine Verbindung kommen können. Dann hätten wir ganz viele Pyjamapartys zusammen und würden Tür an Tür wohnen. Außerdem helfen wir uns gegenseitig."

„Das ist nichts für mich. Ich wohne lieber alleine. Immerhin habe ich schon die ganze Kindheit bei meinen Eltern verbracht."

Sie prustete. „Und ich etwa nicht?"

„Na, und immer diese Veranstaltungen. Ich kann nicht mal singen." Dabei hielt ich Spendenaufführungen für eine wirklich gute Sache, nur wollte ich mich deshalb nicht zum Affen machen.

„Du musst ja nicht unbedingt singen."

„Ja, als ob ich Sport mögen würde." Mit dem wohltätigen Gesang für *Autism Speaks* war es schließlich nicht getan. Der jährliche *„Step it up"*-Spendenlauf reizte mich ebensowenig. Das war fast noch schlimmer als schiefe Töne.

Pia schnaubte. „Mit Sport kannst du mich genauso jagen. Bloß weil ich Olympia heiße, halten mich alle für eine Sportskanone." Ihre Eltern hatten sie so genannt, weil sie sehr sportbegeistert waren, doch Pia selbst war alles andere als verrückt danach. Sie verhedderte sich in ihrer Lichterkette und begann, sie zu entwirren. „Du glaubst ja gar nicht, wie blöd die Leute immer gucken, wenn ich ihnen erkläre, dass Sport nichts für mich ist. Wie kann man das mögen? Ich liebe meine Couch."

„Ich auch." Etwas bang sah ihr dabei zu, wie sie sich vorsichtig aus der Kette drehte. Auf der Leiter war das gar nicht so leicht, aber mehr als diese zu halten, konnte ich für sie nicht tun. „Wenn ich jetzt den Stecker reinmache, leuchtest du wie ein Weihnachtsbaum."

„Unterstehe dich!", warnte sie mich, doch sie grinste dabei. „Nein, im Ernst. Vor dem Lauf drücke ich mich auch, wo es nur geht. Da sind die Athletinnen aus der Verbindung eh besser."

Sie befreite sich aus dem Kabelsalat und lachte triumphierend. Dabei hielt sie mit einer Hand die Kette hoch wie einen Pokal. Was ich an Pia wirklich liebte, war die Art, wie sie sich über jeden Kleinkram freuen konnte, als hätte sie olympisches Gold gewonnen. In dem Punkt machte sie ihrem Namen doch noch alle Ehre.

„Ich mache lieber bei allen anderen Terminen mit", fuhr sie fort. „Dann meckert auch keiner, wenn ich den *Step it up* sausen lasse."

„Ich wohne doch um die Ecke. Wir brauchen also gar nicht in derselben Verbindung zu sein." Pia würde mich sowieso niemals mehr loswerden, soviel stand fest. Unsere einzige Unstimmigkeit war mein Vampir. In allen anderen Belangen waren wir ein Herz und eine Seele.

Ansonsten hatte ich mir gewissermaßen meine eigene Verbindung mit Bailey, Hope und Lily geschaffen. Damit hatte ich einen Platz gefunden, an dem ich mich auch über meinen Vampir austauschen konnte. Mir fehlte also nichts. Zuletzt hatte Lily mir eine SMS geschrieben, wie aufregend sie Sebastien und seine Welt fand. Er nahm sie ziemlich in Anspruch und es war etwas still um sie geworden. Ich stellte mir vor, wie sie einfach nicht mehr aus dem Bett herauskamen. Darauf freute ich mich am meisten, wenn ich wieder einen Freund hatte, und ich würde mein Telefon ganz bestimmt auch nicht mit ins Bett nehmen. Allerdings war ein potentieller Freund bei mir in weite Ferne gerückt.

Ich fragte mich, ob Lily nun in irgendwelchen Hochzeitsvorbereitungen steckte. Oder was bedeutete es sonst, wenn ein Vampir seine Braut suchte?

„Apropos Veranstaltungen", griff Pia den Faden auf. „Wir machen am Wochenende eine Art Tombola. Magst du nicht mitmachen?"

„Eine Tombola?" Ich reichte ihr die nächste Lichterkette herauf. „Klingt gut. Was gibt es denn zu gewinnen?"

Sie kicherte. „Küsse."

Verwirrt schaute ich sie an. „Küsse? Wie meinst du das?"

Pia zuckte mit den Schultern. „An der Uni sind doch jetzt noch die Adventsaufführungen. Und unsere Verbindung hat einen Stand beim Weihnachtsfest. Das Fest der Liebe. Da dachten wir an Küsse."

Die Universität blieb über die Feiertage geschlossen. Daher wurden die Veranstaltungen schon diesen Freitag ausgerichtet. Ich wusste, dass Pia am Abend noch singen würde. Unser Kunstkurs war massiv mit der Dekoration der Räumlichkeiten beschäftigt.

„Und wie gewinnt man Küsse?"

„Ganz einfach: Wir verkaufen sie. In der Tombola sind natürlich andere Preise, aber um das alles interessanter zu gestalten, kann man statt Losen auch Küsse kaufen.

Die kosten allerdings mehr als die normalen Lose. Wegen der Extras.“ Sie spitzte ihre Lippen und gab ein lautes Knutschgeräusch von sich.

Ich konnte nicht anders und musste lachen.

„Wieso? Das ist doch nett“, behauptete Pia und stemmte sich eine Hand in die Seite.

Da sie noch auf der Leiter stand, war ich wirklich froh, dass sie nicht beide Hände dafür nahm.

„Ja, total süß. Und küssen kann wirklich jeder. Ob man nun Sport mag oder nur singen kann.“

Sie kniff die Augen zusammen. „Also kommst du nicht?“

Ich streifte meinen Handschuh ab und suchte in meiner Tasche nach dem Geldbeutel. Dann wedelte ich mit einem Schein in ihre Richtung. „Kann ich mir für einen Dollar auch gleich ein Bussi von dir kaufen, damit du aufhörst, so grimmig zu gucken?“

„Pah!“, machte sie. „Ein Dollar. Dafür bekommst du aber keinen Kuss. Unter zehn Dollar ist da nichts zu machen.“

„Zehn Dollar für einen kleinen Schmatz? Das ist doch Halsabschneiderei.“

Würdevoll reckte sie das Kinn. „Nein, das ist für den guten Zweck. Und außerdem sind zehn Mücken doch noch ein Schnäppchen. Es geht rauf bis hundert.“

Jetzt grinste ich nicht mehr. „Hundert?“

„Ja, eine eins mit zwei Nullen.“

„Ihr setzt ja wirklich auf die Spendenlaune vor Weihnachten.“

Pia blinzelte mich ganz reizend an. „Es ist für arme Waisenkinder. Willst du nicht, dass sie auch ein schönes Fest haben?“

„Sag mir einfach, wie viel ich überweisen soll. Aber zum Knutschen komme ich sicher nicht mit.“

Die Schokomuffins mit Birnen und Zimt schmeckten dermaßen lecker, dass ich in kürzester Zeit selbst wie ein Muffin aussehen würde. Ich biss gerade in meinen vierten und überlegte, an welche Wand ich mein inzwischen benotetes Kunstbild hängen sollte. Normalerweise stellte ich keine Unterrichtsprojekte an meinen Wänden zur Schau, aber als Studentin an der SDSU wollte ich gerne ein entsprechendes Bild anbringen. Besonders, da meine Note sehr erfreulich ausgefallen war. Ich wusste nicht, ob die positive Bewertung oder die besonders schnelle Bearbeitung nun eigentlich das Weihnachtsgeschenk des Professors gewesen waren, doch meine Laune war in jeder Hinsicht versüßt.

Ich entschied mich für einen Ehrenplatz neben meiner Staffelei, als mein Handy bimmelte. Passend zur Jahreszeit hatte ich einen Weihnachtssong als Klingelton gewählt. Anders als bei Lennox, war es nichts von Annies Winteralbum. Nein, ich hatte mich für einen Klassiker entschieden: »Last Christmas« von *Wham*.

Pias Name leuchtete auf dem Display.

„Huhu, Süße, lässt du dich schön abschmatzen?“, begrüßte ich sie.

Im Hintergrund hörte ich den Lärm vieler Leute.

„Wo steckst du?“, wollte sie wissen. „Es ist längst dunkel.“

Es war Dezember. Da bedeutete es nicht allzu viel, dass es draußen schon dunkel war, außer womöglich, dass Babys ihren Mittagsschlaf beendet hatten.

„Dein Auftritt ist doch erst in zwei Stunden."

„Ganz genau. Es ist sechs Uhr", präzisierte sie. „Du kannst gar nichts Wichtiges zu tun haben."

„Ich bin Künstler und wir kommen immer zu spät", probierte ich es.

„Ich bin auch Künstler oder wie nennst du Musiker? Schwinge endlich deinen Hintern rüber und bring mir eine Mütze mit. Ich hab meine vergessen und werde noch erfrieren."

Das Aufhängen meines Bildes würde wohl warten müssen.

„Ist euer Stand etwa draußen?"

„Genau am Eingang und es zieht durch diese blöde Tür", maulte sie. „Aber sonst ist es perfekt, weil uns wirklich jeder gleich sieht."

„Und wie läuft es so?"

„Kann man vom Küssen taube Lippen bekommen?", scherzte sie.

Ich schmunzelte und packte die Muffins in eine Dose. Nachher wären sie auch noch da. Vielleicht war es besser, wenn Pia mich davor bewahrte, alle auf einmal zu essen. „Pass auf, ich bringe dir eine Mütze und ein paar von meinen Muffins mit und bin gleich da, okay?"

„Ja, bitte."

Ein bisschen neugierig war ich auf diesen küssenden Tombolastand ja schon irgendwie. Für die Feier zog ich mir etwas Hübsches an und warf mir meine wärmsten Wintersachen drüber. Temperaturen über null Grad suchte man zu dieser Jahreszeit so vergeblich wie übrig gebliebene Ostereier.

Lennox war längst mit Trixy bei der Feier, weswegen ich gar nicht erst klopfte, um ihn einzupacken. Seit ihrem Besuch bei der Vernissage waren die beiden nicht mehr auseinander zu bekommen. Die Malerei war ihr Thema schlechthin. Wahrscheinlich würden sie den gemeinsamen Besuch eines Vortrags über Surrealisten als Date empfinden. Aber die zwei kleinen Streber waren einfach zu süß zusammen. Das hatte ich inzwischen erkannt. Sie turtelten in einer Tour. Dass sie zusammen waren, hatte seine ganz eigene Magie. Es war wie Frühling im Winter. Trixy passte viel besser zu ihm, als ich es je gekonnt hätte. Sie vervollständigten einander. Zum Glück war meine sinnliche Vorstellung von Lennox und mir nur sehr flüchtig gewesen. Hätte ich wirklich tiefe Gefühle für Lennox übrig gehabt, hätte ich bei ihrem Anblick Diabetes bekommen.

So ähnlich wie es mir bei Adam und dieser Grace gegangen war. Seit der Eisnummer hatten sich unsere Wege nicht mehr gekreuzt.

Der Campus strahlte wie ein Lichterteppich und Pia würde bei ihrem Auftritt nachher auf einer toll dekorierten Bühne stehen, an der wir vom Kunstkurs noch bis mittags gearbeitet hatten. Es konnte gut sein, dass der Duft von frischer Farbe und Lacken den Raum überlagerte, doch den Augen wurde eine tolle Entschädigung geboten.

Das Gelände quoll über vor Studenten. Das Jahr neigte sich dem Ende zu und dies war die letzte Aufführung der Universität für die Saison. Ich drängelte mich an einer Gruppe von Leuten vorbei und steuerte auf den Eingang zu.

Pia hatte nicht gelogen. Ihr Stand war direkt daneben platziert. Als sie mich entdeckte, quiekte sie vergnügt und ich wedelte ihr zum Gruß mit meiner Ersatzmütze zu.

„Dich schickt der Himmel.“ Sie zog mich hinter den Tresen.

Mit ihr waren noch zehn andere Mädels hier und sie trugen alle die blauen Bänder, die sie bei gemeinsamen Veranstaltungen ihrer Verbindung anlegten. Ich entdeckte auch Karen, die für uns bei Twister die Schiedsrichterin gespielt hatte. Sie verkaufte gerade einige Tombolalose an ein paar Jungs und flirtete heftig mit ihnen, indem sie fragte, ob sie nicht einen Kuss für arme Waisenkinder kaufen wollten.

„Schade, dass nur Jungs bei euch Küsse bekommen. Sonst würde ich mir das glatt mal überlegen“, scherzte ich.

Pia grinste. „Ach, na ja. Mädels können Lose kaufen oder bei den Buden der Männer-Verbindungen ihr Geld liegen lassen.“

„Verkaufen die etwa auch Küsse?“, wunderte ich mich.

„Nein, leider nicht. Aber sie hätten sowieso keine langen Zähne für dich im Angebot.“ Sie stupste mir in die Seite und zog sich mit einem wohligen Seufzer meine Mütze über.

„Was sagt denn Ethan dazu, dass du hier mitmachst?“ Weil ich so schnell hergelaufen war, fand ich es eher zu warm und schälte mich aus meiner Jacke. Dann lehnte ich mich gegen die Wand.

Pia setzte ihr süßes diabolisches Grinsen auf und nahm sich einen meiner Muffins. „Ich finde, er kann endlich aus der Deckung kommen. Bisher haben wir ja nur Dates und von Exklusivität hat er nichts gesagt.“ Dann lächelte sie versöhnt. „Ein paar Küsse hat er sich aber schon gekauft. Stell dir vor, er hat fünfzig Dollar für mich ausgegeben.“ Sie deutete auf eine Preistafel, die über unseren Köpfen angebracht war. „Dabei kann er sie doch umsonst von mir haben.“

Ich staunte nicht schlecht, als ich die Kusstarife überflog. „Wow, hundert Dollar …“

Im selben Moment hörte ich hinter mir eine entschlossene Männerstimme: „Hundert Dollar und ich will dich küssen.“

Als ich mich umdrehte, stand Adam direkt vor mir und zählte ein paar Scheine ab. Er hatte so laut und deutlich gesprochen, dass die Leute um uns herum entweder verstummt waren oder nun wild tuschelten.

„Wen willst du küssen?“, stammelte ich.

Sein Blick brannte wie Kohlen. „Dich.“

„Aber …“ Ich schluckte, denn mein Hals war plötzlich ganz ausgetrocknet. „Aber ich mache hier doch gar nicht mit.“

Wie zum Beweis deutete ich auf die blauen Bänder, die alle anderen Mädels umgebunden hatten. Bei mir fehlte so eins.

Adam schüttelte den Kopf, zeigte auf mich und schob das abgezählte Geld über die Tischplatte. „Ich will aber dich.“

Hastig griff Karen danach und ließ es in der Kasse verschwinden. „Bezahlt ist bezahlt“, verkündete sie zustimmend. „Unser Motto lautet: *Du darfst jede von uns küssen, die du hier siehst*. Du stehst auf unserer Seite, Lucy.“ Nachdrücklich klopfte sie mit der flachen Hand auf das Thekenholz.

„Das ist ein Scherz.“

Es konnte nur einer seiner.

„Merry Christmas“, trällerte sie.

„Denk an den guten Zweck“, zischte Pia.

„Ihr habt ’nen Knall“, war alles, was ich herausbrachte.

Adam hatte weniger Probleme mit seiner Fassung. Er deutete auf die Preistabelle und las ab, was er für sein Geld bekommen konnte: „Sieben Minuten ohne Zunge oder zwei Minuten mit? Kostet dasselbe.“ Er lehnte sich in meine Richtung. „Was meinst du?“

Sein Blick war die pure Herausforderung.

„Ich mache das hier nicht.“ Vielleicht hatten sie mich einfach nicht verstanden.

Karen legte mir die Hand auf meinen Unterarm. „Lucy, denk doch nur mal an die armen Kinder im Waisenhaus und spitz die Lippen.“

Ich stellte mir ein kaltes graues Haus voller trauriger Kinderaugen vor. Was würden sie sich alle über Teddybären freuen! Man konnte so viele Teddys für hundert Dollar kaufen. Ich wollte wirklich nicht, dass die Kleinen leer ausgingen. So gemein war ich nicht.

„Ich kann mich doch freikaufen, oder?“, bot ich an. „Ich zahle euch die hundert Dollar, alle Kinder sind glücklich und wir brauchen keinen Kuss.“

Wofür hatten meine Eltern all die Jahre fleißig geerbt, wenn nicht dafür, dass ich aus dieser Sache wieder herauskam? Ich wollte garantiert mit keinem Schürzenjäger anbändeln.

„Dann lege ich noch mal hundert Dollar obendrauf“, teilte Adam ungerührt mit. So, als hätte er auch keine größeren Probleme mit Geld. „Und ich mache das so lange, bis ich dich küssen kann, Lucy.“

Mein Bauch kribbelte hektisch und ich kratzte meine Phantomnarbe. Immer mehr Besucher blieben am Stand stehen und beobachteten das Geschehen. Auffällig viele

Finger zeigten zwischen Adam und mir hin und her. Schön, dass ich vor den Festtagen noch zum Klatsch und Tratsch am Campus beitragen konnte. Hoffentlich wusste bis zu meiner Rückkehr im neuen Jahr niemand mehr davon.

„Nein, nein“, beharrte Karen, die wieder ganz in ihrer Rolle als Schiedsrichterin aufging. „Du hast einen Kuss gekauft, also bekommst du den auch. Adam, richtig?“

Er nickte nur und schenkte ihr ein charmantes Lächeln.

„Aber wenn du magst ...“, fuhr sie fort und strich ihm mit den Fingerkuppen über seinen Handrücken. Ich dachte schon, sie würde ihm anbieten, dass er sie auch küssen durfte. Stattdessen sagte sie: „... dann kannst du weitere hundert Dollar drauflegen und unsere hübsche Lucy doppelt so lange küssen.“

Mir stand der Mund offen. Das hatte sie jetzt nicht wirklich gesagt.

„Interessant.“ Adams Stimme klang so verführerisch wie ein Schokoladensoufflé.

Ich funkelte ihn böse an. Das konnte er sich abschminken. Abweisend verschränkte ich meine Arme vor der Brust. Ich war doch kein Kamel auf einem Basar. Der Erste, der kommen würde, um zu prüfen, ob ich gute Zähne hatte, würde gebissen werden. Mein Mitleid für die Sklaven früherer Tage wuchs. Wieso hatte Pia auch kalte Ohren bekommen müssen? Ohne diese Mütze wäre ich überhaupt nicht hier. Stattdessen könnte ich gerade so schön mein Wandbild aufhängen und Muffins futtern.

„Dann brauchen wir uns ja gar nicht zu entscheiden“, wandte sich Adam an mich. „Wir können beides nehmen: die sieben Minuten ohne und die zwei Minuten mit Zunge."

Ich riss die Augen auf. „Nein, das geht wirklich zu weit." Demonstrativ stellte ich mich neben den Stand. „Siehst du, ich bin nicht mehr auf deren Seite und du hast noch nicht bezahlt."

„Der Deal war so gut wie eingetütet", behauptete Karen, die bestens geeignet war, um eine Karriere als Geldeintreiberin einzuschlagen.

„Dann eben nur für hundert Dollar", raunte er und kam auf mich zu.

Hilfesuchend schaute ich zu Pia, doch dieses Huhn zeigte mir nur wieder zwei erhobene Daumen und ihr Bühnenlächeln.

Es ist für die Waisenkinder. Es ist für die Waisenkinder. Es ist für die ...

„Willst du es hier oder sollen wir woanders hingehen?", wollte Adam wissen, als er nähertrat. Obwohl ich vor ihm zurückwich, wurde der Abstand zwischen uns kleiner.

Ich stierte ihn an wie ein Auto. „Was? Wieso?"

Er zuckte die Schultern. „Wir haben ziemlich viel Publikum."

Ich blickte mich um und stellte fest, dass jeder uns gespannt beobachtete. Hatten die kein Fernsehen?

Eilig wie ein Ladendieb flüchtete ich durch die Tür, doch Adam blieb mir auf den Fersen und holte mich ein. Er fasste nach meiner Hand und seine Berührung traf mich wie ein Stromstoß, der einfach alles in mir zum Kribbeln brachte. Sanft verschränkte er seine Finger mit meinen.

„Lucy." Mein Name klang so anders aus seinem Mund. „Willst du mich um meinen Kuss prellen?"

Ich schluckte und blieb stehen, aber ich schaffte es nicht, mich zu ihm umzudrehen. „Was ist mit dem Mädchen von der Eisbahn?“

„Sie ist meine Schwester.“

Jetzt sah ich ihn doch an. Das konnte nicht sein. „Ihr seht euch kein bisschen ähnlich.“ Außerdem hatte sie so besitzergreifend gewirkt.

Adam trat an mich heran und streichelte meine Wange, während er nicht aufhörte, mir auf die Lippen zu starren. Sie schienen unglaublich faszinierend für ihn zu sein. „Wir haben andere Eltern.“

Ich war nicht mehr besonders gut im Denken, seit er mich berührte, doch soviel merkte ich noch. „Wie kann sie dann deine Schwester sein?“

„Sie ist adoptiert.“

Diese Worte machten das Vakuum in mir komplett. Und ich hatte sie für eifersüchtig gehalten. Dabei hatte sie nur in Ruhe mit ihrem Bruder einkaufen wollen.

Was sagte man bloß in so einem Moment?

„Tut mir leid.“

Ich hatte ihm nicht zu nahe treten wollen. Manchmal war ich der sprichwörtliche Elefant im Porzellanladen. Sicher war es schwierig für ihn und seine Familie gewesen, mit der ganzen Situation umzugehen und zu einer normalen Familie zusammenzuwachsen. Ob die Eltern des Mädchens tot waren?

Das Lächeln in seinem Gesicht reichte bis in seine Augen. „Es muss dir nicht leidtun.“

Mitfühlend legte ich ihm eine Hand auf seine Brust. Er trug eine weiche Jacke, die ganz warm von ihm war. „Spendest du deshalb hundert Dollar für Waisenkinder?“

Adam wirkte verblüfft und sah mich einen Moment

sprachlos an.

„Auch“, gab er dann zu. „Aber es gibt noch einen anderen Grund, der nicht ganz so selbstlos ist.“ Er brachte seinen Mund an mein Ohr: „Ich will dich unbedingt küssen. Seit jener Nacht vor deinem Haus kann ich nicht mehr klar denken.“

Bei seinen Worten spürte ich eine Gänsehaut in meinem Nacken. Rasend schnell breitete sie sich über meinen ganzen Rücken aus und ließ mich zittern. Mühsam beherrscht krallte ich meine Nägel in seine Jacke. Meine Beine wurden zu flüssigem Wachs und ich klammerte mich an ihn, um keinen Schiffbruch zu erleiden. Es war verrückt, wie nah ich mich ihm fühlte. Schließlich kannte ich ihn kaum.

Und eigentlich war ich doch völlig von meinem Vampir vereinnahmt. Aber hier und jetzt wollte ich Adam nicht mehr entkommen. Meine Lippen sehnten sich nach seinem Kuss. Sein lodernder Blick versprach mir, dass er gut werden würde.

„Welche Variante ist dir lieber?“, fragte er mit rauer Stimme. „Lang oder gründlich?“

Mein Bauch schien zu flattern. „Ich weiß nicht.“ Mir blieb der Ton weg und es kam nur noch ein atemloses Flüstern heraus.

„Soll ich es entscheiden?“

Ich nickte schwach. Er stellte eine Zeit auf seiner Uhr ein, doch ich sah nicht, welche.

Eine Hand schob er in meinen Rücken, mit der anderen fasste er in meinen Nacken. Seine Augen klebten wie Magnete an mir. Ich blinzelte nervös und leckte über meine Lippen. Sofort fiel sein Blick darauf. Dann zog er mich an sich und senkte seinen Mund auf meinen. Er schickte mich auf eine Zeitreise, denn unvermittelt war alles wie in jener Nacht unter der Laterne. Doch dieses Mal duckte ich mich nicht fort.

Ich ließ zu, dass er mich küsste, und die Zeit stand still. Alles Atmen, alle Geräusche, der ganze Moment. Seine Lippen waren so unglaublich zart, dass ich seufzte. Meine Hände suchten sein Haar und strichen hindurch. Es war so weich und kurz, dass ich immer wieder hineingriff.

Langsam erwiderte ich den Kuss und Adam gab ein erlöstes Stöhnen von sich. Er küsste mich einfühlsam und ohne Eile. Mir wurde klar, dass er sich für die lange Variante entschieden hatte. Ich wusste nicht, was schlimmer war, denn er raubte mir damit den Verstand. Ich schaffte es kaum, mich so sehr zurückzuhalten, wie er es tat.

Adam schmeckte nach Kaffee. Herb und männlich. Sein Duft war noch besser als der von Lennox. Meine Beine hatten sich völlig verabschiedet und ich schlang meine Arme wie eine Ertrinkende um ihn. Es war wie damals, als ich meinen Vampir im eisigen Wasser nicht mehr loslassen konnte. Adam zu küssen, war beinahe wie zu ertrinken. Ich versank in diesem sinnlich süßen Augenblick mit ihm, als würde die Welt um uns herum dumpf und taub werden und sich auflösen.

Wie aus der Ferne hörte ich ein paar Studenten um uns herum johlen und rufen, dass sie sich auch ein paar Küsse kaufen wollten. Dann war alles still und wir waren allein mit uns. Ich genoss es, wie echt er sich anfühlte, und seine Wärme, die mich meine fehlende Jacke vergessen ließ.

In dieser dunklen Winternacht brachte er etwas in mir

zum Leuchten. Ich kroch in seine Berührung und sog seine Nähe in mich auf. Er glühte förmlich. Auch mich wärmte dieser Kuss bis ins Mark. Noch nie zuvor war ich so geküsst worden und er benutzte bloß seine Lippen.

Dabei wurde der Wunsch in mir, mit seiner Zunge spielen zu können, übermenschlich. Also leckte ich zwischen seinen Lippen entlang und neckte ihn, sich mehr zu holen, als er bezahlt hatte.

Ich spürte, wie sein Brustkorb bebte, während er mich ganz eng bei sich hielt. Adam lachte lautlos. Doch das tat er nur sehr, sehr kurz, denn seine Belustigung schlug in ein hungriges Stöhnen um, als ich seine Unterlippe zart in meinen Mund saugte und mit der Zunge umkreiste.

Wie im Reflex drückte er seine Hüfte an mich und ich spürte, dass er hart war. Einfach so. Vom keuschsten und gleichzeitig sinnlichsten Kuss, den ich je erlebt hatte. Selbst mein erster Kuss war ein Frontalangriff mit Zunge gewesen. Dass ein Mann sich so viel Zeit mit mir ließ, mich ausgiebig erforschte und mir den Atem raubte, war neu.

Aber Adam war auch nicht mein Ex. Er war das ganze Gegenteil. Und genau jetzt war ich heilfroh, dass die Blondine nur seine Schwester war.

„Lucy“, raunte er.

Falls er mich darüber informieren wollte, dass ich mit dem Feuer spielte, kam der Rat zu spät. Bis zu Pias Auftritt blieb noch eine gute Stunde Zeit und ich hatte vor, den Flammenwerfer herauszuholen, damit Adam genauso sehr brannte, wie ich es unter seinen Lippen tat.

„Küss mich richtig“, flüsterte ich.

Und dann küsste er mir die Seele aus dem Leib.

KAPITEL 18

Ich saß im großen Saal, lauschte Pias wundervollem Gesang und spielte ganz vertieft mit den Fingern an meinen Lippen.

„Es macht mich verrückt, dir dabei zuzusehen“, flüsterte Adam in mein Ohr und ich musste lächeln.

„Shhh, du musst ihr zuhören.“

Pias Stimme schwebte durch den Raum wie von einem Engel. Sie sang »Auld Lang Syne« und hatte sich nie besser angehört. Nach drei Jahren Musikstudium klang sie noch schöner als bei unserer ersten Begegnung.

Die Darbietung des Musikkurses erstreckte sich über mehrere Weihnachtslieder und am Ende sangen alle gemeinsam »Do they know it's christmas« als Abschlussnummer.

Für mich fühlte es sich an, als wäre Weihnachten bereits angebrochen. Ich hatte Adam. Allerdings vermied ich es nach Kräften, an meinen Vampir zu denken. Was sollte nun eigentlich werden? Richtete Sebastien ihm gerade aus, dass ich ihn suchte, nur damit er mich mit Adam vorfand? Wie würde er reagieren?

Andererseits konnte es sein, dass er sich weitere Jahre oder nie blicken ließ. Lily war drei Jahre älter als ich. Es lag im Bereich des Möglichen, dass mein Vampir mich zu jung fand oder gar nicht auf mich stand. Blut war eine Sache, Liebe eine andere.

Als die Aufführung endete, erhoben wir uns und klatschten. Der Applaus brandete durch den Raum und Pia warf mir eine Kusshand zu und verneigte sich. Ich warf ihr eine Kusshand zurück.

Nachdem die Musiker sich verabschiedet hatten, hopste Pia von der Bühne und kam auf uns zu. Beim Anblick von Adam an meiner Seite hatte sie schon die ganze Zeit gegrinst. Nun wedelte sie einen frechen Finger in seine Richtung.

„Ich hoffe, du hast die Zeit nicht überzogen. Du warst ja so ein Geizknochen und wolltest nur für schlappe ... pfffffff ... hundert Dollar meine süße Lucy knutschen." Dann gab sie Schmatzgeräusche von sich, weil sie eben ein dummes Huhn war. Ich liebte sie wirklich.

„Ich bin ehrlich unschuldig", erwiderte Adam und hob ganz brav seine Hände, als hätte er nichts gemacht. „Meine Uhr hat gepiept, aber sie wollte nicht aufhören."

An diesen Moment erinnerte ich mich genau. Ich hatte gerade mit seiner Zunge gespielt und seinen Duft eingeatmet, als die Uhr einen Lärm veranstaltet hatte, als wollte sie uns aus dem Bett werfen. Adam hatte wie verrückt an dem dummen Ding herumgedrückt und ich hatte einen Protestlaut in den Kuss gewimmert.

„Tut mir leid", hatte er gesagt, weil er ernsthaft angenommen hatte, ich würde mich darüber beschweren, dass er die Zeit überzog.

Ich hatte ihn angeschaut, als wäre er nicht ganz richtig im Kopf und ihn grinsend zurück auf meine Lippen gezogen.

„Ach, so ist das", hatte er gemurmelt und da

weitergemacht, wo wir unterbrochen worden waren. „Dann ist es ja gut.“

Und das war es auch. Sogar verdammt gut.

„Was ich?“, beschwerte ich mich nun. „Du wolltest doch auch nicht aufhören.“

„Auf keinen Fall.“ Er lächelte und nahm meine Hand.

Ich kam mir wie ein hormonbeladener Teenager vor, bloß weil wir Händchen hielten.

„Süße“, erklärte Pia vergnügt. „Wenn es danach geht, hätte ich ihm tausend Dollar abknöpfen können.“

„Ich will kein Geld dafür“, gab ich zu.

Seine Finger spielten mit meinen und er zog mich näher zu sich. Mein Herz schlug immer heftiger. Inzwischen konnte es mit einer Buschtrommel mithalten. Der Blick in Adams Augen war so sehnsüchtig, als hätte er schon ewig auf mich gewartet.

„Doppeldate?“, erklang Ethans Stimme neben uns.

Ich hatte gar nicht bemerkt, dass er sich zu uns gesellt hatte.

Pia und ich mussten gleichzeitig lachen, weil unsere letzte Erwähnung eines Doppeldates meiner Flucht vor Adam auf dem Eis gedient hatte. Die Blondine mochte seine Schwester sein, aber ihre Frage, ob man so etwas heute noch tun würde, ging mir nicht aus dem Sinn.

„Habe ich was Falsches gesagt?“, wollte Ethan wissen.

„Nein.“ Pia schüttelte den Kopf und strahlte ihn an.

Er gab ihr einen sehr vertraut wirkenden Kuss auf den Mund. „Dann machen wir was zusammen?“

Ich hörte sie flüstern: „Ich glaube, die beiden sollten erstmal mehr Zeit alleine miteinander verbringen.“

„So wie ich mit dir.“ Dann küsste er sie erneut und mir glühten die Wangen, weil ich Hand in Hand mit Adam vor den beiden Turteltauben stand und längst nicht so weit mit ihm war.

Ähm. Okay, das war peinlich.

Zum Glück piepte mein Handy los. Ich war so erleichtert, dass ich es hastig aus meiner Tasche wühlte, auch wenn ich Adam dafür loslassen musste. Ich hatte eine neue Nachricht von Lily erhalten. Endlich! Obwohl sie sich ausschließlich mit mir über Sebastien austauschen konnte, hatte ich zuletzt wenig von ihr gehört.

»Hast du gerade Zeit? Es wäre toll, wenn wir uns treffen könnten.«

Das Abendprogramm der Universität war im Wesentlichen beendet. Und auch wenn ich Adam geküsst hatte, wollte ich wissen, wie es Lily in ihrer neuen fremden Welt so ging.

»Okay, sag mir wo, und ich bin unterwegs.« Ich schickte meine Nachricht ab und schaute auf.

Pia und Ethan kicherten gerade miteinander, doch Adams Blick war fest bei mir.

„Alles in Ordnung?“, wollte er wissen.

Ich sah ihn bedauernd an. „Ja, ich muss nur los.“

„Soll ich dich irgendwo hinbringen?“

„Nein, ich treffe mich außerhalb von Brookings mit einer Freundin.“

„Schade“, schaltete sich Pia ein, die mitbekommen hatte, dass ich mich verabschieden wollte.

Adam berührte meine Hand. „Du läufst mir aber nicht schon wieder davon, oder?“

Wow. Ich fand es süß, dass er sich um so etwas sorgte. Mir war, als würde mein Herz seufzen. Ich schüttelte den Kopf.

Er lächelte und legte seine Hand an meine Wange. „Gut. Ich gebe dir meine Telefonnummer."

„Ich habe einen Stift", krähte Pia und hielt uns das Ding im selben Moment unter die Nase.

Sie hatte wohl wirklich die Befürchtung, dass Adam mir erneut verloren gehen könnte. Ich wusste ja schon, dass sie ihn geradezu perfekt für mich fand, und seit unserem Kuss fühlte es sich auch für mich sehr danach an. Mann, konnte der küssen!

Er schnappte sich den Stift. „Danke."

„Kein Thema." Pia strahlte wie ein Zaunkönig.

Adam war gerade dabei, ganz klassisch meinen Ärmel hochzuschieben, um mir seine Nummer auf den Arm zu schreiben, als Pia bestürzt einwendete: „Nein, so kann das doch abgehen. Wenn sie jetzt in einen Bach fällt ..."

Ich lachte los. Die Vorstellung war selbst für einen Tollpatsch wie mich grandios. Ja, ich war mal als Kind im Eis eingebrochen, aber ich hatte mich ja auch bewusst in die Gefahr begeben. Keine zehn Pferde würden mich in einen Bach bekommen.

Ethan schien seinen Spaß mit uns zu haben. „Leute, wieso nehmt ihr nicht einfach eure Handys?"

„Ach, so was benutzt man heute noch?", machte Pia Adams Schwester nach, ohne die verwandtschaftlichen Verhältnisse zu kennen.

Ich schoss ihr einen warnenden Blick zu und schielte in seine Richtung.

Seine Mundwinkel zuckten amüsiert. Dann begann er, mir seine Nummer auf den Arm zu schreiben. Der Stift kitzelte meine Haut.

„Neumodisches Zeug", stimmte er zu.

Pia sog die Luft ein und wühlte ihr Handy aus der

Tasche. Dann tippte sie haarklein die Nummer ab, die er notierte. Es fühlte sich so intim an, dass er mich bemalte. In meinem Kopf entstand eine Vision davon, wie er es mit einem Pinsel und einem Eimer abwaschbarer Farbe auf meinem nackten Körper tat, während wir uns auf einem weißen Bettlaken ausstreckten. Diese Vorstellung war definitiv zu heiß für einen so öffentlichen Ort. Ob Adam so etwas mochte? Vielleicht steckte in ihm auch ein Künstler.

Er schrieb die letzte Zahl und lächelte dann. Ich betrachtete meinen Arm. Mir gefiel seine Schrift auf meiner Haut. Gewissermaßen hatte er mich gekennzeichnet.

In meiner Tasche piepte es.

„So“, verkündete Pia. „Ich habe dir seine Nummer gesimst. Jetzt kann nichts mehr schiefgehen.“

Die Fahrt zu Lily verlief ganz eigenartig. Ich konnte mich hinterher kaum daran erinnern, wie ich all die Meilen zu ihr zurückgelegt hatte, weil ich einen Bauch voller Gefühle wegen Adams Küssen hatte und mir immer wieder seine Augen durch den Sinn gingen. Dieser Blick von ihm, als er plötzlich vor mir gestanden und Geld für einen Kuss hingeblättert hatte, verfolgte mich. So intensiv. So schön.

Es juckte mir in den Fingern, ihn zu malen. Eine Stimme in meinem Kopf sagte mir, dass ich das schon getan hatte, doch Adams Augen waren nicht die meines Vampirs. Sie schienen nur die Tore zu zwei verschiedenen Männern darzustellen. Das alles war so sonderbar. Ich hatte keine Ahnung, wie es werden würde, falls mein Retter von damals wirklich noch auftauchen sollte. Zum ersten Mal seit Langem war ich mir nicht mehr sicher, ob ich das noch wollte.

Ich setzte den Blinker und fuhr in eine der vielen leeren Parklücken vor jenem Gothic-Laden, zu dem Lily von ihrem Vampir geschickt worden war. Die Straße war menschenleer. Auch das Geschäft wirkte verlassen. Um diese Zeit hatte es schließlich nicht mehr offiziell geöffnet. Doch noch bevor ich an die Tür herantreten konnte, um einen Blick durch die Scheibe ins Innere zu werfen, machte mir Lily in einem weißen, schulterfreien Kleid auf. Sie war barfuß und wirkte so rein. Mein erster Blick galt ihrem Hals, aber ich konnte keine Zahnabdrücke finden. Eigentlich sah sie aus wie immer, trotzdem strahlte sie mehr als sonst.

„Ich habe die Lichter deiner Scheinwerfer gesehen", juchzte sie und winkte mich zu sich herein.

„Sag mal, ist das ein Brautkleid?"

Ich stierte sie an und zeigte auf das weiße Gewand. Es sah gewiss nicht wie ein klassisches Brautkleid aus, dazu war dieser Gothic-Look zu unverkennbar. Alles wirkte, als wäre es einer anderen Epoche entsprungen, doch gleichzeitig war es zu sexy für viktorianische Zeiten. Aber es war weiß, während alles andere hier drin schwarz aussah. Sie leuchtete damit heraus, wie ein Engel in der Unterwelt.

„Ja!" Lily drehte sich einmal um die eigene Achse. „Schick, oder?"

„Heiß", stimmte ich zu.

„Komm mit, hinten im Lager gibt es noch ein paar zur Auswahl. Ich kann mich absolut nicht entscheiden."

Das betraf offensichtlich nur die Kleiderwahl. Dass sie Sebastiens Braut werden wollte, war unverkennbar.

„Geht das nicht ein bisschen schnell?“

„Und wie“, gab sie zu. Dabei klang sie allerdings so glücklich, dass sie kein bisschen überrumpelt zu sein schien. Ich hatte da schon mehr Probleme.

Sie führte mich in den hinteren Bereich und ich musste unterwegs aufpassen, um nicht gegen die Kleiderständer zu stolpern, weil das Licht von vorne immer spärlicher wurde, je weiter wir in den Laden hineingingen. Als wir im Lager ankamen, sah ich kaum noch die Hand vor Augen. Lily schloss die Tür und schaltete endlich das Licht an. Ich blinzelte gegen die plötzliche Helligkeit, die auch die Kartons sichtbar machte. Sie tauchten wie Geister aus dem Nichts um uns herum auf.

„Das ist Sebastiens Laden“, erklärte sie. „Ist es nicht witzig, dass ein Vampir Inhaber von so einem Gothic-Schuppen ist?“

„Das ist zumindest sehr authentisch.“

Lily lachte vergnügt und zeigte auf die Waren. „Ich muss noch ein paar Sachen durchprobieren. Hilfst du mir, das passende Kleid auszusuchen?“

„Okay.“ Ich schaffte es noch nicht so ganz, ihre Euphorie zu teilen. „Warum denn eigentlich jetzt? Ich meine, du suchst ihn doch schon länger. Weshalb hat er es so eilig und auch gleich noch mit der Hochzeit?“

„Also, das ist bei Vampiren etwas schwieriger“, erklärte sie und wühlte in den Sachen. Die Folien, in denen die Kleider verpackt waren, knisterten. „Sie können zwar wie normale Männer Beziehungen führen, aber sie erzählen ja niemandem, dass sie Vampire sind. Aber durch das, was sie sind, gibt es Komplikationen.“

Ich setzte mich auf einen der Pappkartons und sah ihr dabei zu, wie sie ein neues Kleid auspackte. „Weil sie

Blut trinken?“

„Ja, auch. Und weil du dich nicht tagsüber mit ihnen draußen verabreden kannst und solches Zeug. Es ist heikel, da eine Beziehung aufrecht zu erhalten, wenn sie sich nicht zu erkennen geben wollen.“

„Aber du wusstest doch schon, dass er ein Vampir ist“, wunderte ich mich.

Sie stellte sich mit dem Rücken zu mir und ich öffnete den Reißverschluss des Kleides, damit sie es ausziehen konnte.

„Ja, doch das war gar nicht so geplant. Wir haben nur eine Nacht zusammen verbracht. Eigentlich sorgt ein Vampir dafür, dass du in einer Art Hypnose bist, damit er von dir trinkt und du dir in Wahrheit vorstellst, dass er dir nur Küsse gibt. Er biegt es so hin, dass alles normal erscheint. Bloß hat das bei mir nicht geklappt.“

Ich musste schlucken. „Und warum nicht?“

„Weil ich seine Braut bin. Allerdings war ihm das vor zehn Monaten noch nicht klar.“

Lily hatte ihren Vampir als One-Night-Stand mit nach Hause genommen, ohne zu wissen, was er war. Ihre erste Begegnung lag nicht so weit in der Vergangenheit wie meine.

„Ja, und dann?“

„Als ich morgens wach wurde, war er natürlich schon weg. Sebastien verschwindet, bevor die Sonne aufgeht. Er hatte nicht gemerkt, dass ich nicht wie die anderen war. Falle mir jetzt bloß nicht aus den Latschen, aber er hat erst durch deinen Vampir erfahren, dass ich von ihm wusste.“

Ich runzelte die Stirn. „Wie das denn? Mein Vampir lässt sich doch nie blicken.“

Es gelang mir nicht, den frustrierten Unterton aus meiner Stimme herauszuhalten.

„Er beobachtet dich. Die ganzen Jahre hat er dich im Blick gehabt. Und ihm ist nicht entgangen, dass wir unsere Gruppe gegründet haben. Das mit Bailey und Hope war für ihn uninteressant, weil sie nur einen Werwolf und einen Geist suchen.“ Lily hob den Finger und merkte auf. „Aber dass eine andere Frau als du noch von Vampiren weiß, hat ihn hellhörig gemacht. Also hat er sich in seinem Umfeld erkundigt, wer etwas mit mir gehabt haben könnte.“ Sie zupfte an einer Strähne. „Und meine feuerroten Haare haben die Identifizierung etwas erleichtert.“

Ich konnte nicht fassen, dass mein Vampir mich all die Jahre aus der Ferne ausspioniert hatte, und trotzdem nie mit mir in Kontakt getreten war. Ich stand ganz kurz davor, ihn für einen riesigen Blödmann zu halten.

Zum Glück hatte ich Adam. Am liebsten hätte ich das mit Lily besprochen, doch es ging hier gerade um ihre Geschichte und nicht um meine. Gute Güte, sie hatte mich in einem Brautkleid an der Tür abgeholt. Ich riss mich zusammen.

„Und als er ...“ Wer immer das sein mochte. „... herausgefunden hatte, dass es Sebastien war?“

„Da wurde es eigentlich erst interessant. Vampire haben wohl so ein Ritual, mit dem sie herausfinden können, ob du ihre Braut bist.“

„Kenne ich. Nennt sich Heiratsantrag.“

Lily lachte und gab mir einen gespielten Klaps auf den Arm. „Das hat bei ihnen mit einer Blutreinigung zu tun. Am Ende habe ich bei ihm eine Art Herzschlag ausgelöst. Er hat ja eigentlich keinen. Er hat im Grunde immer noch keinen. Jedenfalls keinen, den man messen könnte. Doch für ihn selbst fühlt es sich an, als hätte er einen. Je weiter weg er von mir ist, umso schwächer ist er. Und je näher Sebastien bei mir ist, umso stärker spürt er sein Herz."

„Ist ja praktisch. Wie ein Peilsender."

Sie nickte ernst. „So hat er mich an Thanksgiving in der Menge der Leute gefunden. Ich weiß noch, wie er plötzlich einfach vor mir stand."

Ich seufzte. Auch auf die Gefahr hin, dass ich mich wie Lennox anhörte, aber: „Nur weil du für ihn bestimmt bist, heißt es doch nicht, dass er auch für dich der Richtige ist."

Sie blinzelte mich an, als hätte sie Spritzwasser ins Auge bekommen. „Geht es dir nicht gut?"

„Ich habe Adam geküsst", gab ich zu. „Den von neulich Abend auf der Party. Und er ist toll, aber ein Mensch."

„Oh", hauchte Lily und setzte sich vor Schreck auf eine Kiste, obwohl sie gerade nur ihre weiße Unterwäsche anhatte und eigentlich ein neues Kleid anprobieren wollte.

„Ich bin mir nicht mehr so sicher, ob ich weitermachen soll", gestand ich.

Sie griff nach meiner Hand. „Ach, Lucy, hab Vertrauen."

Ich fühlte mich eher, als ob ich innerlich ausgewrungen wurde. „Wie denn? Du hast selbst gesagt, dass er mich beobachtet. Trotzdem meldet er sich nie bei mir und lässt zu, dass ich andere Männer treffe. Das würde ihn doch stören, wenn er romantische Gefühle für mich hätte. Und ich kann bei ihm keinen Herzschlag auslösen, weil Sebastien gesagt hat, dass er ein

Geborener ist und deshalb sowieso einen Puls hat. Vielleicht kann mein Vampir dadurch gar keine Braut haben. Und ganz ehrlich: Jetzt, wo ich Adam nähergekommen bin, habe ich meine Zweifel, ob ich das überhaupt sein will."

Sie seufzte. Da saßen wir nun und könnten kaum an unterschiedlicheren Punkten stehen. Sie würde den Bund mit einem Vampir eingehen und ich hatte viel zu viel Angst, meinen Vampir auch nur noch zu treffen. Denn ich wollte weder ihn, noch Adam oder mich selbst dabei verletzen.

„Hat Sebastien dich eigentlich schon gebissen?", wechselte ich das Thema.

Sie grinste. „Na, was glaubst du denn? Es ist so toll, so sinnlich und ... Ich kann es kaum beschreiben. Ich liebe es einfach. Und dass er es bei mir tut und wir gleichzeitig füreinander bestimmt sind, macht es noch viel besser als beim ersten Mal."

„Ich bin froh, dass du keine Zweifel hast." Halb nackt wie sie war, umarmte sie mich. Ich wollte mir nicht vorstellen, wie Sebastien aus der Wäsche gucken würde, falls er jetzt hereinkäme und uns so sähe.

Dabei kam mir noch ein anderer Gedanke in den Sinn. „Hast du ein Foto von ihm?"

Sie gluckste. „Habe ich probiert. Er sieht aus wie gemeißelt und als er schlief, wollte ich ihn knipsen, aber das funktioniert nicht. Immer, wenn ich es versuchte, hatte ich hinterher nur das Bett auf dem Bild."

Ich musste lachen. „Du fotografierst ihn heimlich im Schlaf? Das ist irgendwie ..."

„Süß", schlug sie vor.

„Auch. Aber vor allem typisch du. Auf die Idee würde

ich gar nicht kommen.“

„Nein, du würdest ihn malen.“ Sie machte eine geschwungene Handbewegung, als würde sie einen Pinsel führen. „Bloß wenn ich das versuchen würde, wäre er hinterher nicht so schön. Da käme ein Strichmännchen raus. Außerdem würdest du bei so einem Anblick genau die gleichen Gedanken haben.“

Konnte ich ihn vielleicht nicht malen, weil sich Vampire nicht abbilden ließen? Andererseits fiel mir gar nicht mehr ein, wie er aussah, während Lily ihren Sebastien problemlos erkannte.

Ich bemühte meine verwischten Erinnerungen und versuchte, mir den Körper meines Vampirs unter seinen Winterkleidern vorzustellen, doch das gelang mir nicht. Er war stark gewesen, keine Frage, denn er hatte mich spielend leicht aus dem Wasser gezogen. In ihren jungen Jahren hätten das Sylvester Stallone oder Arnold Schwarzenegger jedoch auch geschafft, ohne dass sie Vampire waren. Ich wusste nicht, ob mein Vampir auch so gemeißelt aussah wie Sebastien.

„Wann lerne ich ihn endlich kennen?“

Lily seufzte und schaute auf das Kleid in ihren Händen. „Ich fürchte, wenn du deinen Vampir nicht annimmst, wirst du ihn wohl gar nicht treffen. Was Außenstehende angeht, sind sie sehr eigen.“

„Ich bin doch schon eingeweiht. Dass es sie gibt, ist kein Geheimnis für mich. Was ist mit deiner Familie?“

Sie schüttelte den Kopf. „Nur Vampire und deren Lebenspartner.“

„Aber Lily ...“ Ich griff nach ihrer Hand. „Wer führt dich denn zum Altar, wenn du niemanden dabeihaben darfst?“

Traurig zuckte sie mit den Schultern. „Keiner. Die Zeremonie läuft bei ihnen ohnehin anders. Am Ende werde ich mit Sebastien allein sein.“

Mir kam ein furchtbarer Gedanke. „Macht er dich etwa zu einem Vampir und dürfen wir uns dann nicht mehr sehen?“

„Er kann mich doch gar nicht wandeln. Das kann nur ein Geborener. Im Moment will ich das aber gar nicht. Dann würde sich zu viel verändern. Es reicht mir, dass wir zusammen sind. Vielleicht in ein paar Jahren ...“

Ich musste schlucken und sah sie betroffen an. „Willst du das wirklich machen?“ Ich deutete auf all die Kleider, die sie noch nicht probiert hatte und konnte kaum fassen, dass sie die Braut eines Vampirs wurde.

Lily nickte und lächelte mich an. „Ich will ihn wirklich. Ich liebe Sebastien.“ Sie griff nach meinen Händen. „Ich wäre so glücklich, wenn du deinen Vampir nicht aufgäbest und wir dieses Abenteuer gemeinsam erleben könnten. Du verstehst vieles von ihrer Welt noch gar nicht.“

Ich sah ihr in die Augen. „Kennst du meinen Vampir schon?“

Sie schüttelte den Kopf. „Nein.“ Dann zuckte sie die Schultern. „Falls er nur halb so toll wie Sebastien ist, wäre er es trotzdem wert, auf ihn zu warten.“

KAPITEL 19

Ich stand vor meinem Kalender und öffnete ein weiteres Türchen. Heute fand ich ein paar Schlittschuhe vor, die am Seeufer meines Bildes lagen. Inzwischen hatte ich einige Motive enthüllt: eine leuchtende Kerze am Nadelbaum, den alten Steg, Gänse, die über den See flogen, Sterne am Himmel. Allmählich bevölkerte sich der verlassen daliegende See.

Seit meinem Ausflug zu Lily hatte ich mich bei niemandem gemeldet. Auch nicht bei Pia oder Adam. Vor allem nicht bei Adam. Sanft strich ich mit dem Finger über die blasser werdenden Zahlen auf meinem Arm. Ich hatte es nicht über mich gebracht, sie einfach abzuwaschen. Besonders, weil ich mich kaum entscheiden konnte. Adam oder mein Vampir?

Seufzend holte ich einen weiteren Kuchen aus meinem Ofen. Mittlerweile hatte ich drei gebacken und nun reihten sie sich alle auf meiner Küchentheke aneinander, denn Hunger verspürte ich keinen. Ich war erleichtert, dass ich zwar Adams Nummer hatte, doch er nicht meine. Im Augenblick wusste ich nicht, was ich ihm sagen sollte. *Vielleicht bist du es, vielleicht auch nicht. Es gibt da diesen anderen ... Immer noch.*

Frustriert rieb ich meine Schläfen und schaute auf all

die Bilder an meinen Wänden. Meine Wohnung wirkte so kahl. Es gab zu wenig, was mich von den Augen ablenkte, die mich bei jedem Schritt zu verfolgen schienen. Womöglich beobachtete mein Vampir mich auch jetzt. Die Sonne war bereits untergegangen. Brauchte er nur eine Gelegenheit, um mich anzusprechen? Allmählich fiel mir die Decke auf den Kopf und ich sehnte mich nach etwas Weihnachtsstimmung in meiner Wohnung. Ich brauchte einen Baum.

Es gab einige Farmen für Weihnachtsbäume in der Umgebung, wo man noch selbst die Axt anlegen durfte. Das hätte mir dabei helfen können, meinen Frust ins Holz zu schlagen. Allerdings hatte ich nie eine Axt in meinen Händen gehalten, weil Dad bei uns für den Baumschlag zuständig war. Am Ende stellte ich mich so dumm an, dass der Baum in meine Richtung fiel. Soviel Ungeschick traute ich mir durchaus zu.

Deshalb blieb nur das gute alte Selberkaufen übrig und schließlich mussten die Menschen beim Weihnachtsbaummarkt auch von etwas leben. Mit dem guten Vorsatz, ihnen Geld zukommen zu lassen und dabei ganz bequem einen Baum mitnehmen zu können, setzte ich mich in mein Auto und fuhr los. Zum Glück stand es in einer halboffenen Gemeinschaftsgarage unseres Wohnhauses, sonst hätte ich die Scheiben freikratzen müssen. Jetzt im Dezember waren Plusgrade so selten wie eine Greencard.

Die Lichter der entgegenkommenden Wagen leuchteten durch die Dunkelheit und enthüllten eingeschneite Straßen und Gehwege. Von den Ampeln und Laternen hingen Eiszapfen herunter. Ich schaltete meine Wischer ein, um den sanft herabrieselnden Schnee von der Scheibe zu bekommen. Außerdem drehte ich die Heizung in meinem Wagen auf und schaltete die Sitzheizung dazu.

Alles war so wunderbar winterlich, dass ich mich für eine Weile von meinem inneren Chaos ablenken ließ und sogar ein Weihnachtslied anstimmte. Natürlich sang ich nicht so gut wie Pia, doch zum Glück war mein Auto isoliert genug, dass niemand das erfuhr.

Zehn Minuten später parkte ich vorm Weihnachtsbaummarkt. Von echten bis zu künstlichen, von kleinen bis zu großen, von nackten bis zu bereits dekorierten Bäumen gab es hier einfach alles. Der Renner waren fertig geschmückte Riesenbäume. Allerdings setzte mir die Zimmerdecke eine Höhenbegrenzung und das Schmücken wollte ich selbst übernehmen. Für mich kam auch nur ein echter Baum infrage. So kannte ich das, seit ich klein war, und so duftete es wenigstens nach Nadeln und Harz. Gerüche waren für mich ganz wichtig, wenn es um Weihnachten ging.

Ich verglich verschiedene Bäume miteinander. Auch wenn ich keine Dreimeter-Tanne einpacken konnte, wollte ich in jedem Fall eine haben, die größer war als ich. Hand aufs Herz, das war nicht allzu schwer. Ich war mit meinen flachen Eskimoboots unterwegs und konnte von Glück reden, wenn niemand meinen Ausweis sehen wollte. Vielleicht lag es am Blut meines Vampirs, dass ich so jung aussah. Klein zu sein machte es jedenfalls nicht besser. Die meisten Leute reagierten verwundert, wenn sie hörten, dass ich mit dem Studium bald fertig sein würde.

Ich entschied mich für einen fast zwei Meter hohen Weihnachtsbaum, der einen geraden Stamm und eine symmetrische Form besaß. Er sah aus wie aus einem Märchenbuch und war einfach perfekt. Der Verkäufer steckte ihn mir in ein Netz und einer seiner Mitarbeiter half mir, ihn zum Wagen zu bringen. Das alles war schnell genug gegangen, dass mein Auto noch nicht zugefroren war. Der Schnee rutschte anstandslos mit den Wischern von der Scheibe und ich begab mich unter Weihnachtsgesängen auf den Rückweg.

Als ich vor meinem Wohnblock ankam, setzte mir fast das Herz aus. Adam stand draußen im Schneegestöber und wartete auf mich. Er trug nicht mal eine Mütze und überall in seinen Haaren hingen weiße Flöckchen. Ich hatte keine Ahnung, wie lange er dort bereits auf mich wartete, aber eine halbe Stunde länger und er hätte wie ein Schneemann ausgesehen. Er erkannte mich am Steuer und kam mir entgegen, als ich mein Auto auf den Stellplatz fuhr. Ich war kaum herausgeklettert, da tauchte er schon neben mir auf.

„Hi, Lucy." Ich bekam Gänsehaut von seiner Stimme. Er hatte diesen rauen Schmelz, als er meinen Namen aussprach, dass es fast so klang, als würde er sich Schokolade auf der Zunge zergehen lassen.

Mein Mund wurde trocken und ich schluckte. „Hey."

Adam sah so gut aus. Mir gingen Lilys Worte nicht aus dem Kopf – wirklich nicht –, doch als er sich zu mir herunterbeugte und mich einfach küsste, waren alle Gedanken fortgewischt wie der Schnee von meinen Scheiben.

Halb ohnmächtig schlang ich meine Arme um seinen Hals und genoss, wie er sich anfühlte und schmeckte.

„Lucy", stöhnte er und zog mich ganz fest an seinen Körper, als hätte er mich fast verloren. Vielleicht wäre es dazu gekommen und ein paar Tage mit mir allein und meinen gewohnten Gedanken, während ich die Bilder an meiner Wand anschmachtete, hätten alles verändern können.

Ich hatte mich zwei Tage lang nicht bei ihm gemeldet. Dabei hatte ich vergessen, dass er zwar nicht meine Nummer besaß, dafür aber meine Adresse kannte. Falls es so etwas wie Schicksal gab, gehörte es wohl dazu, dass er mich vor einiger Zeit nach Hause gebracht hatte. Vielleicht gab es für jedes Paar ein eigenes Schicksal, das unabhängig von den anderen Vorsehungen arbeitete. Dann interessierte sich jenes, das für Adam und mich zuständig war, nicht dafür, dass ein weiteres für mich und meinen Vampir existierte.

Adam löste sich von meinen Lippen und legte seine Stirn an meine. Er hatte die Augen geschlossen und hielt mich fest.

„Ich habe dich vermisst", murmelte er.

Er war so warm und stark. Ich erwiderte seine Umarmung und hoffte, dass ich durchstehen würde, was in der Zukunft lag. Was konnten ein paar Dates mit ihm schaden? Ich wollte wenigstens herausfinden, ob er zu mir passte.

„Ich habe einen Baum gekauft." Mit dem Finger deutete ich ins Innere meines Wagens. Die Tanne war auf dem Beifahrersitz mitgefahren. Zum Glück ließ sich die Lehne weit nach hinten stellen, sodass ich sie dabei nicht geköpft hatte.

Adam legte seine Hand an die Scheibe, spähte ins Innere und grinste. „Das ist ein wirklich schöner, großer

Baum."

Mein Herz schlug schneller bei der Vorstellung, dass ich dabei war, ihn in meine Wohnung zu bitten. Besonders weil ich keines meiner Bilder abgehängt hatte. Ich wusste nicht, ob die Wirkung ihn erschlug, und mir war etwas bang dabei zumute, es herauszufinden.

„Hilfst du mir, ihn reinzutragen?"

„Den würde ich dich bestimmt nicht alleine schleppen lassen." Er öffnete die Beifahrertür und wuchtete die Tanne heraus. „Dann gehörst du nicht zu den Leuten, die ihn am Vorabend aufstellen?"

Ich schüttelte den Kopf. „Meine Wohnung ist so kahl. Ich brauche etwas Weihnachtsstimmung."

„Also schmückst du ihn jetzt schon?" Der Gedanke schien ihn zu erheitern. Dabei war Weihnachten schon in zwei Wochen. So verfrüht war es also gar nicht.

„Ja. Mit allem drum und dran."

Wir trugen ihn ins Haus. Er wog zwar weniger als ich, bloß kam mir das ganz anders vor. Glücklicherweise half mir Adam. Natürlich hätte ich auch Lennox fragen können. Als wir an seiner Tür vorbeikamen, spähte er sowieso gerade in den Flur.

„Wusste ich doch, dass ich deine Stimme gehört habe." Er verstummte, als er Adam sah.

Ich konnte ihm dabei zusehen, wie ihm der Mund offen stand und er immer ungläubiger schaute. Offensichtlich erkannte er die Augen von meiner Wand ebenfalls in Adam wieder.

„Ist das ... Ist das etwa ...?", stammelte er.

„Adam", stellte ich ihn vor, bevor Lennox nach einem Vampir fragen konnte. „Ich habe ihn doch auf Pias Feier kennengelernt."

„Oh“, gab er erleichtert von sich. „Ich bin Lennox, Lucys Nachbar.“

Lennox verlor seine Starre, war mit drei schnellen Schritten bei mir und drängte mich von meinem Baumende davon. „Lass mal, Schatz, ich trage das schon.“

Adams Augen wurden schmaler, als mein Nachbar mich *Schatz* nannte. Das Ganze war zu komisch.

Ich sperrte den Jungs die Tür auf und sie brachten die Tanne hinein und stellten sie vor meinem Fenster ab. Ich ließ Adam nicht aus den Augen, weil ich nicht verpassen wollte, wie er den Anblick meiner Wände aufnahm.

Anfangs schien er die Bilder gar nicht zu bemerken, weil er mit dem Baum beschäftigt war, doch dann war meine Besessenheit auch für ihn nicht mehr zu übersehen. Sprachlos und staunend zugleich betrachtete er die vielen Zeichnungen.

Lennox setzte ein mitfühlendes Gesicht auf, kam auf mich zu und drückte mich kurz. „Viel Spaß. Ich lasse euch mal besser allein.“

Nach einem Kuss auf meine Wange, winkte er Adam. „Hat mich gefreut.“

Adam sah ihm nach und schaute dann mich an. „Das sind viele Bilder.“

Er stellte sich vor eines meiner besonders gut ausgearbeiteten Werke und sog die ganzen Details der Szene am See in sich auf.

Ich gesellte mich zu ihm. „Ich male gern.“

Adam betrachtete alles genau. Er sagte noch immer nichts, also fuhr ich fort: „Das studiere ich ja auch. Kunst, meine ich.“

Verdammt, ich fühlte mich wie die letzte Idiotin.

„Soll das ein Vampir sein?“ Er deutete auf die Zähne.

Ich rieb über meine Arme. „Ja.“

„Dann magst du Vampire, hm?“ Er sah mich an und seine Augen waren haarklein dieselben wie auf meinem Bild neben ihm.

Ich runzelte die Stirn und nahm es ab. Dann hielt ich es an sein Gesicht. „Es sieht aus wie du“, flüsterte ich.

„Hast du mich deshalb geküsst? Weil ich aussehe wie der Mann an deinen Wänden?“

Meine Lippen zitterten. Ich presste sie aufeinander und nickte. „Auch.“

„Wer ist der Kerl?“

„Jemand, der mich vor sehr langer Zeit mal gerettet hat.“

„Und was noch?“

Ich schüttelte den Kopf. „Nichts. Ich habe ihn nie wiedergesehen. Deshalb male ich ihn ja auch. Ich will nichts vergessen.“

Adam musterte mich und rieb sich mit der Hand übers Gesicht. „Lucy, ich glaube, du weißt, dass du mir gefällst.“

Langsam nickte ich und hängte das Bild zurück.

„Ich will, dass du mich magst.“ Er stützte seine Hand neben mir an der Wand ab. „Allerdings nicht, weil ich ihm ähnlich sehe.“

„Aber ich mag dich doch“, erklärte ich und drehte mich zu ihm.

Er war so nah. Ich konnte seinen Atem spüren.

„Es sieht aus, als wärst du einem Vampir verfallen.“

„Anfangs schon“, gab ich zu, weil ich ihn nicht belügen wollte. Er musste wissen, wer ich war. Wenn er damit nichts anfangen konnte, ließen wir uns besser nicht aufeinander ein.

„Und jetzt?“ Sein Blick war durchdringend.

Auch in dem Punkt wollte ich ihm nichts vormachen. „Ich muss ständig an dich denken. Du bringst mich völlig durcheinander.“

Adam benetzte seine Lippen. Auch ohne lange Zähne war sein Mund verdammt heiß. „Bringe ich dich denn genug durcheinander?“

„Wenn du mich küsst …“, flüsterte ich.

Mehr musste ich nicht sagen. Er fasste nach meinem Gesicht und drückte seine Lippen auf meine. Begierig schob er mich zum Sofa. Weg von meinen Bildern. Weg von der Wand voller Augen.

Ich griff in sein Haar, das noch klamm vom Schnee war und so herrlich nach ihm duftete. Sein Arm schlang sich um meinen Rücken. Dann hob er mich hoch und bettete mich auf die Couch. Keine Sekunde später folgte sein Körper. Adam legte sich in ganzer Länge auf mich und setzte seinen Kuss fort. Mir wurde heiß in meiner Jacke.

Er schmeckte so unverkennbar nach ihm selbst. Das hier war viel realer als meine Eindrücke von damals am See. Meine Erinnerungen wärmten mich nicht. Es war viel zu lange her, dass ich einen Mann gespürt hatte. Adam knabberte an meiner Unterlippe und ich schlang meine Beine um seine Hüften, weil mich seine Zärtlichkeit so sehr anmachte. Er brauchte kein echter Vampir zu sein. Es war heiß, dass er gerade so tat, als wäre er einer.

„Bringt dich das durcheinander?“, wollte er wissen.

Ich stöhnte. „Ja.“ Trotz der Hitze hatte ich Gänsehaut.

Er bescherte mir einen heißkalten Rausch, als er mit

seinem Mund zu meinem Hals wanderte und sanft hineinbiss. Pure Lust schoss durch meinen Körper. Ich drückte mein Becken an ihn und spürte seine Härte.

In aller Seelenruhe naschte er an meinem Hals. Seine Zähne erregten mich maßlos. „Und lenkt dich das ab?"

„Mir ist so heiß", keuchte ich hilflos. Ich musste unbedingt aus diesem Mantel heraus.

Langsam richtete er sich auf und öffnete ihn für mich. Hastig schlüpfte ich aus den Ärmeln. Er ließ ihn wie eine Decke unter mir liegen.

„Mir ist auch heiß", raunte er.

Ich schluckte und befreite ihn von seiner Jacke. Er schüttelte sie ab und sie fiel auf den Boden. Meine Beine waren noch immer um seine geschlungen.

Adams Blick war wie im Fieber, als er sich erneut auf mich legte und mich sein Gewicht in die Couch drückte. Dann lächelte er und zeigte mir seine ganz normalen Eckzähne. „Du bist so schön."

Er berührte meine Wange mit seiner Hand. Dann strich er meinen Hals abwärts und schob den Ausschnitt meines Pullis tiefer. Mein Herz schlug wild unter seiner Handfläche. Jetzt in diesem Moment schlug es für ihn.

Seine Lippen küssten den Weg seiner Hand nach. Ich umklammerte ihn, als er an meinem Schlüsselbein entlangknabberte. Hilflos rieb ich mich an ihm. Auch durch die Jeans fühlte er sich fantastisch an. Ich wusste fast nichts über Adam, trotzdem wollte ich ihn unbedingt spüren. Das war keine Kopfsache. Mit ihm fühlte ich mich lebendig und begehrt. Nach all den Jahren, in denen mein Vampir mich nicht beachtet hatte, kam Adam zu mir und schenkte mir seine ganze Aufmerksamkeit.

Er knurrte meinen Namen, weil das Spiel meiner Hüften ihn nicht kalt ließ. Ich spürte, dass er sich aufrichten wollte.

„Hör nicht auf", wimmerte ich und schlang meine Beine ganz fest um ihn.

„Ich kann mich nicht zurückhalten, wenn du das machst."

Sein Bekenntnis reizte mich. Ich hatte genug von Zurückhaltung. „Dann tu's nicht."

Sein lodernder Blick fand mich. In der Dunkelheit meiner Wohnung und mit dem künstlichen Schein der Straßenlaterne, wirkte sein Grau wie ein Funkenregen. Er war so schön. „Bist du sicher, dass du mich willst?"

„Ja."

Er schluckte und begann, meinen Pullover hochzuschieben. Als seine Hand die Stelle an meinem Bauch berührte, kribbelte sie wie verrückt. Trotzdem war das hier kein Fremdgehen. Ich war Single. Seit drei Jahren war ich Single. Das hier war okay.

Adam bedeckte meinen Bauch mit einer Spur zarter Küsse und wanderte mit seinem Mund zwischen meinen Rippenbögen hinauf. An der Stelle über meinem Herzen zog er meine Haut zwischen seine Lippen und Zähne, als würde er von meinem Puls kosten, und ich krallte meine Nägel in sein Shirt. Es war ja nicht das erste Mal, dass ich es ihm zerknautschte.

Als er meinen BH hochschob und meine Brustwarze in seinen Mund saugte, verselbständigten sich die Bewegungen meines Beckens. Ich passte sie dem Kreisen seiner Zunge an. Wie im Rausch rieb ich mich an ihm und er keuchte auf.

„Gott, Lucy, ich will in dir sein, wenn du kommst."

Meine Haut prickelte, so sehr wollte ich ihn mit jeder Faser meines Körpers spüren. Mein Atem ging stoßweise. „Dann solltest du dich aber beeilen."

Sein Gesichtsausdruck war himmlisch. „Das ist jetzt nicht dein Ernst, oder?"

„Und wenn doch?" Lustvoll zog sich mein Unterleib zusammen.

Er betrachtete mich gründlich. Vor Verlegenheit richteten sich die Härchen in meinem Nacken auf. Ich wollte gar nicht wissen, wie ich aussah, während ich sinnestrunken und halb nackt unter ihm lag. Ich konnte einfach nicht damit aufhören, mich an seinem Körper zu reiben.

Adam schüttelte mit einem sinnlichen Lächeln den Kopf. „Das hier ist ein verdammt heißer Traum, denn im echten Leben passiert so was nicht."

Dann kletterte er von mir herunter und zog mir kurzerhand meinen Pulli mitsamt BH und meine Hose aus. Vermutlich wollte er die Gelegenheit beim Schopf packen, bevor ich es mir anders überlegte. Das war nicht gerade gentlemanlike, jedoch verspürte ich auch wenig Lust auf einen Gentleman. Mir gefiel es, wenn Adam an mir herumknabberte und puren Sex verströmte.

Ohne Umschweife stieg er aus seiner Hose und zog ein Gummi aus seinem Geldbeutel. Er hielt es mir hin und wölbte fragend eine Braue.

Ich kam mir wunderbar verrucht vor und nickte stumm. Noch nie war ich in so einem Tempo mit einem Kerl ins Bett gegangen. Bisher war es sowieso nur mit einem Mann passiert und das war mein Exfreund gewesen.

Ich wollte nicht, dass Adam mich für jemanden hielt,

der das immer so machte, aber das konnte ich ihm auch hinterher erklären. Denn jetzt schob er sich gerade die Shorts von den Hüften und zeigte mir seinen wundervollen Schwanz. Er hatte sich schon durch unsere Kleidung hindurch prachtvoll angefühlt. Nackt würde es fantastisch sein.

Mühsam beherrscht rollte er sich das Kondom über. Ich stand kurz davor, einen Scherz über das Schmücken von Weihnachtsbäumen zu machen, doch die Glut in seinem Blick ließ mich schweigen. Geradezu andächtig betrachtete er meinen Körper und streifte mir den Slip von den Beinen.

Dann kniete er sich dazwischen und zog mein Becken an sich heran. Dabei rutschte ich mit dem Kopf von der Lehne und lag nun flach auf dem Rücken unter ihm. Seine Hände wanderten unter meinen Po und hoben mich an. Adam presste seinen Penis an mich und rieb ihn an meiner Scham entlang. Die Lust, die von der Unterbrechung etwas abgeflaut war, schoss zurück zwischen meine Schenkel. Er ließ sich Zeit damit, sich an mir zu reiben. Dabei reizte er mich, bis ich immer feuchter für ihn wurde.

Hilflos krallte ich meine Finger in die Couch. Mein Atem kam immer hektischer. Ich schloss die Augen und warf meinen Kopf hin und her. Dann drang er plötzlich in mich ein und ich hielt die Luft an. Für einen Moment bewegten wir uns beide nicht mehr.

„Atme", raunte er.

Stoß für Stoß drückte er sich tiefer in mich, bis er ganz und gar in mir war.

Ich suchte mit meinen Händen Halt an seinen Oberschenkeln und hielt mich an ihm fest. Seine

Muskeln tanzten unter meinen Fingerkuppen.

Zufrieden stöhnte er auf. „Ich sagte doch, ich will in dir sein, wenn du kommst."

Im Augenblick gelang mir gerade gar nichts. Ich war so überwältigt von der Verbindung unserer Körper. Mit einer Hand hielt er mein Becken fest, mit der anderen wanderte er zu meinen Brüsten und streichelte sie. Adam beugte sich zu mir herunter, wobei sein Schwanz sich tief in mich presste. Er umschloss meine Brustwarze mit seinen Lippen, saugte sie in seinen Mund und umkreiste sie mit seiner Zunge, bis ich Sternchen sah.

Erst ganz langsam, dann immer schneller werdend nahm er mit seinen Hüften einen sündigen Rhythmus auf. Immer wieder rieb seine Schwanzwurzel an meiner Klitoris entlang.

„Lenkt dich das genug ab?", fragte er heiser.

Ich nickte. Meine Sprache hatte sich verabschiedet. Ich konnte mich nur noch auf seinen Mund und sein steifes Glied konzentrieren.

„Sag meinen Namen", verlangte er.

„Adam." Ich antwortete ihm bereitwillig. Es gefiel mir, zu tun, was er sagte.

„Und willst du mich oder nur einen Vampir?"

„Dich."

Seine Hand wanderte zwischen uns hinab und er begann, meine Perle zu massieren. Mit der anderen Hand knetete er meinen Po. Ich war unter seinem Körper eingeklemmt und konnte mich nicht mehr frei bewegen. Er machte mit mir, was er wollte, und ich beschränkte mich darauf zu genießen, was er mir gab.

„Lucy?", raunte er.

„Ja."

„Ich will, dass du zu mir gehörst.“

Ganz langsam brachte er mich um den Verstand. Immer näher trieb er mich auf meinen Höhepunkt zu.

„Oh, Gott“, seufzte ich. Er stieß immer weiter in mich, bis ich kam und seinen Namen stöhnte.

„Sag’s noch mal“, forderte er.

„Adam.“

Er ließ meine Hüften los und fasste nach meinen Händen. „Du bist so schön, wenn du kommst“, flüsterte er. Zärtlich verwob er seine Finger mit meinen und küsste mich. „Ich will, dass du meine Lucy bist.“

Ich lächelte ihn an und fühlte mich, als würde ich schweben. „Bin ich das nicht gerade?“

Zufrieden küsste er mich und ließ sich Zeit mit seiner eigenen Erlösung.

KAPITEL 20

Das Licht eines vorbeifahrenden Scheinwerfers zog an meiner Zimmerdecke vorüber und malte tiefe Schatten in den Raum.

„Ich mache das sonst nicht", war das Erste, was ich sagte, als ich wieder sprechen konnte.

Sein Körper lag erschöpft und schwer auf mir. Schweiß klebte zwischen uns und sein Rücken glänzte im orangen Licht der Laterne. Zum Glück stand kein Wohnhaus gegenüber, sonst wären wir gut sichtbar gewesen.

„Du hast sonst keinen Sex?", fragte er verwirrt.

Irgendwie stimmte sogar das. Es war jedenfalls sehr lange her.

„Jemanden mitnehmen, den ich nicht kenne, und dann …"

Adam hob seinen Kopf und hatte diesen amüsierten, sexy Ausdruck auf seinem Gesicht. „Dann war das also was Besonderes für dich?"

„Ja." Es fühlte sich noch immer ganz einzigartig an. So sehr, dass ich ihn nicht loslassen wollte.

„Für mich auch." Seine Hand streichelte über meine Haut. Wie kam es, dass ich mich nach dem Sex nackter fühlte als währenddessen?

Auch wenn ich wie eine typische Frau klang, doch die

Neugier kämpfte sich ihren Weg nach oben. „Bist du schon länger Single?“

„Viel zu lange“, gab er zu und küsste meinen Hals. Dann seufzte er. „Mhm, du duftest so gut.“

„Ist dir nicht kalt?“ Ich hatte die Couch im Rücken und einen sehr heißen Adam auf mir, aber sein Rücken war nackt und es war Dezember.

„Mit dir ist mir nie kalt.“

„Dafür habe ich in deiner Nähe viel zu oft eine Gänsehaut.“

Er drapierte den Mantel, auf dem ich lag, über meine Schultern. „So besser?“

„Es ist nicht, weil mir kalt ist. Deine Worte lösen das bei mir aus.“ Ich küsste seine Schulter. „Und deine Nähe.“

„Dann gehe ich wohl besser nicht weg.“ Adam lächelte mich an und seine Augen spielten herausfordernd mit mir.

„Du hast dich beim Twister nicht nur zufällig neben mich gestellt, oder?“

Jetzt hatte er wieder diese Grübchen neben seinen Mundwinkeln. „Ich habe dich auch mit Absicht aufgefangen. Es ist gar nicht so leicht, die Aufmerksamkeit einer schönen Frau zu bekommen.“

„Ach, was“, sagte ich belustigt.

„Du hast mich jedenfalls nicht bemerkt, als du zur Party reingekommen bist.“

Jetzt war ich doch erstaunt. „Du hast mich gesehen?“

„Vom ersten Moment an.“

Erneut spürte ich die Härchen an meinem Körper. Er lachte leise und wickelte den Mantel enger um mich.

„Wo warst du denn?“

„Auf der Treppe."

Ich erinnerte mich vor allem an ein rappelvolles Haus. Adam war mir dabei wirklich nicht aufgefallen.

„Und dann?"

„Du hattest diese heißen Schuhe an." Er blickte auf und sah sich um. „Sind die hier noch irgendwo?"

Ich legte einen sündigen Tonfall auf, als ich ihm antwortete: „In meinem Schrank."

Nun wirkte er fast so aufgeregt wie Lennox, bei der Vorstellung an meinen Schrank zu gehen und mir etwas herauszusuchen. Vielleicht waren Männer ja doch so und nur mein Exfreund bildete eine traurige Ausnahme.

„Wenn du willst, ziehe ich sie nachher für dich an, wenn wir den Baum schmücken."

Die Vorstellung schien ihm zu gefallen. Trotzdem neckte er mich: „Ach, tun wir das?"

„Wenn du dachtest, ich hätte dich für Sex mit raufgenommen, täuschst du dich. Ich habe dich nur zum Baumaufstellen und Dekorieren dabei."

Er legte seine Hand auf mein Knie und zog meinen Schenkel zu seiner Hüfte hinauf. Dabei presste er mir ganz ungerührt seine wachsende Erregung gegen den Körper. „Trägst du nachher nur die Schuhe?"

Ich kicherte, weil ich es zu komisch fand, dass Christbaumschmücken ihn scharfmachte. „Dafür wäre es zu kalt."

„Okay, dann zusätzlich Unterwäsche."

„Ich habe aber keine aus Wolle."

Er nickte. „Das finde ich gut."

„Darum wäre das deutlich zu kalt."

Enttäuscht schob er die Mundwinkel nach unten. „Das finde ich schlecht."

Ich griff in seine Haare. Inzwischen war nichts mehr von den geschmolzenen Schneeflocken übrig. Sie waren weich und trocken. Ich neckte ihn und zog etwas daran. Er bot mir seine Kehle dar und blickte auf mich herunter.

Ich betrachtete seinen Hals. Als er schluckte, bewegte sich sein Adamsapfel. Ich musste schmunzeln, weil er auch Adam hieß. Zögernd nahm ich meine Unterlippe zwischen die Zähne. Ich sah genau, wo seine Ader pochte.

„Du kannst mich gerne beißen, aber dann verschiebt sich der Baumschmuck um eine weitere Runde“, warnte er mich vor.

„Es würde dich anmachen?“, fragte ich erstaunt.

Er zuckte die Schultern und präsentierte mir noch immer seine Kehle. „Man muss kein Vampir sein, um auf Zähne zu stehen. Es würde mich sogar sehr anmachen, wenn du mich beißt.“

Es machte mir Spaß, ihn aufzuziehen, daher schob ich ihn von mir herunter. „Erst die Arbeit, dann das Vergnügen.“

Er grinste mich frech an. „Ist schon okay. Sex ist für mich keine Arbeit. Und wir können uns danach gerne mit der Tanne vergnügen. Ich die Strohsterne, du die Engel?“

„Wer hat dir von meinen Engeln erzählt?“, foppte ich ihn und setzte mich auf.

Dabei fühlte ich mich ziemlich gerädert. Meine Beine waren ganz steif, weil ich sie zu lange unter ihm gespreizt hatte. Sein Gewicht hatte ein Übriges bewirkt. „Und da heißt es immer, Sex hält jung.“

Adam streckte sich genüsslich. „Ich fühle mich absolut

wunderbar."
„Du hast ja auch oben gelegen."
„Lucy, wenn du oben sein willst, musst du es mir doch nur sagen."
Dafür erntete er einen Klaps auf seinem nackten Hintern. Das Geräusch klatschte durchs Zimmer und er packte mich und zog mich an sich. „Hey, Spanking kostet extra."
„Stimmt, wenn ich mal hochrechne, dass der Kuss nur bei hundert Dollar lag, was würde ich wohl hierfür bekommen?"
Er küsste meine Nasenspitze. „Das war unbezahlbar."
Mein Bauch kribbelte vor Glück und sagte mir, dass ich diesen Mann auf keinen Fall gehenlassen konnte.
Ich schlüpfte in meine Unterwäsche und versuchte, den Weihnachtsschmuck aus meinem obersten Schrankfach zu holen. So selten wie ich ihn brauchte, war mir der am schwersten zugängliche Stauraum in meiner Wohnung ideal dafür erschienen. Allerdings hatte ich nun umso mehr meine liebe Mühe. Ich hüpfte hoch, um an die Schachtel zu gelangen, doch dabei schob ich sie versehentlich tiefer ins Regal.
„Mist", fluchte ich.
„Kann ich dir helfen?" Adam stand belustigt im Türrahmen und schaute mir beim Springen zu.
„Wenn du mich so fragst."
Er hauchte mir einen Kuss in den Nacken und streckte sich nach oben. Dabei spannte er seine Bauch- und Rückenmuskeln an. Verdammt, er war wirklich hübsch anzusehen. Ein bisschen konnte ich verstehen, was Lily gemeint hatte, als sie ihren Vampir knipsen wollte.
Automatisch musste ich an Jahrbücher denken und

daran, dass Adam ein Shirt der South Dakota State University getragen hatte.

„Was genau studierst du eigentlich?“, fragte ich ihn, als er die Schachtel im Arm hielt.

„Informatik, aber ich bin schon fertig.“

„Du bist ein Nerd? Wo ist denn deine Brille?“ Ich grinste, weil ich ihm etwas so Langweiliges gar nicht zugetraut hätte.

„Dein Nerd hilft dir gleich mal ein bisschen“, drohte er spaßhaft.

„Den Baum schmücken? Du bist so lieb.“

Er rollte mit den Augen und trug meine Kiste ins Wohnzimmer. Über die Schulter rief er mir zu: „Vergiss deine Highheels nicht.“

Es war viel leichter, sich in einen Mann mit kleinen Macken zu verlieben, als in einen perfekten Helden, der nie vorbeikam. Als ich in meine Stöckelschuhe schlüpfte, stolperte ich beinahe über die Idee, dass ich mich in Adam verliebt haben könnte. Nervös hielt ich mich am Bett fest.

„Was ist das?“, wollte er wissen und drehte die kleine Strohfigur zwischen seinen Fingern.

„Das sind meine Engel.“ Liebevoll nahm ich einen anderen aus der Schachtel. „Ich habe sie selbst gebastelt.“

„So sehen sie auch ein bisschen aus.“

Ich streckte ihm die Zunge heraus. „Die habe ich gemacht, als ich sieben war. In dem Jahr bin ich fast ertrunken.“ Ich deutete auf die Bilder an meinen Wänden. „Ein Mann hat mich gerettet. Es war kurz vor Weihnachten. Er war mein Schutzengel, aber ich habe ihn nie mehr gesehen. Also habe ich zum Dank kleine Engel gebastelt."

Dann wiegelte ich den Kopf hin und her. „Natürlich sahen sie anfangs eher wie Vogelscheuchen aus. Aber sogar die haben meine Eltern nicht weggeworfen. Sie schmücken bis heute ihre Ostersträucher damit. Ich habe ihnen aber auch nicht gesagt, dass sie einen Vampir verkörpern."

„Du hast lustige Eltern."

„Du ahnst ja gar nicht, wie lustig die sind." Ich musste an Dads Rasenmäher und Moms Truthähne denken. Dann fiel mir allerdings ihr Streit ein und der war weit weniger komisch.

„Und wo sind jetzt eigentlich die Engel?", stellte er sich dumm.

Ich schniefte und strich einem über das gelbe Haar. „Die sind alle wunderschön."

Er nahm sie genauer unter die Lupe. „Die haben gar keine langen Zähne."

„Es sind ja auch Engel und keine Vampire. Nur weil mein Vampir mich gerettet hat, sind nicht alle Engel so."

Adam hielt in der Bewegung inne. „*Dein* Vampir?"

Hastig leckte ich über meine Lippen und zuckte die Schultern. „So nenne ich ihn doch nur. Er hat sich nie gemeldet."

„Und wenn er es doch mal täte?"

Er hatte keine Ahnung, wie nah er der Wahrheit damit kam. Für Lily war es keine hypothetische Frage mehr.

Ich griff nach Adams Hand und suchte seinen Blick. Oh, diese grauen Augen, die mir bis in die Seele schauen konnten. Er war ihm so ähnlich und doch völlig anders. „Er hatte seine Chance."

„Lucy, deine Wände sehen nicht aus, als ob …“

„Shhh.“ Ich legte ihm den Finger auf die Lippen. „Lass uns den Baum schmücken und danach will ich dich für deine Arbeit bezahlen.“

Das sorgte für den nötigen Effekt bei ihm. „Ich hänge dir alles hin, wo du willst. Sogar die Strohpuppen.“

Weil die Tanne so groß war, überließ ich Adam den oberen Teil. Wir befestigten drei lange Lichterketten zwischen den Zweigen. Eine bestand aus zahlreichen winzigen Lämpchen, die anderen beiden waren sternförmig. Dann hängten wir die Engel auf, damit sie die schönsten Plätze im Baum erhielten. Ich liebte ihr strohgelbes Haar und dass jedes ein bisschen anders aussah. Allen hatte ich Gesichter angemalt und so lächelten sie fröhlich, als sie an den Ästen baumelten.

„Da landet jedenfalls kein Vogel mehr drauf“, scherzte Adam.

„Du verwechselst die Vogelscheuchen mit den Osterbüschen.“

„Ich kann es gar nicht erwarten, die mal zu sehen.“

Nervös hängte ich die roten und weißen Kugeln auf. Falls Adam meine verunglückten Kinderbasteleien sehen wollte, würde ich ihn zu meinen Eltern mitnehmen müssen.

„Hast du schon Pläne für Weihnachten?“, erkundigte ich mich möglichst beiläufig und wühlte in der Kiste nach den Haken für die Kugeln.

„Lucy?“

„Hm.“

„Schau mich mal an.“

Ich nagte an meiner Unterlippe und sah zu ihm auf. Seine Augen leuchteten voller Wärme. „War das eine

Einladung?“

„Ich ...“ Geräuschvoll atmete ich aus und spielte mit einer kleinen Kugel für die oberen Zweige.

„Denn falls du etwas mit mir unternehmen willst, fände ich es toll.“

„Fährst du denn nicht zu deiner Familie?“

Er schüttelte den Kopf. „Das wäre schon okay, wenn ich eine Freundin hätte.“

Meine längst begrabene Angewohnheit, an den Nägeln zu kauen, kroch aus dem hintersten Schlupfwinkel hervor, und ich nagte an meinem rechten Daumen, während ich murmelte: „Bin ich das denn?“

Adam kam auf mich zu und griff nach meinen Händen. „Das würde mir gefallen. Ich habe dir doch gesagt, dass ich dich für mich will.“

Ich musste schmunzeln. „Ja, aber das war beim Sex. Es heißt doch, dass die Leute es da nicht so genau nehmen.“

Er lachte. „Lucy, ich war in dir und nicht auf Drogen.“

Bei seinen Worten erinnerte ich mich genau daran, was er mit mir angestellt hatte, und ich spürte, wie meine Wangen glühten. Sein Blick liebkoste meinen Körper, der nur in Unterwäsche und viel zu hohen Schuhen steckte.

„Dann ja. Komm mit mir zu meinen Eltern. Die beiden haben gerade eine schwierige Phase und dafür entschuldige ich mich schon jetzt. Es kann sein, dass sie aneinandergeraten. Aber falls du trotzdem Lust hast ...“

Weiter kam ich nicht. Er zog mich an sich und küsste mich so innig, als würde er sein Herz auf den Lippen tragen. Es pochte kräftig unter seinem Brustkorb und ich wollte, dass es für mich schlug.

Schließlich schmückten wir den Baum fertig. Dabei

kamen wir auf Lennox zu sprechen und ich gestand ihm, dass ich ihn anfangs für schwul gehalten hatte.

Das sorgte für ein trockenes Husten bei Adam. „So sieht er dich aber nicht an." Dann hängte er Lennox' *Schatz* hintendran.

„Ach, was. Er nennt mich oft so", wehrte ich ab.

„Ganz meine Worte."

„Wenn es dich beruhigt, er trifft sich seit einer Weile mit Trixy aus meinem Kunstkurs. Sie malt wie eine Göttin. Das findet er genauso faszinierend wie die Stimme von Annie Lennox." Ich erklärte ihm das mit seinem Spitznamen.

„Ah, dachtest du deshalb, er wäre anders gepolt?"

„Auch", gab ich zu. „Aber er hat mir gerne ausgesucht, was ich anziehe ..."

„Das mache ich auch", knurrte Adam. Er klang wirklich eifersüchtig.

„Und wir haben zusammen Liebesfilme geschaut."

Er sah mich an, als wäre ich ganz schön einfältig. „Dabei habt ihr bestimmt auch noch geschmust."

„Ich dachte, er wäre ..."

Adam schüttelte den Kopf und hob resigniert die Hand. „Schon gut. Ich erkläre dir mal was: Nicht jeder Mann, der mit dir kuscheln will und dir scharfe Highheels und kurze Röcke aussucht, steht deshalb auf Männer. Eigentlich spricht es für das Gegenteil."

„Aber die Filme", erinnerte ich ihn.

Er rieb sich die Stirn. Zum Glück sah Adam eher belustigt aus, als danach, kurz vor einem Migräneanfall zu stehen. „Welche denn genau? Musicals? Ballett?"

„Dirty Dancing."

Er nickte andächtig. „Ja, einem heterosexuellen Paar

beim Vögeln zuzuschauen, ist schon ganz schön schwul."

„So wie du es sagst, klingt es, als hätten wir Pornos geschaut. Dabei ist es eine Romanze."

„Dirty Dancing, hm?"

Ich flitzte zu meinem Filmregal und zog die DVD hervor. „Bei *Time of my life* packt es mich immer wieder."

„Bei *Time of my life* werde ich dich packen", verkündete er.

„Das heißt, wir gucken den?" Hoffnungsvoll sah ich ihn an.

Adam stemmte die Hände in die Seiten und begutachtete die Tanne. „Tja, dein Baum sieht soweit fertig aus. Wieso nicht? Wenn dich der Film schwach macht, nutze ich das gerne aus." Erneut grinste er so sexy, dass ich am liebsten bis zum Ende vorgespult hätte.

Mit einer Tüte Trockenobst setzten wir uns vor den Fernseher.

Adam sah mich an, als hätte ich das Popcorn anbrennen lassen. „Was ist das?"

„Total lecker. Nach all den Muffins und Kuchen ist es an der Zeit, dass ich mich wieder gesünder ernähre."

Er wirkte halb entsetzt. „Sag mir bitte nicht, dass du abnehmen willst. Deine Rundungen sind einfach perfekt."

Ich seufzte und gab ihm einen Kuss auf den Mund. „Wieso sind wir uns erst jetzt begegnet?"

Der Film lief an uns vorbei und ich kuschelte mich an seinen festen Körper. Er war so warm und ich liebte es, meinen Kopf auf seine Brust zu legen und seinem Herzschlag zu lauschen. Als ich ihn mit meiner Hand streichelte, klopfte es immer schneller. Und als ich ihn zu massieren begann, schien es ihm aus der Brust zu springen. Sein Körper glühte und er zog mich zu einem leidenschaftlichen Kuss an seine Lippen.

Bei *Time of my life* drang er in mich ein und sang ein paar Zeilen vom Song für mich mit. Er traf jeden Ton und hatte diese raue Stimme, die halb heiser vom Sex und halb *Bryan Adams* war. Natürlich musste er so klingen. Er trug denselben Namen. Auf der ganzen Welt schien es Adams zu geben, aber dieser hier gehörte zu mir.

Ich klammerte mich an ihn und rollte mich mit ihm herum, damit ich oben sein konnte. Dabei fielen wir fast von der Couch.

„Mit dir falle ich immer hin“, beschwerte er sich.

„Ich haue dich eben von den Socken.“

Er kostete von meinen Lippen. „Das tust du“, murmelte er. „Das tust du wirklich.“

In meinem Herzen stiegen kleine Luftballons auf, weil er mich so sehr wollte und begehrte und es offen zeigte. Plötzlich spielte es keine Rolle mehr, dass er kein Vampir war. Er war ein toller Mann.

KAPITEL 21

„Ihr habt was?“, quiekte Pia. Ihre Augen leuchteten wie Lampions und sie winkte der Bedienung. „Huhu, wir brauchen dringend Sekt.“

„Es ist irgendwie passiert“, gestand ich.

„Ich fasse es nicht, dass du ihn wirklich angerufen hast. Ich bin so stolz auf dich.“ Sie drückte meine Hand.

Ehre, wem Ehre gebührt. Bei mir war das nicht der Fall.

„Ich hatte mich gar nicht gemeldet. Er stand einfach vor meiner Tür.“

„Du ...“ Sprachlos starrte sie mich an. „Du Trulla!“, stieß sie lachend aus. „Hast du ein Schwein, dass er dir nachläuft. Das kann man ja von deinem Vampir nicht gerade behaupten.“

Sie setzte diesen „Denk mal drüber nach“-Gesichtsausdruck auf.

„Ist ja schon gut.“

„Einmal Sekt“, ertönte die Bedienung neben uns und stellte uns zwei Gläser vor die Nase.

„Hoch die Tassen.“ Pia schnappte sich ihr Getränk und schlug ihr Glas gegen meines, sobald ich es in der Hand hielt. Dann leerte sie die Hälfte in einem Zug.

„Wie läuft es denn bei Ethan und dir?“

„Ach“, machte sie und spielte mit dem Rand ihres Glases. Immer wieder strich sie mit der Fingerkuppe im Kreis. „Wir gehen aus, wir fummeln, aber er fragt mich einfach nicht, ob wir zusammen sein wollen.“

„Habt ihr denn schon ...?“

„Nee.“ Sie seufzte. „Manchmal denke ich, dass ich es einfach tun sollte. Vielleicht will er bloß nicht die Katze im Sack kaufen.“

„Oder er ist romantisch und hat gerne Dates mit dir“, schlug ich vor.

„Also, ich hatte langsam genug Dates.“ Resigniert schüttelte sie den Kopf. „Er mag mich, das ist ja keine Frage. Und Sex würde er bestimmt mitnehmen, wenn er ihn bekommen kann. Da macht doch jeder Mann mit. Ich glaube allerdings, dass er sich nicht fest binden will. Er genießt es zu flirten. Es ist nicht so, als würde er mit anderen nebenher ausgehen, bloß habe ich nichts davon, wenn er sich auf gar keine Frau festlegen möchte.“

Ethan hatte von Anfang an dieses Sonnyboy-Image gepflegt. Womöglich war er noch nicht so weit, um sich davon zu trennen. Mir war klar, dass Pia keinem Mann hinterherlaufen würde, der sie nicht wollte.

„Du findest jemand anderen“, tröstete ich sie.

„Ich nehme deinen Vampir, wenn du jetzt Adam hast“, scherzte sie und nippte an den Resten ihres Sekts.

„Ich würde dich ja mit Lennox verkuppeln, aber ...“

„Der ist schwul“, beendete sie meinen Satz und nickte. „Ich weiß.“

„Nein, er geht mit Trixy.“

Sie prostete mir zu und leerte den Rest. „Sogar schwule Männer lassen sich auf Beziehungen ein. Toll.“

„Er ist ja gar nicht schwul.“

„Ja, und ich singe eigentlich Bariton."

Ich musste lachen. „Das will ich mir lieber nicht vorstellen."

Sie schüttelte ungläubig den Kopf. „Lennox also." Pia zeigte mit ihrem leeren Glas auf mich. „Netter Kerl, er mochte meine Stimme. Wenn ich ihm *Sweet dreams are made of this* vorgesungen hätte, würde er jetzt mit mir ausgehen statt mit Trixy."

„Ja, aber du willst ihn doch gar nicht."

Sie grinste. „Verdammt richtig. Ich will einen Mann, der nicht nur auf Frauen steht, sondern auch auf mich. Bloß auf mich, verstehst du?"

Das verstand ich sehr gut. Genau damit hatte mich Adam herumgekriegt. Und es konnte sehr gut sein, dass Lily vor lauter Auserwähltheit inzwischen die Braut von Sebastien war. Sie hatte gesagt, dass ich ihn wohl nicht kennenlernen würde, solange ich nicht mit meinem Vampir zusammenkam. Allerdings wusste ich, wo sein Geschäft lag, und niemand konnte mir verbieten, einkaufen zu gehen. Auch wenn ich jetzt mit Adam ging, wollte ich mehr über das Blut erfahren, das durch meine Adern floss. Und noch immer trieb mich die Frage um, was mit meinem grünen Metallkästchen und dem Brief passiert war.

Sebastien sah bestimmt nicht aus wie der Spaziergänger am See. Trotzdem würde ich die Zeichnung auf meiner Fahrt mit einpacken. Und wenn ich sie nur Lily zeigte. Es konnte gut sein, dass sie mittlerweile in die geschlossene Gesellschaft der Vampire aufgenommen worden war und das Gesicht erkannte.

Auf der Fahrt zum Gothicladen spielte ich meine Weihnachtslieder ab und war nun zu den Klängen von Chris Reas »Driving home for christmas« unterwegs. Ich hatte es zeitlich so gelegt, dass ich erst im Dunkeln ankommen würde. Wenn ich schon einen Vampir treffen wollte, brauchte ich das nicht bei Sonnenschein zu tun.

Adam war bei sich zu Hause und programmierte etwas. Ich konnte ihn mir noch immer nicht so recht als Informatiker vorstellen, aber in meinem Kopf tauschte ich einfach das Bild des üblichen Nerds gegen einen heißen Kerl aus.

Die Sonne war seit einer halben Stunde versunken, als ich das Geschäft von Sebastien Duvall betrat. Es hieß »*Black Mirror*«, doch ich konnte nirgendwo schwarze Spiegel entdecken. Dafür war die Kleidung umso dunkler.

Eine Angestellte, die wie eine Fürstin der Finsternis wirkte, trat an meine Seite. Mein Anblick schien sie zu erheitern. Das mochte daran liegen, dass ich meinen winterweißen Pullover trug. Er hatte die Farbe von Schnee. Deshalb hatte ich ihn auch gekauft. Der rote Rock von der Party und meine weichen Lederstiefelletten komplettierten den Look. Ich sah so wenig nach Gothic aus wie ein Gartenzwerg.

„Suchst du nach einer Erstausstattung?“, erkundigte sie sich.

„Eigentlich suche ich Sebastien Duvall.“

Überrascht musterte sie mich. „Tatsächlich? Und in welcher Angelegenheit?“

„Das ist privat.“

Sie runzelte die Stirn. „Er ist vergeben.“

Nun grinste ich. „Ja, ich kenne Lily. Ist sie da?“

Sie verschränkte die Arme vor der Brust. „Dieses Geschäft ist nicht dafür da, Kontakte zu knüpfen."

„Black Mirror, hm?"

Sie nickte. „Ja."

„Hier sind keine schwarzen Spiegel."

Ihr Mundwinkel zuckte belustigt. „Es geht darum, dass du bei uns die dunkle Seite deiner selbst entdeckst. Wenn du es willst, zeige ich dir eine andere Facette von dir."

Neugierig sah ich mich um. „Ja, wieso eigentlich nicht?"

Ich nannte ihr meine Größe und war gespannt, welchen Spiegel meiner inneren Dunkelheit sie mir vorhalten würde. Derweil tippte ich Lily eine SMS, dass ich hier war. Besonders gut hatte mein Überraschungsbesuch bisher ja nicht geklappt.

„Wenn du dich jetzt umziehen willst. Ich habe dir ein komplettes Outfit zusammengestellt." Die Angestellte führte mich in eine der Kabinen. Tatsächlich lagen dort Strümpfe, Stiefel, Unterwäsche und ein interessantes Kleid. „Bei dem Kleid helfe ich dir. Sag Bescheid, wenn du soweit bist. Ich habe auch noch Accessoires für dich."

„Hier drin ist auch kein Spiegel", wunderte ich mich.

„Das ist unsere Kabine für Ersteinsteiger. Der Effekt ist beeindruckender, wenn du dich erst nach der gesamten Verwandlung betrachtest."

„Meinetwegen." Ich zog den Vorhang zu und seufzte. Es wäre besser gewesen, im Sommer herzukommen, denn nun musste ich mich aus meinen Kleiderlagen schälen. Diese Verkäuferin hatte auf jeden Fall einen ziemlichen Knall. Hoffentlich sah das Gesamtergebnis später nicht bloß aus wie ein Schwarzweißbild von mir.

Die Sachen waren äußerst monochrom: Schwarz, schwarz und schwarz. Meine Künstlerpalette stellte ich mir ziemlich traurig vor, falls sie auch keine Farben kennen würde. So gerne ich mit Kohle zeichnete, ich machte es vor allem, weil es mir leicht von der Hand ging. Trotzdem wollte ich meine farbigen Gemälde nicht missen.

Fast nackt stand ich in der Kabine und hielt mir die schwarze Spitzenunterwäsche an den Körper. Gothic hin oder her, die sollte ich mitnehmen. Auch wenn ich hier drin keinen Spiegel hatte, war ich mir sicher, dass Adam bei dem Anblick glasige Augen bekommen würde. Eigentlich verdiente er das ja nicht, nachdem er sich über meine Strohengel lustig gemacht hatte, allerdings war er dabei sehr charmant gewesen und nicht beleidigend.

Mit dem ganzen Miederzeug war ich bisher nicht vertraut. Sollten das Strapse sein? Heiliger Schimpanse. Dazu meine Highheels und Adam würde mir noch einmal *»Time of my life«* vorsingen. Auch wenn die Sache mit der düsteren Seite ausgemachter Blödsinn war, hatte die Verkäuferin zumindest mal ein Händchen für erotische Wäsche. Vorsichtig rollte ich die Strümpfe an meinem Bein hoch. Das fühlte sich ziemlich verrucht an. Ob Lily weiße Strapse zur Hochzeit getragen hatte?

Das Kleid bestand aus schwarzem Glanzstoff mit einem Ausbrennermotiv aus dunklem Samt, das alles wie ein geheimnisvolles Ornament überzog. Ärmel gab es keine, aber dafür Träger aus reiner Spitze, unter denen ich meinen BH verbergen konnte, und die mir das Gefühl vermittelten, dass nicht alles gleich nach unten rutschen würde.

Das Rockteil war kurz, doch zumindest verdeckte es den Umstand, dass ich Strapse trug. Selbst die breite Spitzenkante der Strümpfe blieb verborgen. Während das Oberteil mir eine Wespentaille verschaffen würde, sobald der Reißverschluss oben war, fiel der Rock in weichen Wellen über drei Stufen. Dabei bestand die unterste nur noch aus schwarzer Spitze. Ein wenig kam ich mir darin wie ein schwarzer Schwan vor.

„Ich könnte jetzt Hilfe gebrauchen", rief ich nach draußen und die Angestellte öffnete den Vorhang und schloss das Kleid in meinem Rücken. Dabei zog ich die Luft ein, weil das Ding mich so eng umschloss, wie ein Liebhaber in den letzten Zügen vorm Höhepunkt. Alles war sehr fest und straff, doch erstaunt bemerkte ich, dass ich noch genügend Luft bekam. Trotzdem vergaß ich zu keiner Zeit, dass ich diese Korsage trug, und das erzeugte ein ziemlich sinnliches Gefühl.

Dann dekorierte sie mich mit Accessoires. Dazu gehörten lange schwarze Handschuhe und die Schnürstiefel, die sie mir schon herausgelegt hatte. Sie hängte mir eine Kette aus schwarzem Onyx um den Hals und malte meine Lippen rot. Meine blonden Haare bürstete sie mir aus.

„Schwarz oder rot wären passender", erklärte sie. „Dein Blond verändert den Look ziemlich. Manche verwenden weißblond, das geht auch. Für einen ersten Eindruck reicht es aber. Du könntest auch über einen Pony und Strähnchen nachdenken."

„Mit meinen Haaren will ich nichts ändern."

Meine Mutter nannte mich gerne ihren Weihnachtsengel. Sie wäre ganz schön geschockt, wenn ich meine Haare umgestaltete. Vor allem war es mein natürliches Blond. Ich wollte auf keinen Fall mit dem Färben anfangen und mich ständig um nachwachsende Ansätze kümmern. Und bei Adam war ich mir ziemlich sicher, dass er mich so mochte, wie ich war. Er kam nicht aus der Gothic-Szene. Es war also nicht nötig, dass ich mit Haut und Haaren zu seinem gefallenen Engel wurde.

„Fertig?“, erkundigte sich die Angestellte.

„Klar.“ Was sollte denn bitte dabei sein? Ich trug einfach nur ein paar schwarze Klamotten. Doch als sie den Spiegel umdrehte, stand jemand ganz anderes vor mir.

„Ich übernehme ab hier“, drang die tiefe Stimme eines Mannes durch den Raum.

Er hörte sich genauso wie am Telefon an. Sebastien Duvall. Offensichtlich brauchte ich mich nicht erst auf einen Vampir einzulassen, um ihm persönlich zu begegnen.

Die Verkäuferin verneigte sich sogar vor ihm und verließ eilig das Geschäft. Dabei sperrte sie von außen ab und hängte das Geschlossen-Schild in die Tür. Mein Ausflug hierher erschien mir plötzlich nicht mehr als so gute Idee.

„Hallo, Lucy.“

Das ist jetzt nicht wahr. Das ist jetzt nicht wahr. Das ist jetzt nicht wahr.

„Hi“, krächzte ich.

„Du bist also hergekommen, obwohl Lily dir gesagt hat, dass du mich nur triffst, wenn du dich für deinen Vampir entscheidest.“

„Ähm ...“ Verlegen rieb ich mir den Arm und blieb an der Spitze der Handschuhe hängen. Schnell versteckte ich sie hinter dem Rücken. „Eigentlich ...“

„Ja?“

Eine kleine Stimme in mir röchelte: *Den lügst du besser nicht an*. Er sah wahrhaftig nicht wie jemand aus, der das mit sich machen ließ. Also nein, ich war nicht zufällig zum Shoppen hier.

„Ich habe noch einige Fragen über das Blut in mir und was es mit mir macht.“

Sebastien wirkte wie ein dunkler Bote der Nacht. Obwohl sein Körper nur von normaler Größe war, schien er über sich selbst hinauszureichen. Sein Haar war voller Schatten und seine Augen so tief, dass ich mich fragte, ob er mich hier und jetzt hypnotisieren würde.

„Es macht, dass du hier bist“, erklärte er.

„Wird es mich immer zu ihm treiben, oder kann ich auch mit einem anderen zusammen sein?“

Sein Blick wurde schmal. „Mit wem denn?“

Ich wollte ihm Adams Namen nicht verraten. Irgendwie hatte ich das Gefühl, ihn beschützen zu müssen. Bei Sebastien wusste ich absolut nicht, woran ich war.

„Eben einfach jemand.“

„Wenn du es nicht ernst meinst, geht das schon.“ Er sah allerdings aus, als würde das meinem Vampir bestimmt nicht gefallen.

Ich hatte das Gefühl, als würde sich eine Faust um mein Herz legen. „Das bedeutet, es funktioniert nicht?“

Er stieß gepresst den Atem aus. „Im Blut liegt die Seele. Sein Blut ist in dir. Seine Seele ist in dir. Ihr seid verbunden. Das ist ziemlich simpel.“

„Aber du musst dich irren, denn ich habe mich in jemand anderen verliebt.“

Sebastien legte den Kopf schief, als wollte mir das mit

der Addition einfach nicht so recht gelingen. „Du kannst nicht vor dem fliehen, was in dir ist."

„Das war eine einseitige Blutgabe. Er hat von mir nichts bekommen."

„Menschen geben vielleicht ihr Blut weg. Vampire nicht. Es bleibt unser Blut. Ein Teil von ihm ist jetzt in dir. Damit ist auch er mit dir verbunden. Daran ist nichts einseitig."

„Trotzdem kann ich es versuchen, oder? Ich werde das mit meiner neuen Beziehung probieren."

„Warum hast du dich dann für ihn hübsch gemacht?" Sebastien kam einen Schritt näher und strich mit seinem Finger an meiner Kehle hinauf bis zu meinem Kinn. Dann hielt er es fest und zwang mich, ihn anzusehen. „Du denkst, dass du in meiner Gegenwart schon willenlos bist? Das ist nichts im Vergleich zu seiner Nähe. Wenn er sich dir offenbart, wird es sein, als würdest du in ihn hineingezogen werden. Und mit wem auch immer du dann gerade glaubst, zusammen zu sein, es wird dich von ihm wegreißen."

Sebastien ließ mich los und trat einen Schritt zurück. Dann zuckte er mit den Schultern. „Aber das ist natürlich deine Sache, ob du unterwegs noch ein paar Herzen brechen willst."

Wütend funkelte ich ihn an. „Ich bin keine Marionette."

„Du gehörst ihm."

Nachdrücklich schüttelte ich den Kopf. „Ich bestimmte selbst über mein Leben."

Er zuckte nicht einmal mit der Wimper. „Du hättest gar kein Leben mehr ohne ihn. Du würdest seit vierzehn Jahren unter der kalten Erde liegen, weil du ohne ihn ertrunken wärst. Was er dir geschenkt hat, besitzt einen Preis." Sebastien deutete auf mich und bezog mich von oben bis unten ein. „Du bist der Preis. Alles an dir."

Ich stemmte meine Hände in die geschnürte Taille und spürte, wie sich meine Brüste unter meinen wütenden Atemzügen gegen die Korsage auflehnten. „Wo ist er dann? Offensichtlich will er mich gar nicht. Dann braucht es ihn auch nicht zu stören, wenn ich mit einem anderen Mann schlafe."

Sebastien ächzte und schüttelte abermals den Kopf. „Das wird er gar nicht mögen."

„Bisher hat er nichts dagegen unternommen. Und gesehen habe ich ihn auch nicht." Das Bild in meiner Tasche von dem Mann am See zeigte aber auch nicht Sebastien. „Weißt du, wo ich ihn finden kann?"

Er zuckte mit den Schultern. „Ich habe ihn eine Weile nicht gesehen. Die Hochzeitsvorbereitungen haben meine Zeit beansprucht."

Ich kramte das Bild heraus. „Ist er das?"

Sebastien wirkte erstaunt. „Nein, ist er nicht."

„Aber du kennst diesen Mann", hakte ich nach.

Er neigte den Kopf. „Ja."

„Und wer ist er?"

„Das kann ich dir nicht sagen."

Diese verfluchte Geheimhaltung machte mich sauer. Aufgebracht tippte ich auf die Zeichnung. „Er hat mir etwas gestohlen."

„Da kann ich dir nicht helfen."

„Bist du bei Lily auch so ein Eisblock?", fauchte ich vor lauter Verzweiflung, doch eigentlich war ich den Tränen nahe.

Seine Gesichtszüge wurden weicher. „Wenn du erst

deinem Schicksal folgst, wirst du mich auch verstehen."

Ich war schon einmal ins kalte Wasser gestürzt und nun wollte er, dass ich erneut hineinsprang. Ohne Rettungsleine, ohne Informationen. „Sag mir doch wenigstens, weshalb dieser Mann mir etwas wegnehmen würde."

„Tut mir leid, Lucy. Wenn du die Wahrheit wissen willst, wirst du sie nur bei einem ganz bestimmten Vampir finden."

Es klopfte an der Scheibe. Als ich Lily draußen stehen sah, war ich so erleichtert. Sebastien ließ sie herein und gab ihr einen sehr ausgiebigen Kuss, bei dem er gar nicht mehr frostig wirkte. Wenigstens behandelte er seine eigene Braut nicht wie einen kleinen Hund. Er schmolz in ihrer Nähe.

Endlich löste sie sich von ihm und kam zu mir. „Oh, Lucy, schau dich an! Ich bin so froh, dass du hergekommen bist."

„Sie will ihn nicht sehen", informierte er sie.

Lily krauste die Stirn. „Ich dachte, dass du hier bist, weil du ihn annehmen willst, wie ich meinen Sebastien."

„Heiraten?", keuchte ich. „Davon war nie die Rede. Du hast doch selbst gesagt, dass Vampire auch normale Beziehungen haben können."

„Euer Blutbund ist nicht normal." Sebastien wurde nicht müde, das herauszustellen.

„Ich spare mich bestimmt nicht länger für jemanden auf, der sich nie meldet."

„Himmel, Lucy, du bist doch gerade erst vor zwei Monaten einundzwanzig geworden", warf Lily ein.

„Ja, und?" Bei unseren Gruppentreffen hatte sie nie Anspielungen auf mein Alter gemacht. Hielt sie mich jetzt für ein Küken?

Sebastien rollte mit den Augen.

„Was denn?“, fragte sie. „Hätte ich das auch nicht sagen dürfen?“

„Wow, ich weiß doch selber, wie alt ich bin. Warum solltest du das nicht sagen können?“

Der Vampir sah aus, als könnte er in meiner Nähe Yoga gebrauchen. Lily fasste nach seiner Hand und schmiegte sich an seinen Arm. Sofort strahlte er mehr Ruhe aus.

„Wir wandeln keine Kinder“, erklärte er.

„Wieso denn wandeln?“ Entsetzt starrte ich ihn an. „Niemand will verwandelt werden.“

Mit hochgezogener Braue musterte er mich in meiner neuen Aufmachung. „Früher oder später wird das immer ein Thema.“

„Sie lassen sich nicht auf zu junge Frauen ein“, erläuterte Lily. „Einundzwanzig ist die Untergrenze. Deshalb kam er nicht zu dir. Sie haben strenge Richtlinien.“

„Deswegen hat er dir auch sein Blut gegeben, statt dich zu einer Vampirin zu machen.“ Sebastien wirkte nachdenklich. „Er hatte damals nur zwei Möglichkeiten. Das oder dich sterben zu lassen.“ Er sah nicht aus, als wäre die letzte Option sonderlich abwegig.

„Dann wird er wirklich zu mir kommen?“, stammelte ich. „Es ist nicht mehr nur eine Theorie?“

Lily nickte. „Euer Weg ist vorbestimmt.“

Auf der Rückfahrt nach Brookings fühlte ich mich so überrollt, dass ich mehrmals rechts heranfuhr und ausstieg, weil mir so schlecht war, dass ich glaubte, mich übergeben zu müssen. Meine Gefühle für Adam waren inzwischen so intensiv, dass ich ihn auf keinen Fall verlieren wollte. Doch Sebastien hatte mir klargemacht, dass mein freier Wille in dieser Sache so weit entfernt war, wie die Wildgänse, die in den Süden gezogen waren.

Ich überlegte, ob Adam und ich zusammen fortlaufen sollten. Konnte es einen Platz auf der Welt geben, an dem das Blut in mir den Vampir nicht mehr erreichen würde? Er hatte mich gerettet, doch in diesem Moment kam es mir vor, als würde er mir mein Leben wegnehmen wollen.

Wenn er warten konnte, bis ich einundzwanzig war, könnte er es doch noch einige Jahre länger. Wenigstens ein paar Jahre mit Adam. Ich wollte ihn nicht verlieren. Schon gar nicht jetzt. Ich wollte mir Zeit mit ihm erkaufen. Sebastien hatte dafür kein Verständnis gezeigt und dieses Schweigeverbot machte es mir unmöglich, mit jemand anderem darüber zu sprechen. Am wenigsten mit Adam.

Mit zittrigen Fingern kramte ich ein Blatt Papier und einen Stift hervor und begann, einen neuen Brief zu schreiben. Darin wünschte ich mir Zeit mit dem Mann, den ich gerade erst lieben gelernt hatte. Ich bat um einen Aufschub. Jede Zeit sollte mir recht sein, solange ich mich nicht sofort von ihm zu trennen brauchte. Ich wollte nicht, dass meine Gefühle für Adam einfach lieblos aus der Welt getilgt wurden, als wären sie nichts wert, sobald mein Vampir erschien. Ich war ihm ja dankbar. Das betonte ich in aller Form. Ich war ihm so dankbar für das Leben, das er mir geschenkt hatte. Doch Zeit hatte für ihn eine andere Gewichtung. Was spielte ein Jahr in den Maßstäben eines Vampirs für eine Rolle?

Er könnte das verwinden und mir würde es so viel bedeuten. Ein ganzes Jahr.

Trotzdem wusste ich nicht, wie tolerant er war. In dieser Zeit würde ich bei Adam sein, ihn lieben und mit ihm schlafen. Sebastien hatte angedeutet, dass ihm das nicht gefallen würde, doch eine andere Wahl hatte ich nicht. Mir war sehr deutlich gesagt worden, dass ich gar keine hatte. Alles hing davon ab, was mein Vampir als Nächstes unternahm.

Weil ich kein Metallkästchen gekauft hatte, steckte ich den Brief in eine Tupperbrotdose und fuhr hinaus zum Lake Campbell. Ich war mir nicht sicher, ob die Stelle am See auch dieses Mal als Briefkasten dienen würde, doch eine andere Zustelladresse kannte ich nicht.

Ich parkte direkt in der Nähe, um nicht mehr so weit durch die frühmorgendliche Nacht laufen zu müssen. Inzwischen trug ich wieder meine Winterkleider, aber Lily hatte mir alles in eine Tüte gepackt und Sebastien hatte darauf bestanden, mir die schwarzen Sachen zu schenken. Ich hatte mich in ihnen nicht erkennen können. Wie es aussah, besaß ich keine düstere Vampirseite.

Was, wenn mein Vampir mich an sich riss und zu einer von seiner Art machte? Dann wäre ich eine Gewandelte wie Sebastien und müsste obendrein erst sterben. Die Vorstellung erschreckte mich und danach wäre ich nicht einmal mächtig genug, um Adam auch zu verwandeln, falls er mich dann überhaupt noch wollte. Vielleicht wäre ich als Vampirin in der Lage, mich von diesem Sog zu befreien, den mein Retter angeblich auf mich ausüben konnte. So viele Vielleichts. So viele Wenns. Die Zukunft lag schwarz vor mir.

Ich richtete den Strahl meiner Taschenlampe auf den gefrorenen Uferboden. Was einmal Schlamm gewesen war, bestand nun aus einer kalten Kruste. Die Eiskristalle knirschten unter meinen Schuhen. Würde ich diesen Ort nicht so gut wie meinen Handrücken kennen, hätte ich die Stelle in dieser sternenlosen Nacht vermutlich nie gefunden. Doch so lenkte ich beinahe blind meine Schritte in die richtige Richtung.

Das kleine Loch meiner letzten Ausgrabung lag unberührt vor mir. Ich kniete mich auf den frostigen Grund, gab auch diesem Kästchen einen Kuss und versteckte es in der Mulde. In ein paar Stunden ging die Sonne auf. Heute würde es bestimmt niemand mehr abholen.

Müdigkeit kroch durch meinen Körper und für einen Moment war ich versucht, bei meinen Eltern zu übernachten. Doch meine Mom würde einen riesigen Schreck bekommen, wenn ich unangemeldet auftauchte. Sie würde wissen, dass etwas nicht stimmte, und ich konnte nicht mit ihr reden. Zum einen weil ich es nicht durfte und zum anderen weil mir die Kraft dafür fehlte.

Also setzte ich mich zurück in mein Auto und fuhr mit diesem tauben Gefühl im Bauch nach Hause. Ich kroch in mein Bett, doch innerlich war mir so kalt, dass ich wieder aufstand und mir noch mehr warme Sachen überzog. Dabei verfolgten mich die Blicke von meinen Wänden. Mein Herz krampfte sich schmerzhaft zusammen und ich starrte auf meine Staffelei.

Dann machte ich mir einen Kaffee und begann, ein neues Bild zu malen. Ich ließ mir Zeit für jede Einzelheit, die ich lieben gelernt hatte. Dieses Mal kannte ich das ganze Gesicht – das Lachen in seinen Augen, die

Grübchen. Ich konnte nicht zeichnen, wie weich sich seine Lippen anfühlten. Konnte nicht wiedergeben, wie seine Haut duftete. Ganz unverkennbar nach ihm selbst. Mit einer Augenbinde würde ich ihn noch bemerken. Auch der Klang seiner rauen Stimme ließ sich nicht festhalten. Tränen tropften von meiner Wange, denn am Ende würde ich ihn gar nicht mehr halten können.

Mit dem ersten Licht des Morgens befestigte ich ein Bild von Adam an meiner Wand. Ich hängte ihn in die Mitte zwischen all die anderen Zeichnungen.

KAPITEL 22

Am Nachmittag weckte mich eine SMS von Pia. Sie wollte wissen, ob wir etwas unternahmen. Erschrocken stellte ich fest, dass ich den Tag verschlafen hatte. Ich war hin- und hergerissen, weil ich meine verbleibende Zeit mit Adam verbringen wollte. Gleichzeitig war mir bewusst, dass Pia bald zurück nach Wyoming fuhr, um ihrer Familie bei den Festtagsvorbereitungen zur Hand zu gehen. Vermutlich arbeitete Adam noch, also willigte ich ein. Ich musste noch einige Geschenke besorgen und wollte nicht erst am letzten Tag die Läden plündern.

„Schön, dass es geklappt hat", erklärte sie eine halbe Stunde später, als wir durch das Einkaufszentrum bummelten. Sie hakte sich bei mir unter.

Ich nickte und lächelte matt.

„Ist alles okay bei dir?", wollte sie wissen. „Du siehst irgendwie blass aus."

„Ich habe nur furchtbar geschlafen."

„Ach, du Arme. Kopfweh?"

„Auch."

Vor allem brannte mein Herz und mir war so schlecht, weil mir alles entglitt.

„Ich habe beschlossen, dass ich heute alles kaufe, worauf ich Lust habe, bis meine Kreditkarte die Flucht ergreift", erklärte sie. „Das solltest du auch tun."

„Ich brauche nur ein paar Geschenke."

Sie runzelte die Stirn. „Hast du dich mit Adam gestritten?"

„Nein, er ist toll."

Sie nickte schon erfreut, bis ich vor ihren Augen zu heulen begann. Eilig schob sie mich auf einen freien Stuhl in einem Imbiss und bestellte einen großen Kaffee.

„Lucy, was ist denn bloß los?" Besorgt ging sie vor mir in die Hocke. „Hast du deine Tage? Sind es Hormonstörungen?" Dann flüsterte sie: „Du bist aber nicht schwanger, oder?"

Ich lachte, während ich weinte, weil die Idee so absurd war. „Nein."

„Was ist es denn dann?"

„Adam."

Sie hielt mir den Kaffeebecher hin und schob ihn mir sanft an den Mund. „Was ist mit ihm?"

„Ich habe solche Angst, dass ich ihn verliere", gestand ich zwischen den Schlucken.

„Ja, aber warum denn bloß? Ist es wegen dieser Blondine?"

Schniefend schüttelte ich den Kopf. „Nein, das ist seine Adoptivschwester."

„Wow", staunte sie. Dann zuckte sie die Schultern. „Ist doch prima. Dann wird er nichts mit ihr haben."

„Er hat keine andere."

Pia seufzte. „Weshalb solltest du ihn dann verlieren?"

Ich schüttelte den Kopf, denn schließlich durfte ich ihr nichts von Sebastien und dem, was er mir anvertraut hatte, enthüllen. Zwar hatte ich keine Ahnung, welche Strafe bei Vampiren auf Verrat stand, doch es lohnte sich nicht, das herauszufinden, weil Pia mir ohnehin nicht glauben würde.

„Ist nur so ein Bauchgefühl", flüsterte ich und berührte jenen Bereich meiner Haut, den einst die Schlittschuhkufe durchstoßen hatte.

„Süße", tröstete mich Pia und nahm mich in den Arm. „Die ganze Vorweihnachtsstimmung ist ein bisschen viel für dich. Das ist schon alles. Du wirst ihn deinen Eltern vorstellen und seine Familie kennenlernen. Da kann man schon mal nervös sein. Aber wenigstens hast du Adam. Das mit Ethan und mir ist gegessen."

Ich wühlte ein Taschentuch aus meinem Mantel und wischte mir die Tränen ab, die aus meinen Augen regneten, als herrschte in mir ein kalter Novembertag. Normalerweise hätte ich nun Pia getröstet, doch ich schaffte es einfach nicht. Ich fühlte mich so zerbrochen.

„Seid ihr heute Abend schon verabredet?", fragte sie mich.

„Noch nicht."

Pia streichelte meine Hand und flößte mir einen weiteren Schluck Kaffee ein. „Dann schicke ihm eine SMS, dass du ihn sehen willst."

Das wollte ich wirklich. Mit zittrigen Fingern tippte ich Adam eine Nachricht.

Er schrieb sofort zurück. *»Ich habe heute von dir geträumt. Soll ich zu dir fahren?«*

»Erst in zwei Stunden. Ich muss mit Pia noch ein paar Geschenke besorgen.«

»Dann arbeite ich noch ein bisschen und komme danach. Ich kann es kaum erwarten, dich zu küssen.«

Auch ich sehnte den Moment herbei, an dem Adam mich wieder küsste. Seine Lippen waren magisch.

»Heute habe ich mir in einem Weihnachtsbrief gewünscht, dass wir zusammenbleiben«, gestand ich ihm. Hoffentlich hielt er mich nicht für albern.

»Ich wünsche es mir ständig. Mir gefällt, dass du an Weihnachten glaubst und Engel bastelst. Bis nachher.«

Ich musste daran denken, wie wir zusammen den Baum geschmückt hatten. Jetzt wusste ich auch, was ich ihm schenken konnte.

Als es an meiner Tür läutete, versteckte ich die Bastelsachen, an denen ich gerade gesessen hatte. Es roch nun ein wenig nach Kleber, doch in meiner Wohnung hing immer ein Duft von Farben und Ölen. Ich schnappte mir einen der Kuchen, lief damit im Kreis, um den Geruch zu überlagern, und stürmte dann zur Tür.

Adam lächelte mich an. „Hast du dir noch überlegt, ob du mir aufmachen willst?“, neckte er mich.

Ich fasste nach seinen Händen und zog ihn in meine Wohnung. Ich hatte die Tür kaum ins Schloss geschubst, als ich ihm bereits um den Hals fiel und ihn küsste, als wäre ich Scarlett O'Hara und er mein Rhett Butler. Mir war nach dem großen Gefühl einstiger Kinoleinwände. Verzweifelt klammerte ich mich an ihn und küsste ihn, als würde ich nie mehr dazu kommen.

Er gab ein erfreutes Stöhnen von sich und schob mich ins Schlafzimmer. Als ich mich zurück aufs Bett fallen ließ, landete ich auf der Tüte mit den Sachen vom *Black Mirror*.

Adam wollte sie bereits achtlos beiseite schieben, als die Tasche doch seine Aufmerksamkeit erregte. Ein schwarzer Seidenstrumpf war herausgerutscht und lag nun verführerisch auf meinem Bettzeug.

„Darf ich da mal reinschauen, Lucy?“

Ich nickte stumm und beobachtete sein Gesicht. Adams Blick wurde verhangen, als er den Inhalt der Tüte inspizierte. Er ließ die Spitzenunterwäsche durch seine Finger gleiten und sah mich hungrig an.

„Hast du das etwa für mich gekauft?“

Ich wollte ihm nicht verraten, dass ein Vampir mir diese sündigen Dinge geschenkt hatte.

Deshalb sagte ich: „Ich will dir gefallen, Adam.“

Er lächelte mit einer solchen Leidenschaft in den Augen, dass ich mich wie sein kostbarster Schatz fühlte. „Das tust du doch immer.“

Ich schniefte und wandte den Blick ab.

„Lucy“, murmelte er und strich mir eine Träne von meiner Wange. „Kein Grund zu weinen.“

„Ich will dich nicht verlieren.“

Verzweifelt küsste ich ihn und schmeckte das Salz meiner Tränen auf unseren Lippen.

„Das wirst du nicht“, versprach er.

„Ich war so entsetzlich dumm“, flüstere ich an seinem Mund. „Die ganze Zeit habe ich verdrängt, wie perfekt du für mich bist. Und alles nur, weil ich auf diese Idee versteift war, dass ein Vampir der Richtige für mich ist.“

„Mhm“, murmelt er. „Und du bist dir sicher, dass du jetzt mich willst?“

„Ja.“

„Mit Haut und Haar?“

Ich nickte und küsste ihn. „Ja.“

Er löste seinen Mund von meinem und betrachtete mich ernst. „Und falls er dir mal begegnen würde?“

„Ich dachte, du glaubst nicht daran.“

„Das habe ich nie gesagt. Ich habe nur festgestellt, dass

du viele Bilder von ihm hast."

Ich versank in seinen wundervollen grauen Augen und griff nach seiner Hand. Ich hatte ihn so stürmisch empfangen, dass er es noch gar nicht gesehen hatte. „Komm mit."

Dann führte ich ihn ins Wohnzimmer und zeigte ihm die neue Zeichnung an meiner Wand. Adam stand stumm vor dem Bild und wirkte völlig überwältigt. Ich stellte mich auf die Zehenspitzen und küsste sein Kinn. „Ich bin bei dir."

Etwas in seinem Ausdruck krempelte sich um. Er wirkte entschlossen und nickte. „Ich will dir auch etwas zeigen."

Neugierig spickte ich zu seinen Taschen.

„Es ist nicht hier", erklärte er. „Zieh dir deine Sachen an. Wir machen einen Ausflug." Dann lächelte er verschmitzt. „Die Tüte aus deinem Schlafzimmer würde ich aber gerne mitnehmen."

Ich schlüpfte in meinen Wintermantel und er holte die Sachen vom *Black Mirror*. Es war das erste Mal, dass ich in Adams Auto mitfuhr. Er hatte einen dieser praktischen Geländewagen. Bei ihm würde spielend leicht ein riesiger Tannenbaum hineinpassen.

„Wohin fahren wir?"

„Raus aus Brookings."

Er bog südwärts aus der Stadt. Die Strecke war ich hundert Mal gefahren. Für einen Moment glaubte ich, er würde den Weg zu meinen Eltern kennen, doch er steuerte die andere Seite des Sees an.

Erstaunt blickte ich zu ihm. „Hast du den See auf meinen Bildern erkannt?"

„Ich bringe dich nicht zu deinen Bildern", erklärte er.

„Ich bringe dich zu meinen."

Mit diesen Worten stieg er aus.

„Aber …" Fragend folgte ich ihm aus dem Wagen.

Er griff nach meiner Hand und führte mich zu einem Haus. „Hier wohne ich."

Ich grinste ihn an und deutete mit dem Daumen das Ufer herunter. „Das ist ja verrückt. Meine Eltern haben ihr Haus gleich dort drüben."

Schweigend hielt er mir die Tür auf und er wirkte dabei so angespannt, dass ich mich wunderte, was mit ihm los war. Er schien es gar nicht für einen sonderlich lustigen Zufall zu halten und als ich sein Wohnzimmer betrat, wusste ich auch, warum.

An den Wänden hingen unzählige Bilder von mir. Solche, auf denen ich ganz klein war, und solche, auf denen ich so alt war wie jetzt. Es waren Schnappschüsse aus der Ferne. Auf keiner der Fotografien schaute ich je direkt in die Kamera.

Unruhig versuchte ich zu atmen. Da stand meine grüne Metalldose auf seiner Kommode. Mein Brief lag aufgefaltet daneben. Selbst die Brotdose von gestern reihte sich in seine Sammlung ein. Mir wurde schwarz vor Augen.

„Das ist doch nicht möglich", wisperte ich. Mechanisch bewegte ich mich auf die Dose zu und nahm sie in die Hand. Sie fühlte sich kühl an, so als stände sie hier noch nicht lange. Mir wurde bewusst, dass er sie gerade erst vorhin geholt haben musste.

„Was ist das hier?", keuchte ich und wirbelte zu ihm herum.

Sein Zimmer sah aus wie meines, nur dass er keinen Schrein für meinen Vampir errichtet hatte, sondern von mir. Ich hatte nie bemerkt, wie angsteinflößend meine Besessenheit auf meinen Retter wohl gewirkt hätte. Ich hatte das Gefühl, keine Luft mehr zu bekommen.

„Ich habe dich nie aus den Augen verloren“, gestand er. „Du trägst mein Blut in dir.“

Sein Bekenntnis erschlug mich.

„Das kann nicht sein. Ich hätte dich doch erkannt!“ Meine Beine knickten weg und er war an meiner Seite und hielt mich, bevor ich auch nur blinzeln konnte.

„Du warst hypnotisiert.“

„Die silbernen Augen“, flüsterte ich.

„Ich konnte dich nicht wandeln. Du warst doch erst sieben, sonst wärst du ewig ein Kind geblieben. Aber sterben lassen konnte ich dich auch nicht. Da war etwas an dir ... Nenne es Schicksal, wenn du willst.“

Sein Atem strich warm über meine Haut. Ich hatte das Gefühl, keinen Knochen mehr in meinem Leib zu besitzen.

„Wieso hast du es mir nicht gleich gesagt?“ Wütend schlug ich ihm auf die Brust. Meiner Ohnmacht folgte Zorn. „Warum hast du nicht gesagt, dass du es bist?“

„Weil du so beherrscht von dem Gedanken an einen Vampir warst. Ich wollte, dass du dich in mich verliebst. In den Mann, der ich bin. Du solltest mich nicht nur aus Dankbarkeit wollen, weil ich dich einst gerettet habe. Und schon gar nicht bloß, weil ich ein Vampir bin. Es gibt hunderte meiner Art. Hättest du die alle auch genommen?“ Frustriert stieß er den Atem aus und fuhr sich mit der Hand durchs Haar.

Innerlich verfluchte ich mich für meine Fixierung auf sein Wesen. Damit hatte ich ihn verschreckt.

Er strich mit seiner Hand über meine Wange und ließ

seinen Daumen zwischen meinen Lippen entlanggleiten. Das ganze Chaos meiner Gefühle brach sich Bahn und ich biss ihm in den Daumen, weil er mich dazu gebracht hatte, zu heulen wie ein Kind. Weil ich geglaubt hatte, dass ich ihn verlieren würde.

„Au“, raunte er und sein Blick wurde silbern wie vor vierzehn Jahren, als er mich beschützt hatte. Doch dieses Mal hypnotisierte er mich nicht. Ich konnte ihn ganz klar erkennen. Endlich vervollständigte er die leeren Konturen meiner Erinnerungen.

Er war es.

Er war es immer gewesen.

Nur einen Steinwurf von meinem Elternhaus entfernt. Immer in meiner Nähe. All diese Fotos von mir. Er war genauso erfüllt von mir wie ich von ihm. Durch sein Blut war er ein Teil von mir geworden.

„Ich habe dich so sehr vermisst“, gestand ich. „Die letzten Jahre bin ich fast verrückt geworden. Ich wünschte, du wärst schon damals in mein Leben getreten.“

Er seufzte gequält. „Lucy, du hast mich das erste Mal wieder mit achtzehn gesucht. Achtzehn!“ Erst dachte ich, dass er sich darüber beschwerte, weil ich ihn all die Jahre hatte verdrängen wollen. Stattdessen erklärte er: „In dem Alter darf man nicht mal ins Casino und du wolltest gleich einen Vampir!“

Erleichtert lachte ich und schlang ihm die Arme um seinen Hals. „Jetzt bin ich einundzwanzig.“ Trotzig reckte ich mein Kinn vor. „Inzwischen darf ich auch ins Casino.“

Allmählich spürte ich meine Beine wieder und ließ Adam stehen. Unterwegs zog ich mir meine Kleider aus.

„Was hast du denn vor?“, wollte er wissen.

„Shhh“, machte ich und legte meinen Finger an die Lippen. Ich schenkte ihm einen verführerischen Blick über meine Schultern und schüttete den Inhalt meiner Tasche vom *Black Mirror* auf den Boden. Er durfte ruhig sehen, dass ich inzwischen für alles alt genug war.

Genüsslich langsam schlüpfte ich in die Wäsche. Dann legte ich meinen Fuß auf seine Kommode und rollte mir erst einen Seidenstrumpf über, dann machte ich beim anderen Bein weiter. Danach waren die Stiefel dran. Ich streifte mir das Kleid über und schlenderte dann zu ihm.

„Ich könnte da Hilfe brauchen.“

Er zog mir den Reißverschluss hoch. „Kann ich sonst noch was für dich tun?“

„Ich will meinen Freund verführen“, informierte ich ihn. „Er heißt Adam und ist groß, schlank und heiß. Außerdem hat er ein spezielles Ernährungsproblem und ist lichtscheu.“

Adam lachte. „So schlimm ist das nicht. Erzähl mir mehr über das mit dem Verführen.“

Spielerisch legte ich mir den Finger an den Mund und schaute mich um. „Wo ist denn hier das Bett?“

Er deutete nach oben. „Gleich die Treppe rauf. Soll ich es dir zeigen?“

„Nur solange mein Freund nicht hier ist. Es macht mich zwar an, dass du ein Vampir bist, aber mein Adam ist einfach heißer.“

„Ich könnte glatt eifersüchtig werden.“ Er schwang mich auf seine Arme und trug mich die Treppe hinauf. „Mit solchen Schuhen solltest du nicht laufen müssen.“

Das fand ich allerdings auch. Die waren schließlich nur zum Gucken gemacht.

Adams Schlafzimmer war schwarz: die Wände, die Möbel. Nur sein Bettzeug leuchtete rot.

„Sieht aus wie in einem Puff", sagte ich amüsiert.

Er warf mich aufs Bett und ich quiekte und lachte.

Er sah so herrlich finster aus. „Das Kleid ist verdammt heiß", stöhnte er. „Schau nur, was du mit mir machst."

Er führte meine Hand an seinen Schritt und ich spürte die harte Wölbung unter meinen Satinhandschuhen. Mit einem unschuldigen Blick begann ich, ihn zu massieren. Er schloss die Augen und legte seinen Kopf in den Nacken. Ich kniete mich vor ihm auf das Bett und öffnete den Knopf seiner Hose. Dann befreite ich seinen Penis und streichelte ihn mit beiden Händen. Es fühlte sich so verrucht an, ihn durch den Stoff der Handschuhe zu berühren.

Das ganze Zimmer, meine Kleidung, sein fester Körper – alles wirkte sinnlich auf mich. Genießerisch schob ich sein Shirt am Bauch hinauf, um mehr von ihm zu sehen. Eine feine Spur dunkler Haare wuchs von seinem Nabel hinab bis zu seinem Glied. Ein Lusttropfen glänzte auf seiner Eichel und ich verrieb ihn und leckte mit meiner Zungenspitze darüber, um ihn zu schmecken.

Adam sog zischend die Luft zwischen seinen Zähnen ein. Als er mich ansah, waren seine Zähne lang und seine Augen strahlten wie flüssiges Silber. Sein Anblick erregte mich so sehr, dass ich ihn in den Mund nahm und mit meiner Zunge umspielte.

Seine Hand landete in meinem Haar und führte mich sanft und bestimmend zugleich. Ich nahm ihn tiefer und schob mit beiden Händen die Hose über seinen knackigen Hintern. Er war fest und warm und ich kniff ihn zum Spaß.

Ich hatte das Gefühl, dass er in meinem Mund wuchs, als ich das machte.

„Himmel!“, stöhnte er. „Was du über Vampire vielleicht noch nicht weißt, ist, dass wir es gerne mal härter mögen.“

Ich grinste und begann, ihn so sanft wie nur möglich zu verwöhnen. Damit tat ich genau das Gegenteil von dem, was er beschrieb, und ich merkte sofort, wie es ihn wahnsinnig machte.

„Dabei siehst du aus wie ein Engel“, beschwerte er sich mit wenig Energie.

Ich sah zu ihm auf, während ich ihn im Mund hatte, und er machte mir den Eindruck, gleich durchzudrehen.

„Wie ein Engel“, wiederholte er. Dann hob er mich hoch und drückte mich mit dem Rücken aufs Bett, während er sich über mich schob.

„Ich will nicht in deinem Mund kommen“, erklärte er, weil ich ihn überrascht ansah. „Vielleicht ein anderes Mal, aber jetzt will ich in dir sein, wenn es passiert. Du bist mein.“

Er schob meinen Rock nach oben und strich mit seiner Hand zwischen meinen Beinen entlang. Dabei drückte er auch meinen Spitzenslip zur Seite, ohne ihn mir auszuziehen.

„Wenn ich malen könnte, würde ich dich malen“, flüsterte er und nahm seinen Schwanz in die Hand. Er rieb ihn ein paar Mal an mir entlang, um sicherzugehen, dass ich bereit für ihn war.

„Solange du keine Vampirin bist, kannst du nicht schwanger von mir werden“, gestand er. „Wir können die Gummis genauso gut weglassen. Aber falls es dich stört, dass ich in dir komme, kann ich auch ...“

Weiter kam er nicht. Ich drückte ihm mein Becken entgegen und er rutschte in mich hinein. Nur ein paar Zentimeter, die ihm Antwort genug waren. Den Rest erledigte er. Mit einem tiefen Stöhnen stieß er in mich und ich bäumte mich unter ihm auf.

„Meine Lucy“, seufzte er und blieb reglos auf mir liegen.

Ich gab ihm einen Klaps auf den Po. „Hör doch jetzt nicht auf.“

Er lachte lautlos und sah mir in die Augen. „Ich zerspringe, wenn ich dich nicht beißen kann.“

Nervös sog ich die Luft ein. „Und falls du mich beißt …?“

„Zerspringe ich auch“, gab er zu. „Das hier will ich schon viel zu lange.“

Ich kreiste mein Becken unter ihm. Auch wenn ich mich kaum bewegen konnte, ein bisschen ging es, und es genügte, um ihn die Beherrschung zu kosten. Seine Hände wanderten in mein Haar und zogen meinen Kopf in den Nacken.

„Sieh mich an“, flüsterte er und ich blickte in seine leuchtenden Augen. Etwas machte er mit mir. Ich hatte das Gefühl, als würde er mich in sich hineinsaugen, als würde ich in seinen Augen versinken, während ich mich unter ihm wand und zitterte.

„Jetzt tut es nicht mehr weh“, erklärte er und senkte seinen Mund auf meinen Hals. Sein Biss brachte mein Blut zum Kochen. Hitze wallte in mir auf, allerdings vor Lust und nicht vor Schmerz. Ohne dass er sich bewegte, kam ich und zuckte um seinen Schwanz.

Dann begann er, seine Hüften zu bewegen und langsam und bedächtig in mich zu stoßen, während er von meinem Blut trank. Ich war Wachs unter seinem Körper. Mein Herz schmolz vor Sehnsucht. Er schluckte an meinem Hals, sein Schwanz stieß wieder und immer wieder in mich und er trieb meinen Höhepunkt über jeden Gipfel hinaus. Mein ganzer Körper zuckte vor Verlangen, ich zitterte um sein Glied, als würde ich ihn melken wollen. Sein Stöhnen mischte sich unter meine Lustschreie und als er schließlich auch kam, spürte ich seinen Samen heiß und warm in mir.

Voll bekleidet lag ich unter ihm und schlang meine Arme und Beine um seinen Körper. Ich würde ihn nicht verlieren. Ich würde Adam nie mehr verlieren.

Er war mein Vampir.

Er war mein Schicksal.

KAPITEL 23

Eine weiße Decke überzog das weite, sanft geschwungene Land rund um den Lake Campbell. Alles wirkte, als wären soeben sämtliche Flocken einer Schneekugel herabgerieselt. Die Sonne versank hinter den Hügeln und tauchte die Welt in einen roten Glanz. Es war dieselbe Farbe wie von Moms Christbaumkugeln.

„Lucy, vorm Essen wird nicht mehr genascht", ermahnte sie mich, als sie mich mit dem Finger in der Mousse au chocolat erwischte.

„Dann koche doch nicht immer so lecker. Wenn es wie tote Fliegen schmecken würde, käme ich nie auf die Idee ..."

„Ja, ja, schon gut." Sie schüttelte den Kopf und hängte ihre Schürze an den Wandhaken. Hektisch prüfte sie den Sitz ihrer Haare in einem Silbertablett.

„Du siehst toll aus", beruhigte ich sie.

„Dass du endlich wieder einen Freund hast, ist so schön." Mom seufzte. „Sieht er gut aus?"

„Unglaublich gut."

„Und behandelt er dich auch gut? Wenn er nämlich wie dein letzter Freund ist, haue ich ihn mit meiner Suppenkelle." Ich wusste, dass sie es täte. Eins zu eins würde sie Adam mit einer Kelle um ihre

Granitarbeitsplatte jagen.

„Und ich stecke ihn danach in den Truthahnbottich", ergänzte mein Vater fröhlich.

„Hört auf, euch auf ein Massaker zu freuen. Adam ist ein echter Schatz", beschwichtigte ich sie.

„Schade, dass er erst so spät hier sein kann", jammerte Mom. „Wir hätten Hilfe beim Mittagessen brauchen können.

Das war ja nichts Neues.

„Du weißt doch, wie das an Weihnachten ist: Er musste seiner Familie einen Besuch abstatten. Außerdem heißt es Heiligabend, und Abend ist es ja nun."

Zumindest war der Familienbesuch eine gute Ausrede, weshalb Adam nicht am helllichten Tag kommen konnte. Es wäre sicher nicht der letzte Vorwand für sein spätes Erscheinen. Inzwischen hatte mir Adam ein paar Einblicke in seine Familienstrukturen gewährt. Ich wusste, dass seine sogenannte Adoptivschwester von etwas anderer Natur war. Er hatte sie gewandelt und zur Vampirin gemacht. Damit hatte er sie gewissermaßen adoptiert. Mit Geschwisterliebe hatte das gar nichts zu tun.

Unweigerlich hatte sich der spitze Dorn der Eifersucht in mich gebohrt.

Ich hatte wissen wollen, weshalb er sie überhaupt verwandelt hatte.

„Weil sie Blutkrebs hatte, Lucy. Ich hätte sie mit meinem Blut heilen können wie dich damals, aber dann hätte ich auch eine Verbindung zu ihr gehabt und das wollte ich nicht."

Ich schluckte erleichtert, weil ich die einzige Frau war, mit der er auf diese Weise verbunden war. „Also hast du sie verwandelt?“

„Ja, ich habe ihr mein Gift bei einem Biss injiziert. Ich habe sie nicht geheilt. Sie ist normal gestorben. Aber danach ist sie als Vampirin wieder erwacht.“

Ich hatte erfahren, dass Adam 1975 geboren worden war. Das hatte mich mehr als alles andere überrascht. Irgendwie hatte ich angenommen, dass er so alt wie Sebastien oder noch älter sein würde. Dabei war er jünger als meine Eltern. Auf eine gewisse Art fand ich das beruhigend. Es kam mir nicht so ... pervers vor. Einen Altersunterschied von hundert Jahren zu meistern, stellte garantiert auch seine eigenen Hürden bereit.

So wie bei Lily. Von Sebastien wusste ich, dass Lily seine dritte Frau war. Die erste hatte er bei der spanischen Grippe verloren, die zweite im Krieg. Er war nicht in der Lage, selbst Menschen in Vampire zu verwandeln, und die Richtlinien waren in der Vergangenheit noch strenger gewesen. So hatte er jede von ihnen sterben sehen müssen und Jahrzehnte getrauert.

Adam hatte angeboten, Lily und mich zu wandeln, falls wir das eines Tages wollen würden. So stand uns die Ewigkeit an der Seite unserer Vampire offen. Im Moment verspürte ich keine Eile. Durch sein Blut war ich ohnehin gesünder und alterte langsamer. Und wenn ich erst einmal eine Vampirin sein sollte, würde ich in der Lage sein, jedes Alter, das ich seit meiner Wandlung einmal gehabt hatte, wieder anzunehmen.

Adam konnte sogar noch mehr. Er war mächtiger als Gewandelte. Er war nicht nur in der Lage, sein eigenes Aussehen aus verschiedenen Zeiten anzunehmen, sondern auch das Äußere der Männer, von denen er getrunken hatte.

Jener Spaziergänger am See, als ich mein Bild gezeichnete hatte, war auch er gewesen. Er hatte mich in der Gestalt seines Vaters besucht, der nie am Lake Campbell gewohnt hatte und den mein Vater deshalb auf meiner Zeichnung auch nicht hatte erkennen können.

Dafür allerdings Sebastien. Nach meinem Auftauchen in seinem Laden hatte er Adam berichtet, dass ich mich in einen anderen verliebt hätte und nun keinen Vampir mehr haben wollte. Dass ich damit Adams größter Sehnsucht nachkam, war Sebastien gar nicht klar gewesen. Mein Vampir hatte natürlich gewusst, dass ich von ihm sprach. So hatte sich sein Herzenswunsch ebenso erfüllt wie meiner. Es war Weihnachten und ich hatte mich in Adam als Mann verliebt und nicht bloß in den Vampir. Trotzdem hatte ich den Vampir obendrauf bekommen. Heute Morgen hatte ich das letzte Türchen an meinem Kalender geöffnet. Es zeigte meinen Vampir und mich, wie er mich innig küsste.

Es klingelte an der Tür und meine Eltern stürzten an mir vorbei, obwohl eigentlich mein Freund erwartet wurde. Nach den ganzen *Fantastereien* über jenen Vampir am Seeufer waren sie mehr als erleichtert, dass ich nun einen angeblich normalen Mann mit nach Hause brachte. Allen voran mein Dad.

„Oh, Adam, was machen Sie denn hier?“, hörte ich meinen Vater fragen. Die Anspannung wich aus ihm wie aus einem angestochenen Luftballon.

„Ihr kennt euch?“, wunderte ich mich, als ich hinzutrat.

Dad wirkte reichlich verwirrt. „Ja, ja. Natürlich. Er

wohnt auf der anderen Seite vom See. Ich habe ihm längst mal meinen Rasenmäher zeigen wollen, aber er ist immer nur abends zu Hause. Sogar am Wochenende. Und ich mähe nachts nicht. Das ist Ruhestörung, auch wenn das Mondlicht gut für die Pflanzen sein soll."

„Ich bin wegen Lucy hier", erklärte Adam und mein Vater brauchte einen Moment, um es zu verstehen.

„Oh." Sprachlos stierte er meinen Freund an.

„Oh", machte auch meine Mutter, allerdings klang sie absolut entzückt. „Du lieber Himmel, wow!" Sie stupste mir anerkennend den Ellbogen in die Seite.

An Adam gewandt schüttelte ich verzeihend den Kopf. Ich hatte ihn ja vorgewarnt.

Er grinste und überreichte meinem Vater eine Flasche Champagner und meiner Mutter einen Strauß eleganter Blumen.

„Vielen Dank", juchzte Mom. „Komm doch rein, wir haben drinnen auch noch Platz."

So ließen wir die kalte Haustür hinter uns und setzten uns im Wohnzimmer an den Kamin.

„Wie habt ihr euch denn kennengelernt?" Mein Vater sah Adam neugierig an.

„Auf einer Feier in Brookings."

„Die Welt ist klein." Dad kratzte sich den Nasenrücken.

Hier in South Dakota war die Welt wirklich manchmal nicht so groß. Wenn ich nur daran dachte, dass Adam all die Jahre auf der anderen Seite des Sees gelebt hatte.

Inzwischen hatte ich alle Bilder an meiner Wand vervollständigt. Ich kannte nun sein ganzes Gesicht. Ein paar Skizzen hatte ich abgehängt, damit meine Wohnung nicht mehr so überladen wirkte. Und schließlich brauchte ich die Zeichnungen nicht mehr, um mich zu erinnern. Ich würde ihn nie mehr vergessen.

Das Essen bei meinen Eltern verlief zum Glück ohne die befürchteten Streitereien. Es schien, dass die Weihnachtszeit auch bei ihnen zu einer besinnlichen Stimmung geführt hatte. Endlich verspürte ich nicht mehr das Gefühl, in einer Eltern-Kind-Beziehung festzustecken. So wie alle am Tisch strahlten, war es fast wie ein Doppeldate. Wir waren zwei Pärchen an einem Tisch.

Glücklich hielt ich Adams Hand und sein liebevoller Blick wärmte mich bis ins Mark. Er hielt sich bei den Speisen sehr zurück. Meine Mom würde nicht zum ersten Mal auf einer Tonne von Resten sitzenbleiben. Doch sie reichte nun einmal kein Blut als Menü und Adam behauptete, bei seiner Familie schon viel zu viel gegessen zu haben und nun völlig übersättigt zu sein.

Dad zeigte Verständnis. „Wenn es dort nur halb so viel zu essen gab wie bei uns“, erklärte er meiner Mom. „Dann wird der arme Kerl bald platzen.“ Dabei strich er sich selbst über den Bauchansatz. „Ich bin jedenfalls vollkommen satt.“

„Oh, weh“, murmelte sie und zählte im Kopf vermutlich schon die Tupperdosen für den Tiefkühlschrank durch.

Mein Vater räusperte sich und schlug mit dem Löffel an sein Sektglas. „Liebling, an unserem Hochzeitstag habe ich dir leider nicht das Geschenk überreicht, das für dich angemessen gewesen wäre. Deshalb möchte ich das jetzt wieder gutmachen.“

Mom blinzelte gerührt und schob ihren Teller weg. „Wollen wir nicht erst aufräumen, bevor wir die Geschenke überreichen?“

Dad lächelte. „Nein, nein. Mein Geschenk passt sehr gut zum Essen."

Ich runzelte die Stirn, als er eine Schmuckschatulle hervorkramte. Mir war nicht ganz klar, was ein Collier mit den vollen Speiseplatten zu tun haben sollte, und meine Mom wirkte ebenso ratlos. Unsicher kratzte sie sich am Arm. „Wenn du meinst."

Er überreichte ihr den schwarzen Kasten und sie klappte mit angehaltenem Atem den Deckel auf. Danach bröckelte ihre erwartungsvolle Miene. „Soll das eine Knoblauchkette sein?", krächzte sie.

Meine Hand krampfte sich um Adams. Sie konnten doch unmöglich wissen, dass er mein Vampir war. Also, falls Dad meine Vorliebe für Vampire generell auf die Schippe nehmen wollte, fand ich das nicht sehr spaßig.

Adam wirkte zum Glück mehr verblüfft als beunruhigt. Knoblauch schien demnach kein Problem für ihn zu sein.

Mein Vater nickte stolz. „Ja, Schatz. Ich habe nachgeschaut: Wir sind fast genau dreiunddreißig und ein drittel Jahre verheiratet. Im Volksmund wird das die Knoblauchhochzeit genannt."

Erleichtert begann ich zu lachen. Dad schaute erfreut in meine Richtung.

Mom wirkte ziemlich pikiert. „Du hast recht. Das passt zum Essen." Sie nahm die aufgefädelten Knoblauchzehen aus der Schachtel und ließ die Kette an einem Finger vor sich baumeln.

„Jetzt können wir abräumen", verkündete Dad und klatschte voller Tatendrang in die Hände.

„Soll das schon alles gewesen sein?", fragte ich entsetzt.

Das war hoffentlich bloß das Vorwärmprogramm.

Er blinzelte mich verständnislos an. „Ja, wieso denn?“

„Abräumen.“ Mom knurrte es mehr wie einen Befehl und ich dackelte artig los und ließ die Teller in der Spülmaschine verschwinden.

Die Stimmung beim Aufräumen war ziemlich angespannt. Adam sah mich fragend an. „Sind eure Familienfeste immer so?“

Hilflos zuckte ich die Schultern.

Schließlich saßen wir im Wohnzimmer um den Tannenbaum. Adam und ich hatten uns auf die Couch gesetzt und Mom ganz absichtlich in einen einzelnen Stuhl, damit mein Dad ihr nicht auf die Pelle rücken konnte. Das durfte jetzt doch nicht Weihnachten sein. Bitte, lieber Gott, lass das so nicht Weihnachten sein.

„Natürlich habe ich noch ein anderes Geschenk“, rückte mein Vater feierlich heraus und hielt meiner Mom eine weitere Schachtel hin.

Misstrauisch legte sie sich die Hand an den Hals. Trotzdem nahm sie die Schachtel an und klappte sie auf. Was ihr nun entgegenfunkelte, waren reinste Diamanten. Mein Vater hatte eine wunderschöne, filigran gearbeitete Halskette mit glitzernden Edelsteinen ausgewählt.

„Aber ...“ Überwältigt starrte Mom auf den Schmuck.

„Es sind echte Diamanten“, erklärte Dad. „Die sind eigentlich erst für die Diamanthochzeit nach sechzig Ehejahren. Wir haben die Hälfte.“ Er zog meine Mom aus ihrem Sessel in seine Arme und küsste sie sanft auf den Mund. „Ich wünsche mir, dass wir aber auch die nächsten Jahrzehnte miteinander verbringen, bis wir wirklich unsere Diamanthochzeit feiern können. Ich verspreche dir auch, dass es dazu keine Blumen von der

Tankstelle geben wird."

Ich hockte auf meinem Sofaplatz neben Adam und klatschte begeistert. Vor lauter Rührung kullerten mir die Tränen über die Wange. Mein Vampir legte seinen Arm um mich und zog mich zu einem ganz eigenen Kuss an sich heran. Dann flüsterte er an meinen Lippen: „Wenn es nach mir geht, werden wir mehr als einmal die Jahre für eine Diamanthochzeit zusammenbekommen."

Ich nickte und lächelte. Das wünschte ich mir auch. Wir gratulierten meinen Eltern zu ihrer Ehe. Den Glückwünschen folgten die Sektgläser. Adams Champagner fand seinen Einsatz. Danach waren die anderen Geschenke an der Reihe.

Ich lächelte Adam an und gab ihm ein Zeichen. Er half mir, das Bild für meinen Vater hereinzutragen. Da es zu groß für mein Auto war, hatte er es in seinem Geländewagen mitgebracht.

Dad staunte nicht schlecht, als eine riesige Leinwand auf ihn wartete. Ich hatte viele Stunden an dem Gemälde aus Ölfarben gesessen und es war nicht für die Garage bestimmt. Letztlich blieb das natürlich seine Entscheidung, aber eigentlich war es zu schade dafür.

Ich hatte seine beiden großen Leidenschaften gemeinsam auf ein Bild gebracht: meine Mom und den Rasenmäher. Von alten Aufnahmen mit ihr auf einem Pferd hatte ich ein Motiv mit ihr auf dem Rasenmäher zusammengestellt. Ein solches Foto existierte im echten Leben ja nicht. Die Vorlage vom Rasenmäher hatte ich googeln können.

Als ich das Laken fallenließ und das Gemälde enthüllte, bekam meine Mutter einen Lachkrampf.

Dad machte riesige Augen, lächelte dann aber und

drückte mich. „Das ist sehr schön geworden."

Ich nickte milde. „Schließlich zahlt ihr meine Studiengebühren. Da kann ich ruhig deinen Rasenmäher malen."

Er grinste und betrachtete anerkennend die Leinwand. „Das Extra obendrauf finde ich noch besser", gab er zu.

Für Adam hatte ich auch eine Kleinigkeit vorbereitet. „Also, dafür habe ich mir echt Mühe gegeben. Ich hatte Tonnen von Kleber unter den Fingernägeln, nur weil ich wusste, wie sehr dir dieses Geschenk gefallen würde."

Adam zog mich in eine Umarmung und küsste mich. Obwohl er in Gegenwart meiner Eltern sehr zurückhaltend war, wurde mir schwindlig von seiner Nähe. Je mehr Zeit ich mit ihm verbrachte, umso mehr kam es mir vor, als würde es nie genug sein können.

Inzwischen war ich mir sicher, dass eine Wandlung wirklich einmal ein Thema sein würde. Aber noch hatte ich nicht genug vom wärmenden Sonnenlicht, Eisessen am Urlaubsstrand oder anderen Aktivitäten, die man tagsüber unternahm.

„Ich bin sicher, es gefällt mir. Egal, was es ist", erklärte er.

Schmunzelnd überreichte ich ihm eine grüne Metalldose, die wie die große Schwester jener Schachtel wirkte, in der ich meinen Herzenswunsch aufbewahrt hatte.

Adam sah aus, als wollte er sie probehalber schütteln, wovon ich ihn sofort abhielt.

Er grinste. „Keine Liebesbriefbox?"

„Soweit ich weiß, hast du schon ein paar Briefe von mir."

„Und ich habe sie wie Schätze ausgegraben", beteuerte

er.

Vorsichtig öffnete er sein Geschenk und holte einen selbst gebastelten Strohengel hervor.

„Weil ich an Schutzengel glaube", erklärte ich ihm. „Es sind genügend, damit du einen ganzen Baum mit ihnen schmücken kannst."

„Ja, die sind wirklich zu schön für Ostersträucher." Adam legte den Engel zurück zu den anderen und küsste mich erneut.

Dad sah aus, als könnte er einfach nicht glauben, dass ich mit seinem Nachbarn zusammen war. Dabei war es wirklich nicht so, dass ich mir den aufmerksamen Tankstellenbesitzer geangelt hätte.

„Das ist für dich, Mom." Ich überreichte ihr eine kleine Schatulle, die mit blauem Stoff ausgeschlagen war. Neben Dads Geschenk konnte meines natürlich abstinken, aber das war schon in Ordnung. Als sie den Deckel aufklappte, fand sie eine bronzefarbene Kette darin, die ich auf dem Handwerkermarkt gekauft hatte.

„Oh, die passt ja zu den Ohrringen, die du mir zum Geburtstag geschenkt hast." Entzückt nahm sie die Kette heraus und hielt sie sich an. „Sehr schön."

Sie gab mir einen Kuss auf die Wange. Als ich mich von ihr lösen wollte, zog sie mich an sich heran und flüsterte in mein Ohr: „Ich bin froh, dass du so einen tollen Freund hast. Adam ist absolut sympathisch. Und es macht doch gar nichts, dass er keine langen Zähne hat." Sie strahlte mich an und ich nickte nur.

Es gab Dinge, die ich ihr nicht erzählen würde. Dafür hatte ich Lily und Adam selbst. Sogar Sebastien taute in meiner Nähe langsam auf. Lily und ich plünderten nach Ladenschluss gerne sein Geschäft. Allerdings wählte ich mir nur Dinge aus, die mir wirklich gefielen, und so zauberhaft manche Kleider waren, eine Gothic-Prinzessin würde aus mir wohl nie werden. Trotzdem mochte ich es besonders dann, diese Sachen zu tragen, wenn ich mit Adam allein war. Er war mein schönstes Geschenk von allen.

„Ich habe auch etwas für dich“, sagte er und gab mir einen roten Samtbeutel. Als ich ihn öffnen wollte, schüttelte er den Kopf. „Erst musst du versuchen zu fühlen, was es ist.“

Ich lächelte und machte sogar meine Augen zu, um mich besser konzentrieren zu können. In dem Säckchen steckte etwas kleines Fester. Es war flach und länglich, besaß einen runden Kopf und kleine Zacken auf einer Seite. Völlig versunken tastete ich mit den Fingern über den Gegenstand, bis sich bei mir ein Verdacht aufbaute und ich die Augen aufschlug.

Adam stand direkt vor mir und lächelte mich an. „Na?“

„Ich glaube, ich weiß es“, flüsterte ich und zurrte das Säckchen auf. Tatsächlich fiel mir ein kleiner Messingschlüssel in die Hände.

„Das ist gewissermaßen der Schlüssel zu meinem Herzen“, informierte er mich. „Aber er passt auch in meine Haustür.“

Gerührt sah ich ihn an. „Du schenkst mir wirklich deinen Schlüssel?“

„Eigentlich schenkst du mir etwas“, stellte er klar. „Ich will, dass du bei mir einziehst. Wir waren lange genug getrennt.“

Ich nickte glücklich und schlang meine Arme um seinen Hals.

„Ich glaube, die feiern auch bald Hochzeit“, hörte ich

meine Mom zu meinem Dad tuscheln.

„Erzähl keinen Unsinn“, flüsterte er entsetzt. „Sie kennen sich doch noch gar nicht lange. Außerdem ist er unser Nachbar.“

„Das ist doch super. Dann zieht unsere Lucy wenigstens nicht so weit weg. Stell dir mal vor, sie hätte an der Uni einen aus Ohio kennengelernt …“

Ich gluckste vergnügt.

Die Lichter des Weihnachtsbaums strahlten durch das Wohnzimmer. Die kleinen verunglückten Engel meiner ersten Bastelversuche schaukelten an den Zweigen, weil meine Eltern Jahr für Jahr doch die Besten heraussuchten und aufhängten. Und schließlich kam es bei Engeln gar nicht darauf an, dass sie schön waren.

Gemeinsam sangen wir Weihnachtslieder. Ich stellte mir vor, wie man unsere Stimmen durch das angekippte Fenster bis über den See hören konnte. Irgendwo mochten ein paar Enten dazu quaken und vielleicht ertönte unser Gesang bis zu jener Stelle am See, an der mir nicht nur das Leben gerettet worden war. Ich stellte mir vor, wie eine einsame Note bis dorthin schwebte – an den Ort, an dem Adam mich zum ersten Mal in seinen Armen gehalten hatte.

KAPITEL 24

Lily und ich teilten uns eine Süßspeise mit extra viel Sahne. Eigentlich waren wir nach den Feiertagen viel zu satt zum Essen. Einen halben Teller würde jede von uns aber doch schaffen.

„Ich fasse es nicht, dass ihr beide jetzt in festen Händen seid“, erklärte Bailey und rührte in ihrer Mokkatasse.

„Die Vampirjägerinnen geben zuerst auf“, fasste Hope das zusammen. „Das ist so schade.“

Bailey nickte. „Ja, was ist passiert?“

Lily zuckte die Schultern und hielt sich als gute Lügnerin nah an der Wahrheit. „Thanksgiving war furchtbar und dann lernte ich Sebastien näher auf diesem Gothicfestival kennen. Er war mein geheimnisvoller Verehrer mit den schönen Geschenken. Es ist gar nicht so schwer, einem aufmerksamen Mann zu verfallen.“

Was das betraf, würde ihr sogar meine Mutter zustimmen.

„Du warst bestimmt auf der Suche nach deinem Vampir, als du zu der Gothic-Party gegangen bist“, deutete Hope die düstere Kulisse ganz richtig und zupfte am Riemen ihrer Pradatasche.

Hope schien mehr denn je den Duty-free-Bereich leerzushoppen. Dahinter steckte vermutlich eine Art Frustkaufen, weil ihr Geist noch immer verschwunden war.

„Trotzdem ist er kein Vampir." Bailey verstand die Welt nicht mehr. „Nur weil er Gothic mag. Im Prinzip ist das doch ein Vampir für Arme. Das wäre, als würde ich mir einen Hund zulegen, um meinen Wolf nicht so zu vermissen."

Früher hätte ich mich ihrem Argument vorschnell angeschlossen, doch ich wusste, dass Sebastien kein Vampir für Arme war. Ja, er mochte Gothic. Zähne hatte er außerdem.

„Er ist umwerfend", beteuerte Lily, ohne Baileys Behauptung näher zu kommentieren.

„Das sind die Hormone und die Weihnachtstage." Bailey nickte überzeugt. „Ich stand selbst ganz kurz davor, mir einfach irgendeinen Mann für die Festtage zu suchen, bloß um nicht mehr allein sein zu müssen. Ich fühle mich so armselig, weil der Mann meiner Träume lieber vor mir weggelaufen ist. Und was sollte ich ihm auch sagen? ‚*Hallo, ich bin's. Ich hab dich vor einer Weile mit dem Auto umgefahren. Weißt du noch?*' Und er wird wahrscheinlich sagen: ‚*Na, zum Glück bist du gerade zu Fuß unterwegs. Bleib mir lieber vom Leib.*'"

Ich griff nach ihrer Hand. „Ach, was. Es kann doch sein, dass er dich bloß ein bisschen jung findet."

Lily schüttelte unmerklich den Kopf, doch ich zuckte nur die Schultern, weil ich kein Geheimnis preisgegeben hatte und wildes Spekulieren bei uns schon immer auf der Tagesordnung gestanden hatte. Außerdem war es nicht gesagt, dass Werwölfe denselben Richtlinien folgten wie Vampire. Es wäre doch möglich, dass sie nur aus Protest das Gegenteil anstellten.

Bailey zuckte die Schultern. „Alle Freundinnen in meinem Alter haben längst ihren ersten Freund. Es ist ja nicht so, als wäre ich nicht neugierig. Lohnt sich Sex?"

Hope verschluckte sich fast an ihrem Kaffee.

„Oh, ja", seufzte Lily. „Also, Sebastien ist dermaßen ..." Als sie Hopes Blick auffing, versuchte sie, sich diplomatisch auszudrücken. „... zuvorkommend."

„Damit meinst du, dass er nach dir kommt, oder?" Bailey wirkte irritiert.

Ich löffelte kichernd an meiner Sahne.

„Na, ich weiß so was nicht", rechtfertigte sie sich. „Und meine Oma hält mir immer diese peinlichen Vorträge."

„Die Satyr-Oma, die was gegen Tiermänner hat?"

„Genau die", seufzte Bailey. „Sie sagt, wenn ich nicht bald mal einen Freund hätte, würde ich irgendwann zu diesen Frauen mit Batteriebetrieb gehören."

Hopes Augen weiteten sich entsetzt.

„Bevor ich mit Adam zusammenkam, hat mein Vater mir vorgehalten, ich würde mal mit ganz vielen Katzen enden", steuerte ich bei.

Bailey verdrehte die Augen, weil sie diese Schwarzmalerei von Verwandten genauso blöd fand wie ich.

„Also, deine Oma ist echt eine Spaßbremse: keine Tiermänner, keine Plastikhelfer. Wie sollst du da deinen Spaß bekommen?" Lily schaute sie mitfühlend an. „Ob sie wohl mal selbst was mit einem Satyr hatte?"

Bailey hielt sich die Ohren zu. „Ich will mir das gar nicht vorstellen."

„Ich auch nicht", antworteten Hope und ich unisono.

Ich war ganz kurz davor, mir wieder kleine süße Hundebabys auszumalen, um dieses Bild aus meinem Kopf zu verdrängen. Zum Glück wusste ich ja gar nicht so genau, wie Baileys Oma eigentlich aussah. Das hielt den Schaden in Grenzen.

„Na, irgendwoher muss deine Oma schließlich ihr okkultes Wissen beziehen." Lily wirkte nicht im Mindesten brüskiert. Das Einzige, was bei dieser Angelegenheit rot an ihr leuchtete, waren die Haare und nicht ihre Wangen. Bei Bailey und Hope sah das anders aus.

Ich gab mir Mühe, von dem Thema abzulenken. „Du hast gesagt, du hättest dir fast einen normalen Mann gesucht. Gab es da einen bestimmten?"

Bailey schüttelte den Kopf.

„Was ist eigentlich aus dem Perversen aus Kentucky geworden?" Lily lehnte sich am Tisch vor, um leise zu flüstern: „Hat er dir noch mehr Aktfotos geschickt?"

„Den wird sie bestimmt wollen", meinte ich ironisch.

„Ich will doch nur wissen, ob er ihr noch mehr Schwanzbilder geschickt hat. Schließlich war Adventszeit."

„Hinter jedem Kalendertürchen ein Pimmelbild, oder wie?"

Lily nickte kichernd und Hope sah aus, als würde sie nie wieder einen Kalender kaufen.

„Nein, zum Glück war da Ruhe. Inzwischen habe ich meinen Account sowieso gelöscht. Ich glaube nicht, dass mein Werwolf sich in sozialen Netzwerken herumtreibt."

„Und wo dann?" Ich schob meinen leeren Dessertteller von mir fort, stützte meinen Ellbogen auf die Tischplatte und legte das Kinn auf die Hand.

„Ich mache Waldspaziergänge", gestand sie. „Immer wieder laufe ich die Umgebung von unserem Unfallort ab. Es könnte doch sein, dass er in der Nähe lebt."

Sofort dachte ich daran, dass Adam sogar ein Nachbar meiner Eltern war.

Deshalb nickte ich aufmunternd. „Ich finde, das ist ein sehr guter Ansatz. Womöglich wohnt er in einer Waldhütte."

Bailey zog ein langes Gesicht. „Mein Bruder behauptet immer, er würde in einer Hundehütte leben."

„Mir ist deine Oma ehrlich lieber als dein Bruder", gestand Hope. „Deine Oma ist nur ein bisschen verschroben, aber dein Bruder ist gemein. Schon die ganzen Kojotenwitze."

„Ich bin froh, dass ihr nicht aufgebt", erklärte ich den beiden.

Mir war bewusst, dass das aus meinem Mund für sie seltsam klingen konnte. Trotzdem wollte ich, dass sie die Hoffnung nicht verloren. Adam lohnte sich mehr, als meine Träume es mir je ausgemalt hätten.

„Nein, ich höre nicht auf, nach ihm zu suchen." Bailey nickte entschlossen. „Er ist es einfach. Das sagt mir mein Gefühl."

Bauchgefühle konnten wie ein Kompass sein. Das wusste ich. Wenn man ihnen folgte, beschritt man den richtigen Weg. Denken und Grübeln waren schön und gut, aber Bäuche waren die klügeren Köpfe. Inzwischen wusste ich, dass Adams Verbindung zu mir sogar so weit reichte, dass er an seinem Bauch ebenfalls dieselbe Stelle spürte wie ich an meinem. Dabei hatte ihn dort nie eine Kufe durchbohrt. Uns verband dasselbe Phantom. Wir waren beide voneinander gezeichnet.

Ich nickte. „Von Bauchgefühlen bin ich auch überzeugt.“

„Trotzdem bist du mit Adam zusammen“, wandte sie ein.

Mich ließ Baileys junges Alter nicht los. Falls Werwölfe nun doch erst an mindestens Einundzwanzigjährige herantraten, hätte sie noch mindestens drei Jahre Warterei vor sich.

„Vielleicht solltest du einfach mal mit einem normalen Jungen ausgehen“, schlug ich vor. „Erste Beziehungen halten selten ewig. Aber dann wärst du nicht allein. Und wenn du deinen Wolf triffst, kannst du herausfinden, ob er dich auch will.“

Sie stierte mich an. „Würdest du Adam für deinen Vampir verlassen?“

Ich konnte bei dieser Frage Adam nur mit sich selbst betrügen. Daher zuckte ich die Schultern. „Für den Mann deines Lebens zahlt sich jeder Schritt aus.“

Bailey biss von einem Keks ab und schaute aus dem Fenster. „Wow. Hm. Weiß nicht.“

„Ich mache auch weiter“, schaltete sich Hope ein. „Meine Nachforschungen haben ein paar Spuren zu Spiegelmachern ergeben. Im Grunde suche ich die Nadel im Heuhaufen, aber falls ich eine vielversprechende Adresse finde, fahre ich hin.“

„Oder du fliegst“, schlug Lily vor. „Du und deine Familie, ihr arbeitet doch alle am Flughafen.“

„Es kommt drauf an, wie weit er weg wäre.“

„Und der Ansatz mit den Flüchen?“, bohrte ich nach. „Hattest du letztes Mal nicht herausfinden wollen, wie sich Flüche brechen lassen?“

Sie nickte und trank einen Schluck Kaffee. „Unbedingt.

Ich habe mich schon mit Voodoo und Hexenkram befasst und …" Hope schaute zu Bailey. „Hast du deine Oma mal befragt?"

Bailey lachte trocken. „Ich wollte an den Weihnachtstagen nicht ins Wespennest stechen. Und meine Mutter hat mir schon verboten, mit Granny über Satyre zu sprechen. Sie meinte, dass sie als Kind so viel Blödsinn von ihr gehört hätte, dass sie froh ist, wenn mal der Deckel auf dem Thema ruht."

Nachdenklich rührte Hope in ihrer Kaffeetasse. Inzwischen hatte sie so viel Milch drin, dass es kaum noch Kaffee zu nennen war. Trotzdem schenkte sie sich noch mehr Milch nach. „Aber deine Mutter hat ja nicht verboten, dass ich mit deiner Oma spreche."

Lily verschluckte sich fast. „Du willst ernsthaft Baileys Oma besuchen?"

Hope wirkte todernst. „Wieso nicht? Sie scheint ein paar Dinge zu wissen. Hexen und Satyre liegen doch nicht so weit auseinander."

„Nenne sie bloß nicht Hexe", warnte Bailey. „Von denen hält sie nichts."

„Gut." Hope nickte. „Weil doch jeder weiß, dass Flüche von Hexen stammen. Und wenn sie diese nicht mag, hilft sie mir womöglich dabei, deren Hexenkunst zu brechen."

Bailey zuckte die Schultern. „Klar. Komm vorbei. Ich habe nichts dagegen. Aber beschwere dich hinterher nicht darüber, dass meine Familie spinnt. Das ist nicht gelogen."

Hope lächelte erfreut. „Gut. Wir beide bleiben am Ball."

Bailey spitzte die Lippen und schielte in Lilys und meine Richtung. „Ihr könnt euch auch gerne anschließen. Auf dem Hof ist Platz. Überlegt es euch. Ich muss aufs Klo."

„Ich muss auch mal", stimmte Hope zu und verschwand mit ihr.

„Wäre lustig. Ich könnte Sebastien mitbringen." Lily strich sich eine rote Strähne aus dem Gesicht. „Es würde doch nichts schaden, ihren Bruder mal zu hypnotisieren. Danach wäre er ganz nett zu Bailey."

„Ich weiß nicht recht", gab ich zu. „Ich muss mir jetzt schon Mühe geben, ihnen nichts von unseren Vampiren zu erzählen. So ein Wochenende bei Bailey, noch dazu wenn du unsere Männer einpacken willst – das wäre schwierig. Und wo lassen wir sie tagsüber?"

„Auch wieder wahr." Sie seufzte.

„Ich mache mir Sorgen um Hope. Wenn sie wirklich anfängt, durch die Weltgeschichte zu gondeln, um Spiegelmacher und Voodoopriester zu finden, dann könnte das gefährlich werden."

Lily strich mit dem Finger die Sahnereste vom Teller und steckte ihn sich in den Mund. „Ich denke, dass sie bei Bailey nicht in Gefahr ist. Solange sie nur die okkulte Oma besucht, ist alles in Ordnung."

„Ich werde Adam mal fragen müssen, ob Vampire mehr über Geister und Lykaner wissen."

„Und wie hilft das Hope und Bailey, wenn wir nichts sagen dürfen?", wunderte sie sich.

„Stimmt schon. Es ist zu schade, dass sie gar nichts von ihrem Werwolf besitzt."

„Sie hat ihn ja nur angefahren. Da klebt höchstens was von ihm an der Stoßstange." Lily kratzte sich am Kopf und grübelte. „Bailey hätte sie aufheben sollen."

„Was hätte ich aufheben sollen?" Sie tauchte neben

unserem Tisch auf und wischte sich die Hände an ihrer Jeans trocken. „Das Papier auf dem Klo war alle. Also, das für die Hände“, fügte sie schnell an.

„Wo ist Hope?“ Ich konnte sie nirgends entdecken.

„Nase pudern.“

„Das hat sie sich bestimmt bei ihren vielen Spiegeln angewöhnt“, mutmaßte Lily. „Ich dachte nur gerade, dass du mit der Stoßstange etwas hättest anfangen können. Vielleicht hätte sie einem Spürhund geholfen, die Witterung deines Wolfes aufzunehmen.“

Bailey neigte den Kopf. „Meint ihr, da haften Reste von ihm dran?“ Sie wirkte entsetzt.

„Na ja, er war doch verwundet. Und in den Krimiserien finden diese Forensiker in jeder kleinen Ritze DNS.“

„Die Stange liegt bestimmt auf einem Schrottplatz“, grübelte sie. „Bei Wind und Wetter nach all den Monaten glaube ich nicht, dass da noch etwas Verwertbares dran klebt. Ob ich mir einen Suchhund für meine Spaziergänge zulege? Der schlägt sicher an, sobald er was Seltsames wittert.“

„Er wird aber auch anschlagen, wenn nur ein Hase in der Nähe ist“, gab ich zu bedenken.

„Oder eine tote Krähe.“ Lily benutzte ihre Finger, um das Angebot an Kadavern aufzuzählen: „Mäuse, kaputte Vogeleier, Rehe ...“

„Ist ja schon gut“, unterbrach Bailey sie. „Mir wird etwas einfallen.“

Einige Minuten später gesellte sich auch Hope zurück an unseren Tisch. „Ich habe diesen Spiegel auf der Toilette angestarrt und überlegt und überlegt“, begann sie. „Dann dachte ich, dass mein Geist eventuell gar nicht zu mir nach draußen muss. Es kann doch sein, dass ich nur einen Weg in die Spiegelwelt hineinfinden muss.“

Entsetzt packte ich ihre Hand. „Mach keinen Blödsinn! Das klingt langsam gruselig.“

Sie zog ihre Hand fort und spielte wieder mit dem Riemen ihrer Handtasche. „Irgendwie ist mein Geist auch im Spiegel gelandet.“

„Vielleicht musste er dafür erst sterben“, widersprach ich.

Lily trat mir unter dem Tisch gegen mein Schienbein und schoss mir einen warnenden Blick zu. Diese Geheimhaltung war ihr mittlerweile in Fleisch und Blut übergegangen. Dabei hatte ich gar nicht erzählt, dass gewandelte Vampire erst sterben mussten, bevor sie keine Menschen mehr waren.

Es wäre aber sehr gut möglich, dass ein Mensch auch erst sterben musste, um ein Geist zu werden, und dass man vorher vielleicht gar nicht in Spiegel reisen konnte. Ich wollte nicht, dass Lily ihr Leben für Experimente wegwarf.

„Die Spur mit dem Spiegelmacher klingt vernünftiger“, beharrte ich.

Als wir später auf dem Parkplatz standen und uns verabschiedeten, trödelte Lily und gab mir zu verstehen, dass ich warten sollte, bis die beiden weggefahren waren. Wir wünschten ihnen noch einen guten Rutsch ins neue Jahr.

Dann nahm sie mich ins Gebet: „Hör zu, unsere Jungs haben uns auch aufgesucht. Ich bin mittlerweile davon überzeugt, dass Hope und Bailey ihr Glück finden, falls dieser Werwolf und der Geist ihnen vom Schicksal bestimmt sind. Vor allem, weil sie dann genauso nach ihnen Ausschau halten, wie unsere Vampire nach uns beiden."

„Das ist nicht gesagt."

Sie machte eine vage Geste mit der Hand. „Es kann doch sein, dass sie schon von ihnen beobachtet werden. Vielleicht ist Bailey wirklich noch zu jung und muss nur warten. Und Hopes Geist könnte gerade ein Ritual ausüben, um sie als seine Braut zu erkennen."

Ich hatte das Gefühl, dass wir sie im Stich ließen. „Sie sind unsere Freundinnen."

„Ja, aber wir sind doch auch ohne die Hilfe von anderen mit unseren Vampiren zusammengekommen."

„Und deshalb denkst du, dass Bailey und Hope unsere Erkenntnisse gar nicht brauchen?"

Sie verschränkte die Arme vor der Brust. „Ehrlich gesagt, ja. Ich weiß vor allem, dass du und ich an die Geheimhaltung gebunden sind, und du bewegst dich da auf dünnem Eis. Du bist als Kind schon einmal eingebrochen. Hör auf, mit dem Feuer zu spielen. Geheim heißt geheim. Ich bin mittlerweile Sebastiens Braut. Keine Vampirin, aber trotzdem. Ich nehme das sehr ernst und das solltest du auch tun. Der Ärger, den wir verursachen, fällt auf unsere Männer zurück. Das haben sie nicht verdient. Hope und Bailey werden zurechtkommen. Da sind höhere Mächte am Werk als wir beide."

Insgeheim wusste ich, dass sie sich richtig verhielt, denn immer, wenn ich fast zu viel preisgab, spürte ich jenes verräterische Ziehen in meinem Bauch, und ich wusste, dass Adam es dann auch spürte.

„Ich will nur, dass es ihnen gut geht."

Lily drückte mich. „Das will ich doch auch. Sie werden

ihren Weg gehen und ich platze vor Neugier, wie dieser Wolf und dieser Geist eigentlich aussehen. Ich bin davon überzeugt, dass wir später alle kennenlernen werden. Und sobald Bailey und Hope auch Männer der besonderen Art haben, können wir endlich offen mit ihnen reden. Der Tag wird kommen."

EPILOG

„Ich hätte schwören können, dass es der Oberst in der Bibliothek mit dem Kerzenleuchter war." Trixy sah ganz perplex aus.

Es blieben noch zwei Stunden bis Mitternacht und wir spielten seit vier Stunden Spiele und knabberten dabei Chips, wobei Adam sich vornehm zurückhielt. Das hatte er schon bei meinen Eltern getan. Zur Not konnte er etwas essen. Aber sein Körper verwertete normale Nahrung nicht so, wie Menschen es taten. Ein Steak war für ihn dasselbe, wie für mich ein Eimer mit Styropor: Es schmeckte fad, lag schwer im Magen und würde am Ende irgendwie wieder herauskommen.

Mit Getränken fuhr er besser. Wasser kam schließlich in Blut vor. Auch Cola oder Tee stellten kein Problem dar. Adam behauptete einfach, dass er Allergiker war und vieles nicht vertrug: Laktose, Gluten, Nüsse. Die Liste war endlos. Im Grunde war es noch nicht einmal geschwindelt, denn er verdaute diese Dinge wirklich schlechter.

Das war noch so ein Aspekt, weshalb ich es nicht eilig mit einer Wandlung hatte: Ich liebte gutes Essen. Und auf das Sterben vorher war ich auch nicht scharf.

„Ist nicht so schlimm, Schatz", tröstete Lennox sie.

„Wir gewinnen nächstes Mal."

Dass er sie inzwischen Schatz nannte, ließ sie sofort strahlen, und sie nickte entschlossen. Er griff nach ihrer Hand und hauchte ihr einen Kuss auf. Seit Adam die beiden zusammen gesehen hatte, unterstellte er Lennox keine Schwärmerei mehr für mich.

„Twister!", rief Trixy und schlug sich an die Stirn. „Wir sollten twistern. So habt ihr euch auch kennengelernt." Sie blickte zu Adam und mir.

Ich lächelte, denn ich konnte ihr schlecht sagen, dass Adam und ich uns schon vor viel längerer Zeit getroffen hatten. Unsere Leben hatten sich miteinander verbunden, als ich noch ganz klein war. Mittlerweile lief ich sogar sehr gerne wieder auf dem Eis. Es hatte mir nie etwas Besseres passieren können, als damals einzubrechen.

Das hatte ich zwar nicht mehr vor, doch meine Angst vor dem See war verpufft. Mein Sturz war Schicksal gewesen. Es hatte mich immer wieder in Adams Arme gestürzt: auf dem See, als ich aus meinen Highheels stolperte, beim Twistern, beim Handschuhkaufen und Eislaufen. In seiner Nähe war ich stets aus der Bahn geworfen worden. Es hatte eine Weile gebraucht, bis ich das verstanden hatte. Seit wir zusammen waren, blieben die Stürze aus. Das mochte Zufall sein, doch daran glaubte ich schon lange nicht mehr.

„Ich twistere gerne", erklärte Adam.

„Ich falle doch gar nicht mehr hin", zog ich ihn auf.

„Wetten, dass doch." Er wackelte mit seinen Brauen.

Wir bauten das Spiel auf. Dafür hatten wir reichlich Platz zur Verfügung, denn ich hatte bereits einige meiner Sachen in Umzugskartons verstaut. Dies war mein letztes Silvester in der Wohnung. Ich würde im neuen Jahr tatsächlich zu Adam ziehen.

Da wir nur zu viert waren, fehlte uns der Schiedsrichter, doch wir entschieden, dass wir auch ohne so jemanden auskamen und einfach immer einer von uns die Scheibe drehen konnte.

Dieses Mal klappte Twistern für mich erstaunlich gut. Heute trug ich aber auch keinen Rock und die Highheels lagen bereits sicher verwahrt in einer meiner Kisten.

Lennox fiel als Erster heraus und übernahm ab da die Rolle als Ringrichter. Die Runden vergingen und ich hielt mich wacker. Dann fiel sogar Adam vor mir aus dem Spiel. Ab da hätte es eigentlich eine Entscheidung zwischen Trixy und mir werden müssen, doch Adam packte mich kurzerhand und zog mich mit sich von der Plane. Er begrub mich unter sich auf meinem Teppich und küsste mich.

„Hey!“, protestierte ich, denn das hatte er mit voller Absicht getan.

Trixy war das egal. „Gewonnen!“, rief sie. „Juhu, ich habe noch nie etwas gewonnen.“

Sie hüpfte fröhlich auf die Füße.

Lennox war ungefähr so hilfreich wie Adam und zog sie zu einem Kuss an sich. „Du hast mich gewonnen“, hörte ich ihn flüstern.

Trixy gluckste auf ihre eigene süße Art. „Da musst du was verwechseln, Lennox. Du bist doch immer mir nachgerannt.“

„Du warst echt schwer zu kriegen“, stimmte er zu.

„Die Nacht bricht herein und du bist am Ende deiner Reise angekommen“, hörte ich sie flüstern. Ich kannte diese Zeilen aus einem Annie-Lennox-Song. Er war tatsächlich bei Trixy angekommen. Die Reise dorthin hatte ganz schön gedauert, wenn man mal bedachte, wie lange sie ihn schon wollte.

„Das ist ja ein Ding", flüsterte Lennox. „Du benutzt meine Annie als deine Verbündete."

„An ihren Texten ist einfach was dran."

„Das stimmt", raunte er und küsste seine Trixy weiter, als hätte er in ihr seine ganz neue Göttin gefunden.

Ich grinste an Adams Lippen. „Die beiden sind toll, oder?"

„Ja." Er wirkte abgelenkt. „Wieso hast du keinen Rock an?"

Ich stupste ihn gegen seine kräftige Brust. „Du könntest mich hier eh nicht vernaschen. Wir haben Besuch."

„Das ist doch noch deine Wohnung", neckte er mich. „Die laufen weg, sobald ich loslege. Mach dir keine Sorgen."

Tausende Nerven surrten in meinem Herzen, wenn ich nur daran dachte, wie er mich berührte.

Mit den Zähnen zwickte ich ihm ganz zart in seine Unterlippe. „Ich mache mir keine Sorgen. Du wirst dich anständig benehmen."

Adam stöhnte. „Du kannst mich doch nicht beißen. Jetzt hab ich eine Latte und kann nicht mehr aufstehen. Ich werde auf dir liegenbleiben müssen."

Ich brauchte nicht nachzuprüfen, ob es stimmte. Das spürte ich auch so.

Trixy nutzte den Moment, um zu fragen: „Wie sieht's aus: Spielen wir noch was?"

Kichernd drückte ich Adam zur Seite. „Du wirst dich wohl einfach so lange in die Ecke stellen müssen, bis es wieder gut ist.“

„Bis was wieder gut ist?“, hakte Trixy nach.

Adam rollte leidgeprüft mit den Augen.

Lennox, der den Braten roch, grinste verschmitzt. „Wenn ihr im Bett ins neue Jahr feiern wollt, ich wohne ja gleich nebenan. Trixy und ich könnten ausweichen.“

„Wirklich?“, fragte Adam hoffnungsvoll.

Ich verschränkte die Arme vor der Brust. Trixy und ich schüttelten beide die Köpfe. „Auf keinen Fall.“

Adams kleiner Hitzeschub klang zum Glück schnell ab und wir verbrachten die restliche Zeit mit Bleigießen und dem Entschlüsseln der Formen. Bei so vielen rätselhaften Deutungen musste ich an Bailey und Hope denken. Ob sie wohl auch noch ihre Traummänner finden würden?

Wegen Pia machte ich mir da weniger Sorgen. Sie suchte schließlich nur einen ganz normalen Mann und da war die Auswahl viel, viel größer. Seit einigen Tagen ging sie mit einem Musiker aus. Er spielte scheinbar alle Instrumente, die es gab, und hatte begonnen, für sie Stücke zu komponieren. Ihr erster gemeinsamer Song hatte wundervoll geklungen. Wenn Musik ein Ausdruck von Liebe war, dann hatte es zwischen den beiden gewaltig gefunkt. Anders als Ethan hatte er sich in Pias Stimme verliebt, so wie es mir damals gegangen war. Seither wusste ich, dass er gut für sie war. Ich wollte für meine Freundinnen nur das Beste. Und der Musiker gefiel mir sehr für Pia. Wenn ich damit nur halb so richtig lag, wie sie damals bei mir und Adam, war alles bestens.

„Ich glaube, das ist ein Glückspilz“, deutete Trixy das seltsame Gebilde.

„Oder ein toter Käfer." Adam rollte es hin und her.

Angewidert verzog sie das Gesicht und stupste den Bleiklumpen von sich. „Stimmt. Den will ich nicht. Können wir ihn noch mal einschmelzen?"

Lennox packte ihn auf einen Löffel und hielt ihn in die Flamme, wo er zerschmolz wie Butter in der Mikrowelle.

Das erinnerte mich daran, dass ich Kuchen gebacken hatte, und so bot ich jedem meiner Gäste ein Stück an. Inzwischen hatte ich gelernt, die Zutaten vorher bereitzulegen, und als ich hineinbiss, schmeckte ich den leckersten Kuchen, den ich je gebacken hatte.

Sogar Adam kostete ein kleines Stück und nickte grinsend. Es hatte für ihn vermutlich das Aroma einer Spanplatte. „Köstlich", lobte er mich und ich begann zu lachen. Ich konnte auch beim besten Willen nicht mehr damit aufhören.

Trixy und Lennox schauten mich erstaunt an.

„Es ist gleich wieder gut", gluckste ich, doch es brauchte seine Zeit. Danach tat mir der Bauch weh, doch dieses Mal auf eine gute Art. Schmerz war nicht gleich Schmerz. Und längst war nicht alles im Leben, wie es zu sein schien.

Als das neue Jahr anbrach, setzten wir uns bunt glänzende Hütchen auf, die wir zuvor gemeinsam gebastelt hatten. Lennox' Hut war ausgefallen wie er selbst es war. Trixys Hut war so perfekt bemalt wie ihre Bilder. Auf mein Hütchen hatte ich einen Strohengel geklebt. Und Adams Hütchen ... nun, es sah eben aus, als hätte er es selbst gemacht, und er war der einzige im Raum, der nicht Kunst studierte. Ich fand es charmant.

Fröhlich bewarfen wir einander mit Konfetti.

Trixy umarmte mich.

Lennox drückte mir einen Kuss auf die Wange.

Doch Adam küsste mich, bis mir die Sinne schwanden, und als ich in seine Augen blickte, schimmerte ein silberner Funke wie der Abendstern am Himmel darin. Ich würde noch viele Nächte voller Sterne mit ihm erleben.

❄❄❄

Ein ***weiterer Winterroman*** *mit Bailey erscheint im Winter* ***2015****.*

❄❄❄

Ein ***weiterer Winterroman*** *mit Hope erscheint im Winter* ***2016****.*

❄❄❄

ANNA WINTER

Anna Winter wurde 1982 geboren und lebt mit ihrem Mann und einer kleinen Tochter in Süddeutschland.

Schon als junges Mädchen war sie von Märchen und anderen Geschichten gefesselt, illustrierte Erzählbände für ihre Familie und begann mit acht Jahren auf einer alten Schreibmaschine zu schreiben.

Sie hat unzählige Bücher gelesen und die Faszination für Worte nie verloren. Später schrieb sie Romane für ihre Freundinnen, die sie zur Veröffentlichung ermunterten. Inzwischen erfreut sich ein breites Publikum an ihren Büchern.

Sie schreibt bereits an ihrem nächsten Roman.

Bisher von Anna Winter erschienen:

„Lea – Untermieterin bei einem Vampir“

„Schattenherz – Fesseln der Dunkelheit“ (1)

„Nachtkuss – Fesseln der Dunkelheit“ (2)

„Tränenschloss – Fesseln der Dunkelheit“ (3)

„Der Werwolf in der Badewanne – Eine Vollmondlektüre“

„Lucys Wunsch – Ein Winterroman“

IMPRESSUM

Herausgegeben von
Alexander Pohl
IDEEKARREE Leipzig
Alfred-Kästner-Str. 76
04275 Leipzig
www.ideekarree.de

4775945R00189

Printed in Germany
by Amazon Distribution
GmbH, Leipzig